太陽と月の聖女
乙女ゲームの真ラスボスになって全滅の危機です
《聖王》✦アウグスト
では行こう、世界に平和と安寧をもたらすために——。
save load auto skip

昏木まりあ
（攻め込まれて殺されないため、
《月精》ってやつが尽きて
死なないため――
とにかく《夜魔王》を
解放しろってこと――？）
女神の剣　アレス
「《闇月の乙女》は
死なせません。
私が護ります」

《夜魔王》✧レヴィアタン
「――ようやく会えたな、《闇月の乙女》」

王姉✧ラヴェンデル
「こら《闇月の乙女》！何を呆けている!!」

contents

太陽と月の聖女

乙女ゲームの真ラスボスになって全滅の危機です

The saint of the sun and the moon

永野水貴

画 あり子

口絵・本文イラスト
あり子

装丁
coil

Prologue：聖王と聖女と昏木《くらき》まりあの現実

（もう絶対にアウグストに会う‼）

まりあは断固そう決意して家へ急いだ。今日の仕事中に遭遇した不快なことから癒されたかった。ここ数週間、アウグストには毎日のように会っているが、今日は特に彼のルートをリプレイしようと決めた。

明日は休みだ。何ものも自分を止めることはできないのである。

白い息を吐きながら冬の夜を突き進み、アパートの階段を駆けのぼる。

二階の二番目の扉に鍵《かぎ》を差し込んだ。

築三〇年の木造アパート、その二階の一室がまりあの小さな居城だった。最近改装されて、見た目は新しい。女の一人暮らしには十分な広さの１ＤＫで、まりあはテレビも買わなかったのでベッドの他にはラグと、小さなローテーブルと細い本棚があるだけだった。

まりあはバッグをラグに落とし、すぐにエアコンの暖房ボタンを押して洗面所に向かった。

手を洗い、化粧を落とす。ふと顔を上げると、鏡に見慣れた顔が映っていた。

高くも低くもない鼻。ちょっと幼く見える丸めの輪郭。

エクステなどつけたこともない、素のすだれ睫毛《まつげ》。

あまり頻繁には行かない美容院で、何度も染めることを勧められている黒髪。中途半端に癖が入っているのか、肩より少し長いだけの髪は緩いウェーブになっている。

運動らしい運動をしてこなかったから肌もさほど焼けていない。

普通。

昏木《くらき》まりあを一言で表すとしたら、その言葉に尽きた。あるいは平凡。もうちょっと手厳しい言い方をすれば、《野暮ったい》《垢抜《あかぬ》けない》――そんなところだろう。

着替えてテーブルに戻り、バッグからスマホを取り出した。充電器に繋《つな》ぎ、イヤホンを耳に差し込む。ロック画面を解除すると、ホーム画面の時計《とけい》は二一時近くを示していた。

アプリ一覧の画面を開く。四角いアイコンが並ぶ中で、四角の中を対角線で区切り、上半分に太陽が、下半分に月が描かれているアイコンをタップした。

『太陽と月の乙女』というタイトル画面が現れる。

セーブデータ一覧の画面を呼び出す。データは画面がスクロールするほど沢山つくってあった。

一番上は最新、二番目は少し前、そして三番目は《アウグスト専用》と決めていた。

まりあは三番目に触れた。

*

「駄目だ」

聖女の訴えに、《聖王》アウグストは厳しい表情で端的にそう切り捨てた。

これほど無慈悲な反応をされるとは思わず、聖女は驚き、そして反発した。

「どうしてですか⁉　みんな戦って、傷ついているんです‼　だからわたしも……っ」

「そなたには戦う力がない。前線へ同行させるには危険すぎる」

「でもわたしには女神リデルから授かった癒やしの力があるんです！　こんなときに使わないなんて……!!」

聖女はかつてない、挑みかかるような態度で反論する。

だが、碧眼《へきがん》の《聖王》は眉《まゆ》を険しくして言った。

「身の程を弁《わきま》えよ。戦う力を持たぬそなたが前線へ出るとして誰がその身を護《まも》る？　戦場を知りもしないのに、護衛が必要ないなどとは言わせん」

それははじめて目にする厳しい王の顔だった。

「――ではもう許可などしていただかなくていいです！　勝手についていきます!!」

聖女は少女らしい無垢《むく》な正義感と義憤に燃えた。

《陽光の聖女》は女神リデルの化身、王と唯一対等な立場にある。例外を除き、王の命に従う義務はない。

――結局、前線へ伴って騎士たちの治療を担っていた神官たちの消耗もあり、聖女は同行することになった。

だが王は最後まで、厳しい表情を崩さなかった。


……やがて、《夜魔王》レヴィアタン率いる大軍勢と、《聖王》アウグストの直率する大軍とが、二つの世界の境界付近で激突した。

アウグストが率いるは光の女神リデルの加護を受けし《光の眷属《けんぞく》》たちであり、レヴィアタンが率いるは闇の女神ヘルディンに傅《かしず》く《闇の眷属》たちだった。

史上最高の《聖王》アウグストと、《夜魔王》レヴィアタンの力は拮抗《きっこう》していた。

双方の力は完全に互角で、アウグストとレヴィアタンは互いに干戈《かんか》を交えて一歩もひくことがなかった。

だが、闇の軍勢の攻撃は激しさを増すばかりで、アウグストの軍はごくわずかにほころびを見せはじめていた。決して負けぬ代わりに勝つこともできぬ戦いで、蓄積していた疲労、あるいは抗《あらが》いがたく低下していた士気が一気に病となって表出したかのようだった。

そして、その隙をつくように一本の流れ矢が飛んだ。

矢は、聖女の胸に突き刺さった。

「——聖女‼」

アウグストの、胸の潰《つぶ》れるような叫びが耳を打った。

「え……？」

聖女は子供のように目を見開き、自分を穿《うが》ったものを見た。

動揺が一気に周りに広がる。

聖女は崩れ落ちた。アウグストは即座に駆け寄ろうとした。

だが対峙《たいじ》していたレヴィアタンがそれを許さない。不敵に笑いながら、隙を見せた《聖王》に襲いかかる。

「退《ど》け——‼」

アウグストの、激情に乱れた怒号がこだました。その手に握られた宝剣《イルシオン》が閃《ひらめ》き、その剣風は黄金の落雷となって敵に降り注ぐ。

しかし、聖女が倒れたことが最後の引き金となって《光の眷属》の軍はほころびを更に広げ、崩れていった。

流れ矢に倒れてから、聖女は昏々《こんこん》と眠り続けた。

治療にあたったのは天才と名高い神官ヘレミアスで、誰からの面会も断った。――ただ一人、《聖王》以外には。

「……容態は？」

「落ち着いた。危ういところは抜けたから大丈夫だ。もうそろそろ目が覚めてもいい頃なんだが、過労のせいで……」

眠る聖女の側《そば》でひそやかに会話が交わされる。才能に恵まれながら型破りなヘレミアスは、気さくな兄のようにアウグストに笑いかけた。

「あんまり心配すんな。王様がこう何度も通ってきたら余計に心配かけちまう。本当はちゃんと休めば問題ないいってだけなのに」

重臣たちが聞けば卒倒するような口調だったが、《聖王》は気にした様子もなく、半分ほどその言葉が聞こえていない様子で、寝台で眠る聖女を見つめていた。

ヘレミアスが退室していったあと、部屋《へや》には聖女と王だけが残される。

アウグストは寝台の側に行き、傍らに腰掛ける。ひたすらに眠り続ける聖女を見る。

聖女は目を覚まさず、《聖王》が来ていることもわからない。

「聖女……」

脆《もろ》く、かすれた声がささやく。大きな手が寝台の上を迷い、聖女の手を見つけて捕らえた。

「すまない……」

懺悔《ざんげ》の響きを帯びた声。

アウグストは、聖女の手を恭しく持ち上げる。そして手の甲に唇を落とした。

王はそうして、長く聖女の寝顔を見つめていた。誰もその姿を見ず、声をかける者もなかった。


数日して聖女は目を覚まし、体もだいぶ回復した。

あのあと、動揺しながらも聖王軍は持ち堪《こた》え、なんとか致命的な敗北を避けたと知った。

レヴィアタン率いる《闇の眷属》は戦いが長引くことを嫌う傾向にあり、深追いされなかったのだという。

そして聖女は、アウグストに避けられるようになった。一度目が覚めているときに面会に来て、回復しているとわかって以来ずっとだった。

（……わたしは、嫌われてしまった？　足手まといと思われた……？）

運び込まれてくる負傷兵の介抱に追われながら、そんなふうに悩んでいた。

意識のない間にアウグストが何度も来ていたことを聖女は知らなかった。

そしてある日唐突に、知らされた。

聖女のみならず、他の《光の眷属》たちすべてに。

《光の眷属》の住まうイグレシアのすべての天井に白い光の魔法陣が現れ、《聖王》の声が降った。

「《光の子》らよ、聞いてほしい。みな感じていることと思うが、戦いは激しくなり、同胞の多くが傷ついてきた。悪はおさまることを知らず、闇の者どもが発する瘴気《しょうき》が濃くなっている――」

聖女は声を降らせる魔法陣を見上げ、息を呑《の》んだ。

決して弱音を吐かず、士気を下げるような言葉は一切口にしなかったアウグストとは思えない。

「だが、諸君らはよく戦い抜いてくれた。その勇猛、献身には言葉もない。これ以上、諸君らを、女神より賜りし《光の子》を、予の不徳のために失うわけにはいかない」

聖女は言いしれぬ不安を覚えた。

「敵を旺盛《おうせい》にしているのは、ひとえに《夜魔王》の存在によるものである。ゆえに、予は《夜魔王》を討つことを最優先とする」

聖女の周りで、同じく負傷兵の介抱にあたっていた女官たちが不安げに目を交わし合った。

王は最後の決戦を挑もうとしているのではないか――。

だが続いた言葉が、その予想を裏切った。

「狙いは《夜魔王》ただ一人のみ。予は女神に誓ってこれを討つ。《光の子》らよ、傷ついた同胞を護り、イグレシアを護れ」

とたん、動揺の声があがった。

「いかなる者も、《イルシオン》の他に予の伴《とも》をすることは禁ずる。後を追うこともならぬ。同胞を……そして聖女を護れ。未来へ繋げよ。これは、王命である」

それは聖女の知るアウグストとは思えぬ、冷厳で絶対的な王命だった。

聞く者すべてに抗えぬ重みとなってのしかかり、いかなる反論も抵抗も圧殺した。

動揺の声をあげていた者たちが悲痛な表情を見せ、うちひしがれて顔を伏せた。

聖女はアウグストを探して走った。

その途中、寡黙だが忠実で無二の騎士とされる近衛《このえ》隊長のエルネスト、型破りだが慈悲深く親愛に満ちた神官へレミアスとすれ違い、アウグストを止めてくれと懇願した。

だが二人は既に覚悟を決めていた。

王のご意志を無駄にしてはいけない――。

望むと望まざるとにかかわらず、アウグストは強大な力を持つ王だった。

唯一、一人でレヴィアタンと互角に戦いうる騎士だった。

聖女はイグレシア中を駆け回り、ようやく《聖王》の姿を見つけた。

イグレシア最上階の、《祈りの間》。巨大なアーチ状のステンドグラスから光が差し込み、豊かな色彩で空間を照らす。

その光を浴び、最奥に女神リデルの似姿が立っている。伏せがちな目、まどろむ微笑は、祈りを捧《ささ》げる者すべてを優しく見守っている。

母なる女神の足元に、跪《ひざまず》く一人の騎士の姿があった。

背を覆う純白のマントが長い裾《すそ》のように垂れ、七色の光が絵画のごとく映りこんでいる。

長く、純粋な黄金の髪。

そして女神の加護を祈るように前に立てているのは、宝剣《イルシオン》だった。

衣擦《きぬず》れの音をたて、《聖王》はゆっくりと立ち上がった。

「――陛下！」

聖女は叫んだ。

王は振り向き、蒼《あお》い目をほんの一瞬だけ見開いた。

だがすぐに強い自制と穏やかで平板な表情に覆い隠された。

その均整のとれた体は、純白の鎧《よろい》に覆われていた。

「予は、別れの言葉は苦手でな」

――だから、別れさえ告げずに行こうとしていたのだと弁明するようだった。

聖女は即座に反発した。

「一人で行くなどやめてください！　どうして……」

「予が敗北すると思っているのか？」

からかうように、アウグストは言った。聖女は笑わず、強く頭を振った。

「レヴィアタンさえ倒せば、この戦いを終わらせることができる。《光の子》らをこれ以上傷つけるわけにはいかぬ。これは王の責務だ。必ず、《夜魔王》を討つ」

その言葉には、たとえ刺し違えてでも、という強い決意が滲《にじ》んでいた。

――アウグストはもう決めてしまったのだ。

強く気高い王の姿だった。だが、聖女はその下にある青年の姿を知っていた。

『私は王として力不足だ。目立った武勇もないし、態度だけでも強い王のように振る舞わなければ、周りを不安にさせてしまう。みなを護るためにも、強くあらねばならないのだ』

本当は色々なことに興味があって快活で優しくて、時々王宮を抜け出しては重臣に怒られたりもする人だった。

――その人が、別人のような顔をして一人で行ってしまおうとしている。

「どうして……？　どうして、いつも一人で抱え込んでしまうのですか？」

聖女は一歩踏み出す。

「わたしは、陛下に生きてほしい。みんなや、わたしが陛下を護りたいと思う気持ちを無視するのですか⁉」

聖女は全身で訴えた。

《聖王》の静謐《せいひつ》な表情に、かすかな揺らぎが生じる。目元が歪《ゆが》み、堪《こら》えるように唇が引き結ばれる。

「なぜ、そなたはいつも――」

うめくような、声。アウグストは頭を振った。

「やめてくれ。そなたは、私を……予を、おかしくさせる」

かすれた声は、あまりにせつなかった。

「予は、王でなければならない。同胞を護り、すべてに等しく降る光であらねばならない――」

自分に言い聞かせるような言葉。

聖女は、十分立派な王だと叫ぶ。なぜそこまで自分を追い詰めようとするのか。

「――なのに、そなたのことが頭から離れない」

静かな自嘲《じちょう》を唇に浮かべ、《聖王》は言った。青い目が真《ま》っ直《す》ぐにこちらを見つめていた。

「戦場でそなたが矢に射られたとき、私がどんな思いでそれを見たかわかるか」

その声に、聖女はぎゅっと胸が締め付けられるような痛みを覚えた。

「あんなものは二度と見たくない。――二度とそなたを傷つけさせはせぬ」

頑《かたく》なまでに強い意思が滲《にじ》む目は、対の青い炎のように輝く。

だが、アウグストは視線を逸《そ》らしてふっと冷笑した。

「これが私の本音か。大層なことを吐いておいて、結局は――」

青い目が再び聖女を見つめ、唇は乾いた笑みを象《かたど》った。

「わかるか。平等であるべき王が、ただ一人の女に心を支配されているのだ」

聖女は立ち尽くした。アウグストの心にようやく触れ、その告白に言葉を失っていた。

「これ以上おかしくなる前に、王としての責務を果たさねばならぬ」

静謐な微笑。そうして、アウグストの顔を王の仮面が覆う。その体を定めと重圧が鎧《よろ》う。

「――さらばだ、私の光」

《聖王》は短く告げると同時に身を翻した。その頭上に、白く輝く魔法陣が浮かぶ。転移法陣。

「だめ……っ‼」

聖女は叫び、駆け寄ろうとする。だがその足が突然力を失った。全身の筋肉が弛緩《しかん》したかのようにその場に崩れ落ちる。

顔だけを上げると、アウグストが振り向き、微笑している。

手甲に覆われた右手が持ち上げられ、魔法を使ったことを示す光の残滓《ざんし》がまとわりついている。

――弱体化魔法。

一時的に相手を弱らせる魔法だった。本来は敵に使うためのものだった。

聖女は抗うも、立ち上がれなかった。震える手を伸ばして、なんとかアウグストを止めようとする。待ってと叫び懇願する。

(止めなくちゃ……絶対に止めなくちゃ‼)

いまここで止めなければ、きっと二度と会えない。

《聖王》の背は、懇願をはねつける。王であるアウグストを止められるものはなかった。

聖女は、女神リデルに祈った。

(リデル様、どうかお願いです！　アウグストを止めて……っ‼)

このまま行かせていいはずはない、何か方法があるはず――。

孤独な王の背が光に包まれて消えようとする寸前、天啓が聖女の脳裏に弾《はじ》けた。

古き世にあった、聖女と王だけの誓いの儀式――唯一、王を拘束しうる力。

消えようとする背に向かって、聖女は渾身《こんしん》の力で叫んだ。

「〝光の守護者たる王よ、わたしはあなたに《光滴の杯》を要求する――‼〟」

《聖王》アウグストは驚いたように振り向いた。

＊

（は～……やっぱり最高……‼）

昏木まりあはローテーブルに突っ伏し、スマホを持っていない左手でテーブルをばしばし叩《たた》いた。

耳からイヤホンを抜き、スマホをテーブルに置く。

手よりも大きな液晶画面の中で、『太陽と月の乙女』のエンドロールが流れていた。

（……はあ）

頬をテーブルにつけると、ひんやりとした感触が心地《ここち》良かった。顔が熱いのは、暖房が効いてきたからというだけではない。

夢中になってスマホを見ていたせいで少し頭痛がした。ラグの上でたびたび姿勢を変えたが、体の節々が痛んでいる。

ふと置き時計を見ると、間もなく日付が変わろうとしていた。

（もうこんな時間⁉）

帰宅したのが二一時近くで、それから夕飯もとらずに夢中になっていた。

どうりで頭痛がするはずで、空腹も感じるはずだ。

立ち上がって伸びをすると、二六歳の体とは思えないほど至るところが軋《きし》んだ。

（いてて。あー、ごはん面倒くさい……）

のろのろと冷凍庫を開け、小分けで冷凍しておいたシチューをレンジに放り込んであたためボタンを押す。解凍が終わってもわずかにまだ冷たいシチューを気もそぞろに完食し、おざなりに片付けてからまたもテーブルに戻り、スマホを手に取った。ホーム画面を見る。

――その背景に、美々しい金髪の男性キャラクターが現れた。

自分で壁紙に設定しておきながら、まりあはちょっとどきっとしてしまった。

ふう、と誰にともなくごまかすように溜息《ためいき》をつく。左手で頬杖《ほおづえ》をつきつつ、目はトップ画面いっぱいに映る彼――《聖王》アウグストに吸い寄せられる。

きらきらとハイライトが入った、華々しい金髪。その金髪は真っ直ぐで長く、理知的で穏やかな瞳《ひとみ》は快晴を思わせる青色で、目の縁を囲む睫毛《まつげ》は長く、光を佩《は》いたように描かれていた。

高く真っ直ぐな鼻筋。薄く形の良い唇が、慈愛を湛《たた》えた笑みを浮かべている。

画面には胸から上までが映っているが、肩からマントが垂れ、白を基調とした服と、金の縁取りや鮮やかな宝石をあしらった装飾が見える。

まさに、聖王というにふさわしい容貌《ようぼう》だった。

胸から上までしか映ってない彼が、実は背丈にも恵まれていることをまりあは知っている。

この表情は王としての彼で、本当は結構活発で茶目っ気も持っていることも。

数週間前に出会って、うっかり熱中してしまったスマホゲーム『太陽と月の乙女』。

アウグストはそのメインキャラクターだった。

まりあはしばらく画面に見入り、それから急に気恥ずかしくなってテーブルに突っ伏した。

（やっぱりアウグスト最高……‼）

この数週間、暇な時間はほぼずっとスマホに向き合い、仕事中もずっと頭の中が『太陽と月の乙女』一色で、帰宅すれば即プレイして夕飯の時間を逃す、寝る時間が遅くなるということを繰り返していた。

（はあ。まさかこの年になって乙女ゲーにハマるとは……）

まりあの、一般人的な感覚がそう言った。

昏木まりあは、特別オタクという人種でもなければリアルが充実しているキラキラ系のどちらでもない。これといった趣味もなく、漫画や小説やアニメはそこそこ嗜《たしな》む程度で、学生の頃はいくつか有名タイトルのゲームをプレイしていた、というぐらいだった。

そしてこれまで遊んできたゲームはどれも王道の、ありふれたロールプレイング系やシミュレーション系ばかりだ。こういった女性向けに特化した恋愛ゲーム——いわゆる乙女ゲームにはあまり手を出したことがなかった。

それが、である。

二六にもなって、うっかりはまってしまった。

暇潰しにスマホゲームでもやってみようかと思い立ち、アプリストアを覗《のぞ》きに行ったら、たまたまこの『太陽と月の乙女』のアイコンが目に入ったのだ。人気アプリとして表示されていた。

アプリの説明ページを見る限りは簡単そうであったし、スクリーンショットで載っているキャラクターの立ち絵なども好みだったので、そのままダウンロードしたのだ。

気軽にはじめたとたんどんどん引き込まれ、あっという間に没頭した。

以来、毎日この世界に入り浸りだった。

アウグストとの大団円を迎えてエンドロールが終わると、再びゲームのトップ画面に戻った。まばゆい空を思わせる薄青の背景に、輝く太陽が浮かび――『太陽と月の乙女』というタイトルロゴが中央に刻まれる。

スタートするにはタップしてください、の文字が点滅している。まりあはイヤホンを着け直してタップし、ふと疑問に思った。

（このタイトルはどういう意味なんだろ？《太陽》はわかるけど……月は？）

太陽は《陽光の聖女》、つまり主人公《プレイヤー》のことだろう。となるとアイコンにも太陽と月が描かれていることだし、主人公の対となるもの――月に相当するものがありそうに思えた。

だが、ほぼすべてのエンディングを見てもいまだにそういった要素がない。

（この次に出てくるのかな……？）

まりあはそう思いながら、セーブデータ画面を開いた。

『太陽と月の乙女』は簡単なロールプレイングとシミュレーションとノベルゲームが合わさったようなつくりだ。プレイヤー／主人公は基本的にステータスを上げ、選択肢の選び方次第で、複数いる攻略キャラクターのいずれかとエンディングを迎えることができる。

ステータスは聖女としての修行、ほぼボタン連打で終わる戦闘などでレベルを上げれば上昇する。

また一度エンディングを迎えると、ステータスは引き継ぐことができる。

セーブデータ欄の一番上は最新のものだった。周回済みでステータスを引き継いであり、とにかく本編を進めるためのデータである。二番目以降の欄はもう一度見たいお気に入りシーンなどの手前になっている。

セーブした日付の下に、各章タイトルと主人公のレベルが表示されている。

一番上のデータはレベル99。上限値。いわゆるカンストだった。すべてのスキルを習得しているし、装備品やアイテムはどれも一級品で固められている。

今度は一番上のデータに触れ、ロードし終えると、架空の世界が液晶の画面いっぱいに広がる。

左右にアーチ状の白い柱がいくつも並び、同じくアーチを描いた高い天井——はめこまれたステンドグラスが光を投げかける礼拝堂があった。奥に見えるのは女神《リデル》の似姿。

輝ける礼拝堂を背景に、もっとまばゆい金髪の男性の上半身が現れる。

《聖王》アウグスト。

——つい先ほども個別ルートを見返した、まりあの最愛のキャラクターだった。

そのアウグストの立ち絵の下に会話ウインドウが表示され、その中に台詞《テキスト》が現れる。

『準備は良いか?』

アウグストの台詞《せりふ》だ。それから、はい／いいえの選択肢が現れた。ゲームの終盤によく見られる最終決戦前の、この先に進めばもう戻れない、といった意味だ。ラスボス戦は既に何度もこなしたが、今回は少し意味が違い、念のため確認しておくことにした。

画面端にあるメニューをスライドで引っ張り出し、《編成》を選ぶ。すると、戦闘に出るメンバーが表示された。画面が四つのステータス画面に分割される。

左上から《聖王》アウグスト、その右隣に《近衛隊長《このえ》》エルネスト、左下に《神官》ヘレミアス、右下に《騎士》ヴァレンティアとなっている。

特にヴァレンティアを加入させられるのは珍しい。おそらく今回のルートだけだ。

聖女《プレイヤー》も含め、すべてが準備万端だ。万一にでも負けることのほうが難しい。

まりあは『はい』を選ぶ。

『では行こう、世界に平和と安寧をもたらすために——』

深みのある青年の声で読み上げられる。イヤホンでそれをまざまざと聞いたまりあは、思わず身《み》悶《もだ》えしそうになった。

（相変わらず声優さんがいいなぁ……！）

この『太陽と月の乙女』はフルボイスだ。すべてのキャラクターに声優が割り当てられている。声優にさほど詳しくもないまりあからしても、とてもキャラクターに合っていると感じた。イヤホンで聴いているからか――きわめてリアルで、本当に耳元でささやかれているような気分になった。

（う……）

思わず頬が熱くなった。

職場の仲間たちには絶対に言えない。二六なのに彼氏が二年いないなどと言って焦る人種と、二六年いなくてもゲームで毎日が楽しい自分とでは住む世界が違いすぎる。

だが楽しいのだから、いいのだ。誰にも迷惑はかけていない。

まりあは手で顔に風を送りつつ、スマホの画面に意識を戻した。

――攻略可能キャラはすべて攻略したし、どのキャラとも恋愛しない共通エンドというものも見た。選択肢選びを失敗して迎えるバッドエンドも見た。

思いつく限りのエンディングはすべて制覇したはずだった。

だが、ネットで検索してみると、どうやらもう一つエンディングがあるらしいと知った。

（……トゥルーエンド）

すべての個別エンディングなどを迎えると、物語そのものの本当の結末が解放される――いわゆるトゥルーエンドと言われるものが現れるゲームもある。

『太陽と月の乙女』もそれで、つまり、いま自分が進めているルートがそうであるらしい。

（もしかして、タイトルの《月》はそこで回収される？）

場面は切り替わり、アウグストの立ち絵と輝く礼拝堂の背景は消え――閃光《せんこう》に画面が染まる。

やがて反転する。突如として、深い闇色に変わった。

暗い画面の中を落ちてゆく。その中で、か細く白い砂粒のように散っているのは星の光だ。

次第に幾重もの薄いカーテンのような雲が現れ、突き抜ける。

――そうして、闇の世界が見えてくる。

常に深い夜に包まれた大地に、漆黒の巨城が浮かび上がる。背の高い尖《とが》った屋根を持つ、峻厳《しゅんげん》な山のようなシルエットは《闇の眷属《けんぞく》》の本拠地であり、《夜魔王》の居城だった。

夜を更に落ちて、魔の城へ向かってゆく。

そして突然、画面の中央が明るくなった。まりあは目を瞠《みは》った。

明けることのない夜、《闇の眷属》の世界とうたわれる漆黒の空に、冴《さ》え冴《ざ》えとした白銀の光が
――巨大な満月が浮かんでいる。

青白く銀色で、かと思えば黄金の光をも帯びる妖艶《ようえん》な天体。

まりあの心臓ははねた。

いままでこんな演出は一度もなかった。

雲は恥じ入って姿を隠したかのごとく、月は遮るものなく完全なその姿をさらしている。

――そもそも闇の世界は永遠の夜に包まれていて、光などほとんどないとされていた。

だがいま魔王城の尖塔《せんとう》も、巨大な城の輪郭も淡い白銀を帯びてはっきりと見える。

まりあの操る主人公とその仲間であり友であり恋人であるキャラクターたちは敵の本拠地へ降り

立つ。

敵の本拠地といっても、このルートでは既に、敵の首領である《夜魔王》は後半の激闘イベントの末に封印している。根城に残っているのは、《夜魔王》ほどではないが強大な力を持つ魔王の姉と、残った仲間だ。

この『太陽と月の乙女』は恋愛ファンタジーでありながら妙にこだわるところがあって、どのルートであっても闇の眷属を全滅させることが前提になっている。

《夜魔王》を倒したり封印するだけでは不十分らしい。

つまりこの城にたてこもっている残党と最後の戦いをして、勝てばエンディングだ。

場面は切り替わり、昏《くら》い城の中が映される。主人公の世界はいつも光に満ちて昼時の明るさが常であったから、こちらの世界はいっそう暗く感じる。

城の中に侵入すると、《闇の眷属》と遭遇《エンカウント》した。

画面が切り替わり、暗い王城を背景に、敵の姿が現れる。巨大な獅子《しし》の体を持ち、尾は蠍《さそり》という怪物だった。

（お。珍しい敵だ）

まりあはちょっと目を瞠った。この敵《モブ》は遭遇率が低く、倒すとレアアイテムを落としてくれる。だが相応に手強《てごわ》く、レベルが低いうちは逃げの一択、同等でも苦戦するような敵だ。

――しかしいまの聖女《まりあ》の敵ではなかった。

単純に殴るだけでも倒せるが、前衛の《聖王》たちに守られながらまりあはスキルを発動させた。

《聖戒の鎖》というスキルが発動し、画面に光の鎖が現れて敵を縛りつける。

そして『攻撃力・防御力低下』という説明が点滅した。

更に味方の攻撃力を底上げする魔法もかけると、アウグストたちの剣が白い光に包まれた。

最後には《刃なす光》という一つだけ毛色の違うスキルを選択した。

とたん、鋭い刃を思わせる光が画面に乱舞し、敵が獣の雄叫《おたけ》びをあげてダメージを受けたことを表す効果音が重なり、消失した。《勝利》の文字が躍る。

《刃なす光》は聖女が持つ、数少ない攻撃系の大技だ。いかなる敵もこれで一撃だった。

ステータスを上げきってしまうとこんな大技も余裕をもって連発できた。まりあは性格的に弱体化魔法を愛用したが、その後にこんな大技を使わなくともだいたいは一撃で敵が沈む。

『太陽と月の乙女』はなぜかスキルが豊富だ。とはいえ補助魔法はレベルが低いときにお世話になるぐらいである。

が、低レベル時代に頼りにしていたこともあって、まりあはカンストしても補助魔法を使うのが癖になっていた。連発できる余裕もある。

その後も何度か敵の残党と遭遇したが、すべて殲滅《せんめつ》して進んだ。

目指すはマップの最奥、かつて《夜魔王》がいた玉座だ。いまは王姉がそこにいる。

やがていかにもといった、巨大で重厚な両開きの扉が画面いっぱいに映った。

固く閉ざされたその巨大な扉を背に、《聖王》アウグストの立ち絵が現れる。

『この先に、《闇月《あんげつ》の乙女》がいる。準備はよいか?』

緊迫した声に、これまでと同じように条件反射で『はい』を選択してしまった。

それから慌てて画面を見た。

——アウグストの台詞が違う。

それは、いままでなら警告するキャラクターこそ違ったものの、内容は

『この先に、王姉ラヴェンデルがいる。準備はいいか』

という同一のものだった。

――この先からはラスボスとの戦闘、イベント、そしてエンディングまで一直線で、この先に進んでもいいか、という確認のメッセージ。

ラスボスは王姉ラヴェンデルであったはずだ。

《闇月の乙女》などという単語は、いまはじめて見る。

だが戻ることはできず、アウグストの立ち絵が消え、背景だった扉が拡大される。

ゆっくりと、内側に向かって開く。どこか地鳴りにも似たサウンドエフェクトが響く。

玉座の間は、外とは違う藍色《あいいろ》の闇に満ちていた。

深く昏い、けれどどこか海の底のようにも宇宙のようにも見える青の中、発光する微生物、あるいは遠い惑星の光にも似たかすかなきらめきが散っている。

その先に玉座があった。――いままでなら、そこには華奢《きゃしゃ》な少女《ラスボス》がいるはずだった。

しかしいま、そこにいるのは見知らぬ人物だった。

少女の外見をした王姉ラヴェンデルではない。もっとすらっとした、成人のシルエットだ。

アウグストたちはもちろん、敵の《闇の眷属》側のキャラクターもすべて知っているまりあにも見覚えがなかった。

――ここに来て初めて見るキャラクターだった。

玉座に腰掛けたその体の上半身は、暗い影に覆われていて見えない。

どこか優雅な喪服を思わせる漆黒のドレスは、腰下から裾《すそ》へ向かって紫や蒼に揺らめき、淡い光が鏤《ちりば》められている。

腰の部分に後ろから包むような細い銀の帯状のものがあり、そこから仄蒼《ほのあお》い薄衣が垂れていた。

それがまるで、彼女の足元に夜が映し出されているかのように見えた。

玉座の人物はゆっくりと立ち上がった。

（これが、《闇月の乙女》……？）

まりあは画面を食い入るように見つめる。

この《闇月の乙女》らしき人物――おそらくは女性キャラクター――は何者なのか。

次の瞬間、彼女の足元に巨大な魔法陣が青白く浮かび上がった。

画面に文字が浮かび上がる。最後の戦いであることを示す演出。

〝《闇月の乙女》を倒し、世に平和の光をもたらせ――〟

画面中央に白く浮かんだその文字が消えると、魔法陣の光がひときわ強くなる。

月に似たその光は、立ち上がった黒いドレスの女性の顔を照らす。

まりあの息が止まった。

その女性の顔、
突如現れた《闇月の乙女》というラスボスの顔は、

（私……!?）

そうして一度も見たこともない、強烈なエフェクトに――まるで画面から飛び出てきたような光に、目が眩《くら》んだ。

Chapter 1：最終決戦——真・ラスボス《闇月《あんげつ》の乙女》

ぐわん、と世界が一瞬歪《ゆが》んだ。

ひどい目眩《めまい》に襲われ、体が傾《かし》ぐ。

乗り物酔いしたかのような感覚。それから——。

昏木《くらき》まりあは目を開ける。目に映るものがぼやけていて、二、三度瞬きをする。

視界は暗い。一面が青と黒の濃淡からなる世界で、星々の光が瞬いている。

（……プラネタリウム？）

ああそういえば、一度行ってみたいなんて思っていたんだっけ——半分夢見心地の意識が言う。

「しっかりしろ、《闇月の乙女》‼」

少女の甲高い、だがどこか老成した叫びが耳をつんざく。

まりあの目はそれで完全に醒《さ》めた。足ははっきりと地を踏み、目が周囲の光景を認識する。

「え……」

口から、そんな声がこぼれた。

見渡す限り、そこは奇妙な空間だった。

プラネタリウムの中——。

上下も左右さえもおぼつかない、時間さえもわからない宇宙のような空間。

だが見覚えがある。ここはプラネタリウムなどではない。

床であるはずの足元に広がるのは、青白く発光する魔法陣。

（これって……⁉）

まりあは愕然《がくぜん》とし、更に周りを見る。

側《そば》にいるのは変わった衣装に身を包んだ小柄な少女だ。せいぜい一二歳前後にしか見えない。

小柄な全身が漆黒のドレスに包まれていて、長い袖《そで》には紫のレースとフリル、膝上《ひざうえ》の裾にもフリルという特徴的な衣装だった。編み上げになっている細い腰は折れてしまいそうなほどだ。

歩けないのではないかと思うぐらいに厚底で踵《かかと》の高い編み上げ靴。

薄紫の髪が被《かぶ》っているのは豪奢《ごうしゃ》なレースと紫の薔薇《ばら》があしらわれた掌《てのひら》大の帽子だ。

ただでさえ白い肌は不健康なほどに際立ち、形の良い唇は薄紫に塗られている。

小さな顔の中、繊細なつくりの鼻と、アメジストのように輝く大きな瞳《ひとみ》が目を惹《ひ》く。

その印象的な少女が険しい顔でまりあを見つめ、再び叫んだ。

「戦え、《闇月の乙女》！」

――聞いたことのある声。

イヤホンを通して聞いた声はいま、空気を伝い、人間が声帯を震わせて発したものとして響いた。

王姉ラヴェンデル。《夜魔王》の姉にして、事実上のラスボス。

『太陽と月の乙女』の、ラスボス戦の光景――つい先ほど、まりあがプレイしていたゲーム画面そのものだった。

（夢……？）

ゲームに熱中しすぎて、そのまま寝落ちでもしてしまったのかもしれない。

だがラヴェンデルのものではない、怒りと動揺まじりの低いざわつきが聞こえた。

「聖女様は……っ⁉　《陽光の聖女》様や陛下はどこに⁉　貴様らの仕業か⁉」

まりあはびくっと肩を揺らした。現実ではほとんど聞かない、大仰な怒声だった。

顔を向けると、こちらを睨《にら》む白い軍服の騎士たちがいた。

この藍色の空間でひときわ光り輝いている——実際、彼らは《光の子》を自称する、光の世界に住まう種族だった。

その後方には巨大な両扉——主人公《プレイヤー》が通り抜けた、最終決戦場の出入り口がある。

（マジ⁉）

におい、空気まで感じるような生々しさがあるのにきわめてゲームに忠実だった。

しかし、ラスボスを倒すべくやってきた《光の眷属》の中に、《聖王》アウグストや他のキャラクターの姿がない。主人公と一緒になって、この場に突入してきたはずなのに。

取り残されたらしい王の護衛たちは、こちらに向かって構えた。

「滅せよ汚《けが》れの者……‼」

体から光を放つ騎士たちが突進した。剣を構え、槍《やり》を構え——その後ろには、呪文の詠唱に入って援護しようとしている者がいる。

夢——そうわかっているはずなのに、まりあの肌は粟立《あわだ》ち、棒立ちになった。

その横で、ラヴェンデルが華奢な手を突き出した。肘下《ひじした》から広がるような形の袖から白い手首が覗《のぞ》き、指が開く。

紫に輝く巨大な魔法陣が飛び出した。

「おこがましいぞ雑魚《ざこ》ども！」

少女とは思えぬ仰々しい言葉が飛び出し、それに応ずるかのように平面の魔法陣から妖《あや》しい紫の光が放出された。

イルミネーションを連想させる光はことごとく直撃し、駒でも倒すように騎士たちを薙《な》ぎ倒《たお》す。

「貴様らごときが、《紫暗の麗姫《れいき》》に触れられると思うな‼」

鈴を鳴らすような声で少女《ラスボス》は叫び、更に左手を掲げた。二つ目の魔法陣を呼び出す。今度の魔法陣は騎士たちの頭上に飛び、真上から光線の雨を撒《ま》き散らした。

騎士たちの怒号、悲鳴――。

まりあの肌はびりびりと震え、腹の底に振動がきた。

ラヴェンデルは敵を圧倒していた。――彼女はラスボスで、《夜魔王》に次ぐ強大な魔力の持ち主であることをまりあは知っている。普通なら、この程度の敵では相手にならない。

「――女神の《加護》を‼」

倒れた仲間の後ろから叫び声をあげて他の騎士たちが次々と突撃してくる。

二つ目の魔法陣が消えて光線は止《や》み、ラヴェンデルが低い声でうめくのをまりあは聞いた。

右手で描いた魔法陣を盾のごとく掲げる。

極光の銃弾が飛び出す――だがその数が目に見えて少なくなっている。

飛び出した光弾も、騎士たちの剣に弾《はじ》かれた。刀身が白い光に包まれている。

(補助魔法……！)

まりあは驚く。自分《プレイヤー》が味方によく使う補助魔法だ。

ラスボスに挑むために――周回を楽にするために手に入れた魔法《スキル》の一つだった。

「清き力よ！　汚れを戒めよ！」

光の騎士たちが声をあげると、白銀に輝く細長いものが飛び出す。

それは光る蛇のように暗い宙を素早く蛇行し、黒の少女を捉《とら》えた。

ラヴェンデルは甲高い悲鳴をあげる。目の眩むような光で編まれた縄がその身を縛り付けていた。

まりあはそれも知っている――対ラスボスのために用意した、敵の力を削《そ》ぐ魔法具の一つだった。

騎士たちの剣先がまりあに向いた。鎧《よろい》や剣や槍のきらめきが目を射る。

(な、なんで……!?)

どうして自分が。騎士たちを率いてきた側だ。味方なのに。

「――っばかもの!! そのままやられるつもりか!!」

プレイヤー《まりあ》の敵であるはずの少女が叫ぶ。それでもまりあは動けなかった。

重厚な金属鎧の音、鋭利な刃物の光、現実離れした速さで騎士たちが至近距離に迫る。

「滅びるがいい!!」

鮮烈な――純然たる殺意の叫び。光り輝く剣が振り下ろされる。

恐怖に体が反応し、まりあは寸前で横へ転がった。

だが右腕に火傷《やけど》のような痛みが生じた。目を向けると黒い袖が裂けて、その下の皮膚と赤い血が露出しているのが見える。

まりあの頭は真っ白になった。

「戦え、《闇月の乙女》!!」

縄で縛られて倒れたまま、ラヴェンデルが叫んでいる。

――戦う。

まりあには意味のわからない言葉だった。そんなものは、ゲームの中だけの言葉だった。

ふらつきながら立ち上がる。震える膝《ひざ》で走った。白い騎士たちから逃げた。

「逃がすか……‼」

まりあは振り向きたくなる衝動に駆られたが、振り払って走る。

「！　うあ……っ‼」

突然、白く輝く槍が降り注いだ。

前を阻み、左右を囲い、背を塞《ふさ》ぐ。一歩も動くことを許さぬ檻《おり》のように、数多《あまた》の墓標のように突き刺さる。

まりあはとっさに、直立する槍をどかそうと両手で握った。

とたん、激しい火に触れたような痛みを感じて悲鳴をあげた。

（なにこれ……っ⁉）

両手を見ると槍の柄の形に白く焦げている。

唐突に、かすかなくぐもった音がし、肩に衝撃があった。

骨まで伝わるような振動――それから、手に感じたものよりも強い熱。

目を向ける。すぐ側に、火よりもなお煌々《こうこう》と燃える、超常の力によって光る矢が見えた。

肩を射られた――その光景に、まりあの全身から血の気がひいた。

その場に崩れそうになり、だが槍に阻まれる。動けない。

震えながら振り向く。重々しい甲冑《かっちゅう》の音とともに迫る光の騎士たちを見る。

「ち、が……っ」

――自分は敵じゃない。そちらの味方だ。なのに、喉《のど》は恐怖で凍りついた。

肩と掌は鮮烈な痛みを訴え、抜き身の刃の輝きは目を灼《や》く。その背後に、こちらに矢を狙い定める騎士もいる。

殺される。

ただその直感が、脳髄を貫く。

矢が放たれて間近に迫る様子が、一瞬遅くなって見えた。

走馬燈《そうまとう》――減速した時間の中で、まりあは奇妙にもそんな言葉を思い浮かべた。

(うそ……)

これは夢で、現実であっていいわけはなくて、だから大丈夫、死ぬはずなんてない――でもああ、痛い。手も肩も、夢とは思えないぐらいに。

「――っ‼」

叫びは言葉にならなかった。

ありえない。あっていいはずがない。こんなところで。

(死にたく、ない……‼)

恐怖、戦慄《せんりつ》、混乱、怒り――激しい感情が全身を駆け巡る。

突然、胸の奥がどくんと脈打った。自分ではない何か。

束《つか》の間《ま》、掌の痛みも忘れて胸に触れた。

『――ああ』

そこから、かすかな声が聞こえた。周囲の音がすべて消え、その声だけが世界になる。

知らない声。なのに少し懐かしい、青年の声だった。

『私の、女神――』

青年の声は深く胸の奥底で反響し、まりあの身を震わせる。酔ったように頭が痺《しび》れる。

心臓が大きく脈打ち共鳴する。胎動する。

『喚《よ》んでください――私を』
声は体中で反響し、耳の奥で長い残響となった。
まりあはかすかなうめき声を漏らした。
何かがこみあげてくる。抑えきれない。
胸を押さえていた手を、浮かせる。

「《覆え、黒く――全て《アレス》》」

自分の喉が発したはずの声は、別人のように響いた。それから、
漆黒。
目に映る何よりも昏《くら》い闇が、自分の体から溢《あふ》れた。
(な、に――)
黒い血の柱のようなものが胸に噴き出す。だが痛みはなかった。
白の騎士たちが怯《ひる》む。
まりあの両手は、その黒い塊を握る。
まるでそうされるのを待っていたかのように手によく馴染《なじ》んだ。
ゆっくりと自分の中から引きずり出す。
長く、長く、自分の体の中には到底おさまりきらないはずの長さ。
やがてそれは全貌《ぜんぼう》を現した。
――それは、長大な剣だった。

両手で握った部分は長い柄《つか》で、先端まで一切が鋭利な両刃《もろは》の剣だった。

全長はまりあの身長をゆうに超える。

刀身の端々はときに真紅の光を放つ。

だが、柄も刀身も一切が漆黒だった。他の色を許さぬ、すべてを拒絶し塗り潰《つぶ》す暗黒。

『私の月。今度こそあなたを護《まも》る』

耳をくすぐるような熱情と親密さを感じさせる声が剣から響く。

だが次の瞬間、その声を引き裂くように大きな衝撃があった。

まりあはとっさに顔を逸《そ》らした。

目を戻したときには、檻のごとく乱立していた光の槍がすべて消えていた。

ふいに、腕に、足にほのかな温《ぬく》もりを感じた。――人の肌を感じさせる温度だった。

見れば、無数の銀砂を散らしたような闇が腕にまとわりついていた。

闇はすぐに形を変え、黒曜石の光を放つ籠手《こて》となって腕を包む。足にもまた膝上までを覆う漆黒の長靴が垣間《かいま》見《み》えた。

重々しく輝くその武具は、だがまったく重みを感じさせない。

『私に身を委ねてください』

青年の声が耳元でささやく。それに意識を奪われ、まりあの体は勝手に動いた。

籠手に包まれた右手は長大な剣を握り、長靴に庇《かば》われた足は悠然と一歩踏み出す。

今度は騎士たちが目を見開き、一瞬たじろぐ。

まりあの両手は剣を握り直し、高く掲げる。漆黒の剣が、日食の輪に似た赤い光をまとった。

そして、まりあの腕は大きく剣を振り下ろす。

紅《あか》い光と闇とが剣から放射され、騎士の集団を直撃した。

たった一撃で、全身を鎧に包んだ騎士たちが吹き飛び、悲鳴と怒号があがった。

武器と鎧は一瞬で砕け、藍色《あいいろ》の空間の中で、残骸《ざんがい》が落ちた星の欠片《かけら》のように光った。

「化け物め……‼」

倒れ伏す騎士たちから呪詛《じゅそ》のうめきが谺《こだま》し、まりあは弾かれたように正気に戻った。

自分の行動に愕然《がくぜん》とする。とたんに両手に握った剣の硬質な感触と重さを生々しく感じた。

動揺するまりあの目の前で、騎士たちがうめきながら後退する。負傷した仲間を引きずり、あるいは背負い、まだ力のある者はまりあに剣を向けて牽制《けんせい》する。

剣を握った手が、まりあの意思に反して再び振り上げようとする。

「！　ちょ、ちょっとやだ！　やめて！」

自分の手と剣に向かって叫んだ。手と剣は、ためらうように一度痙攣《けいれん》して静止する。

視界の端で光が閃《ひらめ》いた。はっとして顔を上げると、一塊となった騎士たちの頭上に白く輝く魔法陣が現れた。――《転移》の魔法陣。

白い魔法陣は次々と騎士たちを飲み込み、光の粒子を撒き散らして跡形もなく消えた。

そうして、《決戦の間》にはまりあとラヴェンデルだけが残された。

一瞬にして、耳に痛いほどの静けさが訪れる。

まりあは呆然《ぼうぜん》と視線を落とした。妖《あや》しく輝く黒の籠手――その手が握る、漆黒の剣。

だが闇夜の色をした剣は、突然液体のようにうねり、弾けた。

同時に腕を覆っていた籠手も長靴も消える。

それらは凝集し、まったく別の形を取った。

横幅と奥行きが生まれ、複雑な立体を描く。

そうして――闇色の剣は、人間の姿を象《かたど》った。

まりあは呼吸も忘れてそれに見入る。

刀身と同じ色の、艶《つや》やかな漆黒の髪。夜を溶かしたような褐色の肌。

まりあの目線が喉の高さという長身を包むのは黒い外套《がいとう》で、その下も黒衣《こくい》に包まれていた。

凜々《りり》しさを感じさせながらも優雅な流線を描く輪郭。細すぎず太すぎない眉《まゆ》も黒く、閉じられた瞼《まぶた》の縁に密集する長い睫毛《まつげ》も漆黒だった。

完璧《かんぺき》な高さの鼻。涼やかでありながら艶《なま》めかしさもある唇。

その彫りの深い顔立ちは、彫像でしか見たことのないようなものだった。

青年は、濃い色の瞼をゆっくりと持ち上げた。

まりあは抗《あらが》いがたく身震いした。

青年の目は――人間とは思えぬ、紅蓮《ぐれん》の輝きを宿していた。

災いの兆しと言われる赤い太陽を思わせる目は、焼け付くようにまりあを見つめる。

その眼差《まなざ》しのあまりのひたむきさと隠そうともしない情愛はまりあをうろたえさせ、赤面させた。

――なぜ、こんな目で見られるのか。こんな人間離れした容貌《ようぼう》の青年など、見たこともないし話したこともない。

青年はまりあを見つめたまま、微笑《ほほえ》んだ。

「私はアレス。女神ヘルディンに生み出されし黒の剣――あなたの第一の僕《しもべ》、あなたの剣です」

端整で迫力のある容姿に反して、透明な、青年らしい声だった。

「アレス、さん……？」

「はい」

戸惑いがちにまりあが呼ぶと、青年の顔に一転して喜びの笑顔が広がった。

不意打ちの笑顔に、まりあの心臓が飛び跳ねた。

(か、可愛《かわい》い……‼)

うっかりそんなことを思い、また動揺した。

(ってそうじゃない‼　夢……にしても、アレスなんてキャラは『太陽と月の乙女』にはいなかった！　でもヘルディンっていうのは確か……)

「こら《闇月の乙女》！　何を呆《ほ》けている‼　早くこれを壊せ‼」

少女の苛立《いらだ》たしげな声がまりあを引き戻す。慌てて振り向くと、事実上のラスボス――ラヴェンデルが白銀の縄に縛られて倒れたまま、こちらを睨《にら》んでいた。

「何を愚図ついているのだ‼　早くこれを壊せ！」

高くよく通る声で怒鳴られ、まりあは気圧《けお》されつつ駆け寄った。

ラヴェンデルの傍らに屈《かが》み、輝く縄に手をかけようとする。だが、大きな手が優しく重なった。

どきりとして顔を上げると、いつの間にか左隣に黒衣の青年――アレスがいた。

「こんな汚らわしいものにあなたの手を触れさせてはいけません」

「……おいそこのなまくら！　それは、私が汚らわしいものに縛られていることへの嫌味か⁉」

ラヴェンデルはアレスを睨んで噛《か》みつくように言ったが、当の青年は冷ややかな一瞥《いちべつ》を送るのみだった。

かと思えばアレスはまりあに顔を向け、またひたむきで、気恥ずかしくなるような目で見つめる。

「……これを壊すことがあなたの望みですか？」

「えっ……、ま、まあ、はい、このままにしておくのは忍びないというか……」

わかりました、とアレスは短く答えた。大きな手が無造作に光の縄をつかむ。子供が玩具《がんぐ》を握るように力をこめると、脆《もろ》い土を崩すに似て呆気《あっけ》なく砕けた。

（え、えええ⁉）

まりあは内心で驚きの声をあげた。この縄は《払魔の光縄》で、かつて結構苦労して手に入れたレアなアイテムだった。希少なだけに一定時間、絶対に敵を拘束する。

《夜魔王》以外の敵では、力ずくで断ち切れないはずの縄。それが、こんなにも呆気なく――。

解放されたラヴェンデルは素早く立ち上がると、可憐《かれん》な顔を歪《ゆが》めて腕や足を払った。

「忌々しい……。本来であれば、あんな雑魚《ざこ》どもに後れをとることなどなかったものを……。光の狂母め。澄ました顔をしてずいぶん卑劣な手を使う」

ラヴェンデルは忌々しげにそう吐き捨て、まりあは思わず萎縮《いしゅく》した。

（光の狂母って……主人公《プレイヤー》の《陽光の聖女》のことだよね……）

《闇の眷属《けんぞく》》が、《陽光の聖女》を蔑《さげす》んで光の狂母などという。

――実際、まりあはラスボス戦を楽に進めるために補助アイテム、武具防具はすべて獲得し、惜しみなく投入した。

（で、でもゲームだし、それが正攻法だし……）

まりあは内心で言い訳する。ゲームのキャラクターであるはずなのに萎縮してしまう――。

ふいにラヴェンデルが向き直って真正面から見つめられ、まりあはぎくりとした。

「遅いぞ、《闇月の乙女》！　我々がどれだけお前を待ちわびていたと思っている！　そのわりに頼りなさそうだが、もっと自覚を持て！　先ほどとて、さっさと敵を薙《な》ぎ払《はら》えばよかったではないか！　遊んでいる暇などないのだぞ‼」

「えっ、ご、ごめん……あの、《闇月の乙女》って？」

「戯《たわむ》れはやめろ！　いまは撃退したが、奴らはすぐにまたやってくる！　悠長なことをしている暇はないのだ！」

幼く可憐な少女は高い声のまま、厳《いか》めしい口調でまくしたてる。まりあはその勢いに圧《お》され、忙《せわ》しなく瞬きをした。

「……え、《闇月の乙女》って……、私が？」

「笑えん寝言はやめろ！　他に誰がいるというのだ⁉」

ラヴェンデルに本気で怒られ、まりあは怯む。

（……って、《闇月の乙女》って敵じゃん！　トゥルーエンドではじめて出てくるキャラ‼）

各キャラのエンディングを全部見てはじめて解放されたもう一つの分岐《ルート》、そこではじめて出現したキャラだ。しかも《闇の眷属》側として。

それ以外にはほとんどが不明のキャラクターでもある。

わかっているのは、本来のラスボスのラヴェンデルが待つはずの《決戦の間》で、玉座に《闇月の乙女》が座っていたこと。

その人物を倒せ、というテロップが出ていたことだ。

そして、《闇月の乙女》が立ち上がって顔が見えた——。

思い出したとたん、まりあの背に冷たいものがはしった。

あのとき、画面の向こうにあったのは、昏木まりあの顔だった。

そんなことがありえるはずはないのに。

（……あれも、夢……？）

それ以外には考えられない。だがそうならどこで眠りに落ちたのか。

まりあはふいに胸をかきむしりたくなるような不安を覚え、自分の顔を触った。

自分の掌《てのひら》の感触。肌の感触。

「何だ？」

「鏡……、ないかな」

いきなりまりあがそう言ったので、《夜魔王》代理の少女は訝《いぶか》しむ顔になった。

それでも、白い指を虚空にひらめかせる。

すると、宇宙に似た空間が一部変化し、鏡らしき反射面が現れた。

不可思議な鏡面に、まりあの全身が映った。

緩いウェーブの黒髪に黒い目、これといって特徴のない、日本人の女の顔――。しかしその装いはまったく異なっていた。

頭の片側に、見たこともない髪飾りがつけられていた。青く大きな蝶《ちょう》を思わせる形に、金と銀の金属の花が重なり、細い銀鎖が垂れている。銀鎖の先に小さな真珠が滴のように繋《つな》がり、動くとかすかに涼やかな音をたてる。

平均身長ほどの体は黒と紫のドレスに包まれていた。

ドレスは一見して現実のものではないとわかった。腰のあたりから長い裾《すそ》にかけて、漆黒から銀光の鏤められた青紫へ変わるが、その色合いと濃淡は常にゆらめき変化していた。

まるで夜空をそのまま閉じ込めたかのようだった。

夕暮れから夜明けのように絶えず色の変化する裾を包むように、腰の後ろから仄蒼い薄衣が垂れ、銀のベルト状のもので留められている。

上半身の黒い布地には銀にきらめく刺繍《ししゅう》があった。

――《闇月の乙女》と呼ばれるラスボスと、まるきり同じ衣装だった。

まりあは一瞬目眩《めまい》を覚える。

ゲームの中のラスボスキャラが、自分にすげかわっている――まるで自分がなりかわってしまったかのような錯覚。

（あ、ありえない……、こんなの夢……！）

しつこく自分にそう言い聞かせる。記憶をたどろうとする。

だがたどればたどるほど、いつもと変わらぬ仕事終わりの日常――『太陽と月の乙女』を起動したこと、トゥルーエンドの最終決戦に突入したこと、そのラスボスの顔が自分だったこと――そして、スマホから強烈な光が飛び出して意識を失ったことしか思い出せない。

どこからが夢で、どこからが現実だったのか？

「……これは？」

すぐ側で青年の低い声がしたかと思うと、まりあは薄い布越しに肩に触れる指を感じた。

顔を向けると、アレスが黒い眉をひそめてまりあの肩の傷を見ていた。

とたん、思い出したかのように傷の痛みがひどくなった。

まりあはおそるおそる、傷口に手で触れた。

指を目の前に持っていく。付着した血の色が、目眩がするほど鮮やかに映った。

アレスの指が優しく触れる感覚も、この痛みも脳がつくりだした錯覚とは思えない――。

圧倒的な現実感が、かえって頭を麻痺《まひ》させるようだった。

「……盲信の蛮族ども、一人も生かしてはおかぬ」

端整な顔からは想像もつかぬ低い呪詛の声が青年の口から漏れた。

「あ、あの……！　この傷！　治してもらえませんか！　その、魔法みたいなので……！」

「何を寝ぼけたことを言っているのだ。治癒魔法？　あれはリデルの下僕の技だ。我々はそんな軟弱な技は使わない」

ラヴェンデルにひどく訝《いぶか》しげな顔をされ、まりあは愕然とした。

――主人公《プレイヤー》だったときは湯水のように使えていたのに。

（そ、そういえば、聖女の魔法の源って陽光だとかなんとか言っていたような……）

そもそもここには陽光がまったくないようだった。

「じゃ、じゃあ、ラヴェンデルさんたちは大きな怪我《けが》とかした場合はどうするんですか……？」

「おい、戯《ざ》れ事もいい加減にしろ。私を侮辱しようというのか？　怪我を負う前に敵を制圧し、殲《せん》滅《めつ》する。それが我々のやり方だろうが」

冗談でもなくラヴェンデルに本気で苛立った様子で言われ、まりあは更に驚愕《きょうがく》する。

（無茶苦茶じゃん……！　治してもらえないの、これ！）

痛みを意識するとよりひどくなって、まりあは泣きそうになった。

その側で、アレスは険しい表情になってラヴェンデルを睨む。

「《闇月の乙女》を護れなかったのか」

「戯《たわ》けめ。こちらは自分の身すら危うかったのだぞ。それにこやつが自分で戦えば、あの程度の敵などすぐに一掃できたはずだ。傷を負うこともなかった」

「……役立たずども」

「おいなまくら‼　消し炭にされたいか⁉」

アレスがぼそっと付け足した一言に、ラヴェンデルが気色ばむ。

まりあだけが、傷の具合に呆然《ぼうぜん》としていた。もはや怖くて直視できない。

（こ、これ痕《あと》とか残るのかな。治る、よね……？）

すると、その不安を察知したかのようにアレスが目を向けた。

「……痛みますか」

「い、いえ……そんなには」

まりあは反射的にそう答えてしまった。

青年の端整な眉《まゆ》がわずかに曇った。黒衣の腕が伸び、その手が肩に触れる。

まりあが息を呑《の》むと、アレスの手がわずかに銀色めいた光を放った。

ひんやりと冷たい感覚が生じ、次の瞬間、痛みは嘘《うそ》のようにひいていた。

アレスの手がゆっくりと離れていく。

「――治癒の技は使えませんが、痛覚を多少鈍くすることはできます」

「あ、ありがとう……」

痛みを感じにくくするというのは少し不穏に聞こえたが、痛いよりはましだった。

そうして、ようやくはたと我に返った。その場の空気に流されている場合ではない。

「……っていうかですね！　私、《闇月の乙女》っていうのじゃ、ないんだけど！」

「は？　いきなり何を言い出すのだ！」

「いえ、私、昏木まりあっていう名前の日本人で！　ねえ、私おかしいでしょ？　あなたたちと全然違うっていうか……」

「おかしいのはお前の頭のようだぞ。戯れ事に付き合う暇はない、しっかりしろ！」

逆にまともに叱咤《しった》されてしまい、まりあはますます混乱した。

――いま目の前にいるラヴェンデルやアレスは、二次元とは思えぬほどリアルで存在感がある。

ラヴェンデルの、血の気を感じさせない白い肌。美しい薄紫のゆるく巻いた髪の一本一本は、気の遠くなるような描き込みよりもなお緻密《ちみつ》だ。

黒一色という異質な衣装をまとうアレスも、遠い国の王族を思わせる高貴さがあり、彫りの深い顔立ちや浅黒い肌はこの手で触れられるものとしてそこにある。

自分と同じ人間の質量と存在感――だが、二次元《ゲーム》のデザインゆえに無慈悲なほどに煌《きら》びやかで、美しい。

そんなキャラクターが存在する世界で、昏木まりあなどという、特別にデザインなどされていない平凡な日本人の女がいて浮かないわけがない。

(目なんか重い一重だし鼻は低いし肌だってそんなにきれいじゃないし!?)

自分から見てもお察《さっ》しだというのに、二人はなんとも思わないのか。

まりあはアレスに振り向いた。

「あ、あの、アレスさん……こういうこと言うのもなんですけど、私の顔おかしいですよね？《闇月の乙女》とかいうのとは全然違いますよね？　つまりその、顔が露骨に残念というか……」

支離滅裂気味にまりあが言うと、黒衣《こくい》の青年は眉をひそめた。

それから、丁寧な口調で答えた。

「あなたは美しい。この世界の何よりも。あなたを一目見た時からその想《おも》いは変わりません」

闇夜の中の炎を思わせるような目がまりあを真《ま》っ直《す》ぐに見つめる。

まりあは固まった。

――想像を絶する超破壊力の返答だった。

まったくの不可抗力に顔が熱くなった。

胸の内側で、小鳥が忙しなくはばたいているかのように鼓動が乱れる。

(ひ、ひとめぼ……？　いやいや、いやいやいやいやいや‼　これ乙女ゲーだから‼　私に言われたんじゃないから‼)

おそらく《闇月の乙女》とかいうものの設定なのだ。そうに違いない。

なのに顔は熱くなる一方で、アレスの顔を見られない。

すると、冷ややかな少女の声が割り込んだ。

「そやつの目はまともにはたらいておらんようだな。お前も何を動揺しているのだ。白けるわ」

「すっ……すいません……」

ラヴェンデルのほうがよほど冷静で現実的に思え、まりあは思わず謝ってしまった。いい年をして、と窘《たしな》められたような気がした。

「つまらん戯れをやっている暇はない。よいか、奴らはまたやってくる。一時退けたとはいえ、我々が危機に瀕《ひん》しているのは間違いない」

「奴らって……まさか《光の子》ら……」

「その虫唾《むしず》がはしる言い方はやめろ。あんなもの、狂信者の集まりだ。光の狂母をはじめとした蛮族どもにすぎん」

可憐《かれん》な容姿と澄んだ声で、《夜魔王》の姉は辛辣《しんらつ》に吐き捨てる。

思わず怯《ひる》むまりあを後目《しりめ》に、少女は細い腕を組み、険しい顔で睨《にら》んだ。

「よいか、状況は最悪も最悪、これ以上ないほどなのだぞ。魔公爵たちはおろか、我が愚弟――レヴィアタンまでもが奴らに封じられた。戦力の差は絶望的だ」

「……」

まりあは答えられなかった。――その通り、としか言いようがなかった。

なぜなら、ほかならぬプレイヤー《まりあ》がそうしたからだ。

「このままでは我々は滅びる。《闇月の乙女》、お前がようやく現れたのはいいが少々遅れすぎだ」

「あなたたちが滅びる可能性については否定しませんが、《闇月の乙女》は死なせません。私が護ります」

口ごもったまりあに代わってアレスが涼しい顔で答える。

ラヴェンデルは更に苦々しい顔になって黒の青年を睨んだ。

「色ぼけ剣め。ともかく、こうしてはおれぬ。さっさと我が愚弟を引っ張り出すのだ」

「……え」

「呆《ほ》けた顔をするな。我が愚弟、《夜魔王》レヴィアタンを奴らから取り戻すのだ」

まりあは絶句する。

――自分で封じたはずの《夜魔王》。悪の根源とされている最強のボス敵。

「あっ、あのですね！　《夜魔王》って人はその、悪……よくない人として見なされているというか。瘴気《しょうき》を撒き散らす本人と言われていて……」

「……おい。お前、本当にどうした？　何を言っているのだ？　瘴気などと蔑《さげす》んでいるのは狂信者どもだ。適合しなかった光の狂信徒どもにとっては毒なのは当然ではないか。《夜魔王》が間に立って月精を広めなければ、我々《夜の子》らは長くは生きていられぬ。力を使うこともできん」

ラヴェンデルは疑念と不快をまぜたような顔でまりあを見る。

アレスも端整な顔の中で訝しむようにわずかに眉が動いたのをまりあは見た。

二人の反応は、まりあのほうがおかしいと言わんばかりだった。

(《月精》って……、瘴気のこと、こっちの住人はそう呼ぶんだ。ってことは、《光の子》らの《光精》と同じようなもの……?)

ゲーム本編に、《光精》というものがあった。いわく、聖女側の世界――光に満ちた天上界を満たす空気のようなもので、創世の女神リデルの力の残滓《ざんし》、それが《光の子》らの奇跡の源にもなるのだという。

プレイヤーキャラである《陽光の聖女》は強い光精の持ち主で、周囲に清浄な空気を振りまいていたというような描写があった。

その一方、《汚れた者たち》と呼ばれる敵側――つまりラヴェンデルたちの世界は、汚れた空気・瘴気で満ちているとされていた。

まりあは黙りこんで額に手を当てた。

(何なの、これ……! やけにリアルだし、敵のボスの封印を解けって……そんなことしたら、だいぶまずいことになるんじゃ……)

たとえゲームや夢の中であったとしても、この妙な生々しさが行動をためらわせる。

『太陽と月の乙女』をしっかりプレイしていたからこそ、最強のボスである《夜魔王》の力や影響力の大きさはわかっている。

夢であるはずなのに緊張していると、ふいに目眩を覚えた。しゃら、と髪飾りが揺れる。

膝《ひざ》から突然力が抜け、崩れ落ちる。

だが寸前で、後ろから腰を抱き留められた。びくともしない強い腕——。

「《闇月の乙女》！　どうなさいました……！」

アレスの端整な顔が覗《のぞ》き込んでくる。焦った表情をしても、美形だとこんなに様になるのか——

まりあはぼんやりと見つめた。

（あ、あれ……やばい？）

体にうまく力が入らない。頭を揺さぶられているような感覚。視界がぐらぐらする。目眩など、そうそう起こすような体質ではない。

なのに突然全身にだるさを感じている。アレスに抱き留められるがままだった。

ラヴェンデルが近寄ってまりあの顔を覗きこみ、眉根《まゆね》を寄せた。

「……だから言ったであろうが。《夜魔王》が囚《とら》われているいま、《夜の子》らに月精を与えられるのはお前しかおらんのだ」

言うことを聞かないからだと言わんばかりの口調だった。

まりあは問い返そうとしてふいにアレスの胸に引き寄せられ、声を失った。

目を白黒させるまりあの代わりに、アレスがラヴェンデルを睨んだ。

「私の女神から力を奪うな」

「……それは我々に死ねと言っているのと同義だが？」

「《闇月の乙女》から奪うことは許さない」

玩具《がんぐ》を奪われまいとする子供のように強く抱きしめられて、まりあは余計に目が回った。

——黒衣の下の、大きな胸。広い肩。強い腕。

いやでも男性の体であることを意識させられる。

動悸《どうき》が激しくなり、顔から火を噴きそうになる。

（う、うう……！　ゆ、夢とわかっていても刺激が強すぎる……！）

異性にこんなふうに抱きしめられた経験などない。ましてそれが、三次元には存在しないような美貌《びぼう》の青年になら尚更だ。

ありえない僥倖《ぎょうこう》にほんの少し惜しいような気もしながら、まりあは理性と良識のほうへ全力で舵《かじ》を切った。

力を振り絞ってアレスの腕から身を起こし、なんとか離れる。

「じょ、状況がよくわからないんだけど……、つまり《夜魔王》の代わりに、私から体力みたいなものが奪われている、ってことですか？」

「体力ならいいがな。お前、記憶の混濁があるのか？　まだ完全に覚醒《かくせい》しきっていないようだが」

まりあは一瞬黙った。――覚醒しきっていないどころか、全力で寝ているに違いない。この状況は自分の脳がつくりだした夢のようなものなのだから。

だが夢にしてもラヴェンデルの言葉に不穏なものを感じた。

「体力ならいいが、ってどういう……」

おそるおそる聞くと、ラヴェンデルは心底呆《あき》れたような、疑うような眼差しを向けた。愚かな質問を延々と聞かされているというような顔だった。

「《月精》は我が女神ヘルディンの身より溢《あふ》れ、闇夜のすべてに降り注ぐ恩寵《おんちょう》。《闇の眷属《けんぞく》》すべての根源となる力です。《闇月の乙女》、あなたがその身に宿す力です」

ラヴェンデルの代わりに、アレスが真摯《しんし》な表情で答えた。

まりあは忙《せわ》しなく瞬きをする。少し考えて、思い至る。

（聖女が強い《光精》を持ってるのと同じで、《闇月の乙女》ってやつも似たようなものがあるってこと……？　《闇月の乙女》はヘルディンの化身……？）

アレスは形のよい眉をひそめた。

「あなたは目覚めたばかりでまだ本来の力を発揮しておられません……その状態で、他の者たちに月精を与えるのは危険です。あなたの慈悲が、夜の闇ほど深くあろうとも……」

「……えーと、私、そんなつもりなくて、わけがわからないんですが……つまり、その、どうなるんですかね？」

「わかりきったこと。お前の月精は否応なしに我々が貰《もら》うことになるし、それでお前が呆けたまま月精が尽きればそれまでだ。消える、死ぬ、好きな解釈をするがよかろう。もっとも、奴らが再度攻めてきて殺されるほうが先かもしれんがな」

ラヴェンデルがあまりにあっさりと答えたので、まりあの頭はすぐにはついていかなかった。

消える。死ぬ。殺される。

それは冷たく硬い、石のように感じられた。

所詮《しょせん》これは自分の脳がつくりだした幻――だがその理性の声を責めるように、ずきりと肩に痛みがはしった。手をやったときに感じた、生々しく濡《ぬ》れる感覚――矢に穿《うが》たれた傷から滲《にじ》む血の感触。

背にぞっと冷たいものがはしった。

「――《闇月の乙女》は死なせません。私が護る」

「間抜けめ。我々が一人残らず死に絶え、《闇月の乙女》だけが残った世界に何の意味がある？」

冷たく頑《かたく》ななアレスの声に、ラヴェンデルも劣らぬ冷ややかさで応じる。

まりあは目眩《めまい》を覚えて、軽く頭を振った。――やはりこれは夢だ、そうに違いない。

だがそうだとしても、死ぬのも怪我をするのもいやだ。殺されるなど論外だった。

「じゃあ……どうすれば？」

「だから、決まりきったことだ！　お前の生死のみならず、《闇の眷属》全体の問題だ!!　あやつがいなければこのまま滅亡の道をたどる!!」

まりあは顔を歪《ゆが》めた。頭痛がした。ラヴェンデルの言葉のせいなのか、それとも《月精》とやらが奪われ続けているからなのかはわからない。

（攻め込まれて殺されないため、《月精》ってやつが尽きて死なないため――とにかく《夜魔王》を解放しろってこと――？）

元聖女《プレイヤー》であるからか、苦労して封印した敵の首領を自分で解放するなどということには抵抗があった。

（でも……、夢であっても、痛い思いをするのも、死ぬのも嫌……！）

――これは所詮夢だ。それもゲームの。なら自分のために《夜魔王》を解き放ってもいいのではないか。たとえ大事になったとしても、夢は夢でゲームはゲームにすぎない。

まりあは顔を上げて、ラヴェンデルを見る。

「わかりました。レヴィアタンさんを助けに行きたいと思います」

「……なんだその呼び方は。ともかく、決まったなら早く行くぞ。無駄な会話で時間を浪費した上、そのぶんだとお前の月精もさほどもたんだろうしな」

年若い少女の外見をした王姉は、もの言いたげにまりあを一瞥《いちべつ》した。

「それで、一応確認しておくが……我が愚弟がどこに囚われているかわかっているか？」

まりあははっとした。それから自然と緊張して、抑えた声になった。

「《イグレシア》神殿の……螺旋牢《らせんろう》、ですよね」

そうだ、とラヴェンデルは言葉少なに肯定した。血の気の感じられない頬が強《こわ》ばっている。

──《イグレシア》神殿。

まりあは、その場所のことをよく知っている。プレイヤーの拠点であり、ゲームの主な舞台であり、聖女とその騎士たちの住まう城だったからだ。

アレスがかすかに顔をしかめた。

「この戦力で敵の本拠地に乗り込むのは危険です」

「この状況は既にどう転じても我々にとって滅亡の危機しかないのだ。故郷にいようが、敵の本拠地に乗り込もうが同じことではないか。それに正面から戦いを仕掛けに行くわけでもない」

ラヴェンデルが不快げに反論する。

だが平和な国の一般人であるまりあも、内心ではアレスの言葉に賛成した。

たとえゲームであっても、いつも〝優等生〟、〝良い子〟な選択肢を選んできて、危険なもの、他キャラクターにちょっとでもネガティブな反応をされるのを無意識におそれていた。

その心が怯んでいる。

だが刻一刻と体から力が抜けていく感覚も、肩の痛みも待ってはくれない。

何かをしなければ──ここでいずれかの選択肢を選ばなければ次の場面には行けないのだ。

『敵の本拠地に乗り込みますか?』

まりあには、そんな質問が見える気がした。

そして画面いっぱいに、はい/いいえが上下に並んだ選択肢。

(……ああもう。夢ならせめて、もっと楽しくていい思いをさせてくれたらいいのに!)

まりあは半ば自棄《やけ》気味に、心の中の選択肢を決定した。

「——行きます。とにかく《夜魔王》さんを解放して、その後にまた考えたいです」

ようやくのことで言うと、ラヴェンデルははじめからそうしろ、と尊大に言った。

まりあはアレスに振り向く。

青年はわずかに渋るような表情を見せたが、すぐにうなずいた。

「あなたの望みのままに」

まりあが動かしていた主人公――つまり《陽光の聖女》たちのいる天空神殿が《イグレシア》という名称である一方、ラヴェンデルたちがいるこの漆黒の城にも名前がある。

夜の城《パラディス》。

この永遠の夜の世界《永夜界》になお濃く艶《つや》やかにそびえる漆黒の巨城――《夜魔王》の居城だった。

まりあの見知った《イグレシア》神殿は、その名の通り白亜の建築物で、古代の神殿を思わせる趣だった。長い柱廊や開けた廊下には光が射し込み、開放的で明るさに満ちていた。

それに比べれば、《パラディス》は重厚でどこか閉ざされた城だった。

壁は厚く、声や物音が響くような高い天井に背の高い柱もすべて漆黒の輝きで、照明となるものは控えめな銀光になっている。

最終決戦の舞台となっていた玉座の間は頭上が一面の天窓になっていて、宇宙を思わせる藍色《あいいろ》の闇と無数の銀砂のような星光が降り注いでいた。

(なんか、思っていたのと違う……)

ゲーム本編では、《永夜界》はいかにも瘴気《しょうき》と穢《けが》れに満ちた闇の世界であり、おそろしい悪の温床であるというような説明だった。

だが、今まりあの目に映る風景はひたすら静かな夜――あるいは海の底のような深みがあった。

夜の衣があらゆるものを優しく包んでいる。

「……で、聞いておるのか《闇月《あんげつ》の乙女》」

「！　あっ、す、すいません、ぼうっとしてました……」

ラヴェンデルの不機嫌な声で、まりあは物思いを中断した。

パラディス城の屋上――そこからの眺めがあまりにも神秘的で、意識を奪われてしまった。

「ずいぶんと余裕だな？　その余裕が本物であればよいが」

「……すいません。《天上界》に行かなくちゃいけないって話ですよね」

「そうだが、その意味がわかっておるのか？　手勢はなく、乗り込むといってもお前とそこの阿呆《あほう》と私だけだ。戦闘は極力避け、愚弟をさっさと見つけて最速で脱出する。よいな？」

厳しい教師のように説明するラヴェンデルに、まりあは緊張しながらうなずく。

「敵の世界に充満する空気は、我々にとっては毒も同然です。あの世界の歪《ゆが》んだ空気は、《闇月の乙女》、あなたの身に負担を強います。一刻も早く脱出するべきです」

アレスは顔立ちに負けず劣らず端整な声で言った。形の良い眉《まゆ》をひそめ、気遣わしげにまりあを見つめる。本気で案じているのだと全身で伝えてくる。

その姿にまりあはくらっときてしまった。どぎまぎしながら、必死に冷静を装う。

「そ、そうですね。向こうの……人たちが、こっちの世界で息苦しいと感じるのと逆、というので……」

まりあはなんとかそう答えた。――聖女たちが《月精》を瘴気と呼んで忌み嫌っているように、ラヴェンデルたちからすれば、《光精》のほうが毒ということなのだろう。

「とにかく自分の身は自分で守れ。他人の子守までは無理だからな」

「き、気をつけます……」

「……それで、問題はイグレシアのどこに螺旋牢とやらがあるのかわからんということだ。深部のほうだとは思うが、迷って時間を浪費すれば愚弟を取り返すどころではなくなる」

まりあははっと息を呑《の》んだ。

「あの……私、たぶん、わかると思うんですけど」

「何？」

ラヴェンデルが大きな目を見開いた。

「……なぜ、おわかりに？」

アレスが控えめな微笑を浮かべ、穏やかな声で言った。

まりあは口ごもった。

（主人公《プレイヤー》として散々遊んでマップ覚えたから……！）

ゲームの主な舞台であったので、何周もしていれば自然と覚えてしまうのである。

第一、《夜魔王》を封印したのはまりあ本人だった。だがさすがにそんな説明はできなかった。

戸惑っているうち、ラヴェンデルがふうっと息を吐いた。

「まあよい。お前がわかるというなら道案内は頼んだぞ、《闇月の乙女》」

まりあがうなずくと、ラヴェンデルはレースのあしらわれた大きな袖《そで》から、青白い指をひらめかせる。指先の描いた軌跡は蛍火のように淡い残光となり、四角と丸が組み合わさった図形を描いた。

次の瞬間、まりあの耳に馬の嘶《いなな》きが聞こえた。短く驚きの声をあげると、ラヴェンデルの指が描いた図形から紫色の光が飛び出す。

光は一気に膨張して四本足の動物を象《かたど》ったあと、一気に闇色に反転した。

まりあの目の前に黒真珠のような毛並みを持った馬が二頭現れた。轡《くつわ》を噛《か》まされ、黒の手綱《たづな》が繋《つな》がっている。背には鞍《くら》もつけられ、あとは乗り手を待つばかりといった様子だった。

ラヴェンデルは、その身長からすると相当な高さであろう鞍にひらりと飛び乗った。黒いレースの裾《すそ》から伸びる足は慣れた様子で馬の背に跨《また》がり、奇妙に勇ましい。

そして、呆然《ぼうぜん》とするまりあを見下ろした。

「さっさと乗れ。何を呆《ぼ》けておるのだ」

「え、え……」

まりあは怯《ひる》んだ。乗馬経験など一度もない。だがラヴェンデルは手綱をひいてさっさと馬を動かしてしまう。

（えええええー！　この一頭に私が乗れってこと⁉）

まりあはもう一頭の黒馬に目をやった。馬は暇そうに前足を遊ばせ、首を下げている。

はっとしてアレスに振り向く。

――馬は一頭。乗るべき人間は二人。となればアレスと一緒に乗るのか。

アレスの返した微笑《ほほえ》みは、あたかもまりあの考えを肯定するかのようだった。

「防御は私の得意とするところではありませんが、あなたの身を守る盾にはなれます。どうぞ、お気をつけて」

まりあはえっ、と短く声をあげた。

アレスは一瞬瞼《まぶた》を閉じた。とたん、その姿が闇に消える。

まりあの腕や足、そして胴体に優しく包まれる感覚があった。思わず腕を上げて自分の体を見下ろすと、肘下《ひじした》から手の甲に籠手《こて》――膝下《ひざした》から爪先を覆う長靴――そして胸から胴に、黒曜石のような鎧《よろい》があった。艶やかで見るからに重厚なのに、まったく重さを感じない。

腰から下には、元のドレスがなびいている。まりあは忙しなく瞬きした。

「え、これ……あ、アレスさん？」

答えはなかった。だが、言葉の代わりに防具が淡い熱を発した。——まるで体温のように。

腕に、足に、アレスが自分のそれを絡めてくるような錯覚。

（う、うわわわわ……っ‼）

ひどく恥ずかしい連想をして、まりあは一人慌てた。いたたまれなくなって忙しなく周囲を見回すが、傍らにいるのは暇そうにしている黒馬だけだった。

やけに熱い頬に手で風を送り、少し冷静さを取り戻す。

（……馬には、自分一人で乗れってことだよね）

こんな夢の世界でも、そのあたりは甘くないらしい。

まりあはおずおずと馬に歩み寄った。どうせ、これは現実の自分ではない——乗馬はおろか本物の馬を一度も直《じか》に見たことのない、一般人昏木《くらき》まりあではないのだ。

そっと手を伸ばして体に触れても、馬はまったく動じなかった。

まりあはなんとか鐙《あぶみ》に足をかけた。鞍に手をかけて体を持ち上げようとすると、下から風を受けたようにふわりと浮き上がった。

黒い長靴の、アレスの力なのかもしれない。

ぎこちなく手綱を握る。そのときにもまた、手の甲までを覆う籠手から淡い力を感じた。

——しっかり握るよう、アレスが手を重ねてくれているようだった。

主《あるじ》を得て、黒い馬は頭を持ち上げた。滑らかな夜色の鬣《たてがみ》がなびく。馬は軽く上体を持ち上げ、前足で空をかく。

そうして、本当に空へと駆け上りはじめた。

まりあは慌てて手綱を握りしめ、馬にしがみつくように前屈《まえかが》みになった。

だがこれもアレスの防具のおかげなのか、はじめて馬に乗ったあげく空を駆けるなどという強烈な体験をしているにもかかわらず、体は安定した。

空飛ぶ馬は、見えない階段を上るがごとく高度を上げていく。

まりあは手綱を強く握りつつ、おそるおそる体を起こす。そして周囲の風景を認めた。

（うわぁ……！）

大きさも色も違う、淡い碧《みどり》や琥珀色《こはくいろ》の星々が瞬く。一切を覆い隠すような深い夜に見えながら、空は黒、蒼《あお》、碧と複雑に揺らめく。天に海が広がっているかのようだった。

これで月が見えないのが惜しく思えてしまう。

視線を下に向ければ、この濃い夜の中にあっても不思議と大地が見える。

大きな波のように隆起する山、暗い水底のように見える谷——無数の光が集まり、そよぐ植物の群生地らしき地点や、水面が不思議な輝きを放つ湖。

すべては淡い青色の薄膜を通したように、光の当たる部分は薄青に、あるいは紫に、暗い影は漆黒になる。

その光景すべてが、別世界であることをまりあに痛感させた。

涼やかな夜気と同時に、鼻腔《びこう》から少し甘さを孕《はら》んだ空気が流れ込む。

圧倒的な、世界の存在感にまりあは陶然とした。

体がこの空気と風景に震えている。——瘴気の満ちる世界、などとはとても思えない。

《永夜界》に目を奪われていると、突然頭上から光を感じてはっとした。

まりあは真上に顔を上げた。夜が明けてゆくときのような光――空の色が変わっている。

やがて目を見開き、声を失った。

遥《はる》か天には、一転して晴れた空が広がっていた。

限界の高度から向こうがいきなり青空に切り替わってしまったかのようだった。

見えない境界を境に、昼と夜が隣接している――。

「こじ開ける！　手伝え《闇月の乙女》！」

ラヴェンデルが突如そう声を張り上げ、昼と夜の境界に向かって手を突き出した。

その白い掌《てのひら》から闇色の螺旋《らせん》が放たれ、渦を巻いて巨大化する。

渦は不可視の境界に直進し、衝突する。境界面が一瞬、水面が大きな波紋を描くようにたわんだ。

甲高い衝撃音がまりあの耳をつんざき、びりびりと肌が振動した。

ラヴェンデルの放つ黒い渦はそのまま、空を穿《うが》とうとするかのように衝突し続ける。

「――何をしているのだ！　早く手伝え！」

「て、手伝えって……！　わ、私、魔法なんて使えない……！」

「寝言をほざいている場合か！　早くしろ‼」

そう叫ぶ声は険しく、表情は厳しかった。

（そ、そんなこと言われても……！）

ラヴェンデルを手伝わなければまずいことはわかる。だが何をどうすればいいかわからない。

思わず自分の鎧を見る。――優しいアレスが教えてくれるのではないかと期待する。しかし鎧となってしまったからか、答えは返ってこなかった。

ラヴェンデルは業を煮やしたように声を荒らげた。

「私に倣え！　集中して、想像しろ！　内にある力を外に出せ！」

あまりにも漠然とした指示に、まりあは混乱し、無理だと叫びたくなる。だができない、などとまごつく暇はなさそうだった。

（ああ、もう……‼）

とにかくやるしかない。右腕を突き出し手を大きく開く。ラヴェンデルの模倣——集中、想像。ラヴェンデルがこの瞬間にも発している黒の螺旋を、頭の中で思い描く。自分の掌からそれを放つ想像——雑念が入り込むのを必死に振り払う。

やがて唐突に、世界が静寂に包まれた。そして胸の奥に心地《ここち》良い冷たさを感じた。

その冷たさは体中に広がり、喉《のど》に這《は》い上がる。まりあの中の、まりあでない何かが声を発した。

「《月よ、応えよ。この手は闇夜の覆い、銀の刃》」

次の瞬間、掌から黒い雷が生まれた。

瞬く間に腕を這い上がり、茨《いばら》のごとく絡みつく。

そして手から夜色の螺旋が飛び出した。

螺旋はたちまち漆黒の竜巻と化し、不可視の境界に激突する。

空が大きく歪《ゆが》み、のたうつ。反動がまりあの腕を伝い、体全体に衝撃を伝えた。だがアレスの鎧が支え、体を立て直した。

そしてまりあの視界に、自分が放った雷の威力がはっきりと映った。

空に、大きな穴が穿たれている。昼の世界に空いた大きな傷口のようだった。

「——急げ‼」

ラヴェンデルが叫び、人馬一体となって空の洞に飛び込む。その周辺に細い光が葉脈のごとく集まりはじめ、たちまち穴を塞《ふさ》ごうとする。

まりあは慌てて手綱を握り、馬を急《せ》かした。ラヴェンデルに続いて穴に飛び込むと、焼けるようなまぶしさで目が眩《くら》んだ。

何度も瞬いて堪《こら》え、背後を振り返る。

穴は光の糸によって急速に修繕され、ほとんど塞がっていた。

まりあは顔を戻し、片手で手綱を握りながら、もう一方の手に目を落とした。

――魔法を使った。自分が。

掌から確かに黒い雷のようなものが出て、巨大な竜巻になった。喉は、どこからともなくわきでた呪文のような言葉を発した。

理性を超え、全身が高揚する。

魔法。

幼い頃に夢見た幻想を、こんな形で、こんな鮮烈に体験できるとは思わなかった。

なんでもできる――そんな万能感と興奮に酔いそうになる。

だが突然、体がひどく重くなって馬から落ちそうになり、慌ててしがみつく。

(あ、あれ……)

全身が不快に熱くなる。いきなり炎天下に放り込まれたかのようだった。息を乱す。

吸い込む空気までもが火に侵されているように、喉や肺をじりじりと焼く。

「――気を抜くな。ここは敵地だ。光精が濃い。空気そのものが我々にとって毒だ」

ラヴェンデルの押し殺した声が聞こえた。

まりあは息を呑む。プレイヤーのときは力の源であったはずのものが、いまは毒のように感じている——自分が、まったく別の存在になっていると痛感させられる。

周囲を見渡した。

そこは、一転して青空の広がる世界だった。陽光はくまなく世界を照らし、雲一つない。あらゆる影を焼き払う強烈な光が支配している。

そのまばゆさに、まりあは目を灼《や》かれるように感じた。

地上に目を転じると、遥か遠くに輝ける大地が見えた。地を覆う黄金色、遠くに見える森の緑までもが明るく、彼方《かなた》の山々は白い光の影そのものだった。

湖らしき巨大な水たまりは、湖面が無数の銀の刃を刻んだように光を反射している。

青い輝きを放っていた夜の大地とはまるで真逆だ。

(な、なんだか……!)

——主人公《プレイヤー》として、ゲーム中の背景画で何度か見てきたはずの舞台。漠然と、きれいだなと思ったのを覚えている。

なのにいま、この三次元に現れた世界は眩《まぶ》しすぎる。

目を射る、一切の影を許さぬかのような厳しさに息が詰まる。

(こんな世界だったたっけ……?)

「おい《闇月の乙女》、早く案内しろ。イグレシアに侵入するのだ。急げ!」

苛立《いらだ》った声に叱咤《しった》され、まりあは慌てた。そしてラヴェンデルの白い顔はますます血の気を失い、形の良い眉《まゆ》は険しくなっていることに気づいた。

自分と同じように、ラヴェンデルも体の不調を感じているのだ。

まりあは気を引き締めて、空を見渡す。

澄み渡った青が続く空はどこか水中にも似ていて、静謐《せいひつ》な世界でただ一つ浮かんでいるものがある。馬をそちらへ向けると、ラヴェンデルがすぐ後ろに続いた。

それは遠目に、白い扇に見えた。中央が突出した扇だ。その根元は、ガラスの破片を散らしたように無数の輝きをまとっている。

——天空神殿《イグレシア》。

天に浮かび、光の世界すべてを見渡す輝ける神殿。『太陽と月の乙女』の主たる舞台だった。

近づくにつれ、長く過ごしてきた神殿の全貌《ぜんぼう》がはっきりと見えるようになる。

遠目に扇型に見えていた神殿は、間近にすると水晶の集合体《クラスター》によく似ていた。

半分透き通って、空の蒼を反射して薄青に染まっている。その周りを浮遊する光が囲んでいた。

不可思議な神殿はどんな建材でできているのか想像もつかなかった。

ゲーム内で背景画像として見ていたときとはまったく異なる圧倒的な存在感と質量感。

まりあはつい見入りそうになり、頭を振って断ち切る。

(正門から行くとさすがに目立ちすぎるし……)

ゲーム中のマップ表示を思い出しながら考える。

この光の世界に、敵はいない。聖女たちの敵は《闇の眷属《けんぞく》》——本当の意味で別世界の者たちだ。

だからイグレシアには警備兵などは配置されていない。もとから騎士たちがいる上、防御に長《た》けた《光の眷属》たちの住むイグレシアは難攻不落の要塞《ようさい》でもある。

まりあは自分の手を見た。——思いも寄らぬ魔法を発した手。防御とは真逆の、攻撃の力。

(……ゲームだったら、レベルを上げてごり押し正面突破とかできるけど……)

だが見知ったキャラクターたちのいるイグレシアに攻め込む、などというのは避けたかった。

まりあはイグレシアの下部、右側を指さした。

「あそこに庭園があります。そこから入って、奥の螺旋牢《ろう》を目指しましょう。多少遠回りですが、中に入りさえすればあとは戦闘を避けて進めば大丈夫なはず……」

説明しているうち、まりあははたと気づいて周囲を見回す。

「……でも、もう向こうに気づかれているかも……」

「その心配は要らぬ。この馬に乗っていれば、奴らがこちらに意識を向けぬ限り我々の姿は見えん。いまごろ奴らの目は、先ほどの大穴の痕《あと》に向いているだろう」

「な、なるほど……」

まりあは感心して、自分が跨《また》がっている黒馬を見た。空を駆けられるだけでなく、すばらしく役に立つ能力が備わっているらしい。

イグレシアの南東側へと馬を走らせる。ラヴェンデルも続いた。

庭園の入り口――水晶の集合体《クラスター》の根元の右側までかなり接近しても、いかなる出入り口も見えなかった。神殿の壁は薄青からほとんど透明になっている。向こう側は見えそうで見えず、内側から白く輝いているようだった。

だがゲーム内でも、こういった仕掛けはよく見かけた。扉なき扉なのだ。

それがいまでも通用するのか――まりあは一瞬ためらったが、そのまま馬を進ませた。

透明な壁に接触する瞬間、その壁が大きな波紋を描いて揺れた。

水面に飛び込むように、まりあとラヴェンデルは壁を通り抜ける。

とたん、風景が切り替わった。薄青の世界から、無限の色彩の世界になる。

白、黄色、緑、青、紫、赤、桃――鮮やかな色の花々が咲き乱れ、絨毯《じゅうたん》のごとく足元を覆っている。侵入者が足を踏み入れたせいか、一瞬花びらが舞った。

色とりどりの花びらによって虹色《にじいろ》の飛沫《ひまつ》ができて、まりあは言葉を失って見入った。

「――なんと悪趣味な」

ぼそっと不機嫌な声が聞こえ、まりあを正気に引き戻す。

青白い肌に紫色の唇を持つ少女は心底苦り切った顔をしている。

(か、変わった趣味なんだなあ……)

やや名残惜しく思いながら庭園を横切る。

庭の北側には純白の柱が等間隔で並ぶ吹き抜けの廊下があった。

馬で中に入ることはできないため、下りる。

ここまで運んでくれた従順な黒馬は、嘶《いなな》き一つあげず足元の草花を食《は》むでもなく、ただ静かにたたずんでいる。主を見つめる黒い目は透き通っていて無垢《むく》だった。

まりあはぎこちなく手を伸ばし、馬の首を優しく撫《な》でた。

(待ってて。すぐ戻ってくるから)

「……わかっているとは思うが、戦闘は極力避けろ。力を使わなければ気づかれずにすむ」

ラヴェンデルは声をひそめて言う。その険しい表情に向かって、まりあはうなずいた。

廊下に足を踏み入れると、いきなり重くなった。驚き、アレスの甲冑《かっちゅう》だろうかと思う。

だが急な感覚に加え、肌をじりじりと焼かれるような痛みさえ感じた。

(……中に足を踏み入れたせい？)

聖女とその騎士たちのいる神殿は、清浄な空気に満ちている。――ということは、《闇月の乙女》

の体には毒となっているのだろう。

まりあは内心で少し落ち込んだ。アレスの甲冑が音をたてないことを確認して、走り出す。

見慣れたはずの景色《けしき》は、三次元になるとまるで未知の場所にも思えた。こんな状況でなければ大喜びで探索していた。

（螺旋牢に行くには……）

最深部までの道のりを頭に描く。イグレシアの内部は方位別に四つの大きな区域と、塔の中央で計五つの区域がある。それらは、中央を二重に囲む大円通路によって行き来できた。

中央の塔には最上階に聖女の居住区などがあり、下の階には王の間がある。西の区画は騎士たちが詰めており、悪《あ》しきもの、汚《けが》れを封じる螺旋牢は北に位置していたはずだ。

――そう考えて、唐突にまりあの中に疑問がわいた。

（……聖女って）

自分はいま、こうして《闇月の乙女》などという敵キャラになってしまっている。

なら、本来の主人公《プレイヤー》キャラである聖女はいま、どうなっているのだろう。

動かす者のいない主人公。ロードされるのを待っているのか――あるいは。

唐突に思い浮かんだ疑問は、脳に深く食い込んでくる。

だが頭を振って、無理矢理追いやった。いま考えても仕方ない。

先ほどの庭園は、マップの中では南南東だ。そこから北の螺旋牢へ向かうには、奥へ進んで二重の大円通路のうち、内側の通路まで行かねばならない。

吹き抜けの廊下を抜けると、屋内に入った。水晶のような、透き通って輝く建材が天井にアーチを描き、幾重にも続いている。

そこを過ぎると、足元は緋色《ひいろ》の絨毯になり、同じアーチ型の天井だが壁は不透明で純白になる。白い壁や柱に金色を使った装飾が刻まれ、おとぎ話に出てくる城そのもののような姿をしていた。

突き当たりまでいくと、左右に道が延びた。二重の大円通路のうち、外円の通路に出たのだ。

まりあは左右と上下を見渡し、現在位置を確かめて、円の東側から北へ向かうことにする。

走り出そうとして、寸前で踏み止《とど》まった。隠れられる場所がそんなに多くないので、通路上で人に出くわす危険がある。

足音を殺し、壁沿いに周囲を警戒しながら進んだ。しばらくして、人の話し声と足音が聞こえた。すぐに隠れられる場所を探し、大きな柱の陰に身を潜めた。ラヴェンデルが小柄なために、かろうじて二人同時に隠れられる。息をするのもはばかりながら、人が通り過ぎるのを待つ。

ほんのわずかだけ顔を出して足音の正体を観察した。白を基調とした軍服に身を包み、腰に剣を佩《は》いた騎士たちが二人。どちらも金色の髪をした青年だった。

長靴がかすかな金属音をたて、やがて遠ざかっていく。

まりあはおそるおそる息を吐き出した。心臓がうるさく鳴っている。

(うう、やっぱりこういう潜入系苦手……)

これまで遊んできたロールプレイング系ゲームでも、潜入イベントが何度かあった。敵から隠れて進まなければならないシーンだ。見つかって戦闘になるのはまだいい。いざというときは全部敵を薙《な》ぎ倒して進めばいいのだ。だが、見つかったら即ゲームオーバーなものは本当に苦手だった。

いまの状況は、まさに後者だった。

過剰なぐらいにまた左右を確認して、柱の陰から出る。隠れられる場所はあまり多くない。早くここを抜けてしまいたいという焦りを抑えつつ、慎重に進んで行く。

（……エルネストとかヘレミアスたちはいないのかな）

緊張の中、ふとそんなことを思った。『太陽と月の乙女』で個別の結末を迎えられるキャラクターたち。近衛《このえ》隊長で寡黙なエルネスト、神官らしからぬ飄々《ひょうひょう》とした性格のヘレミアス――。

（アウグスト……リアルで見てみたかった）

スマホの壁紙にまで設定した、最愛キャラの《聖王》アウグスト。

『太陽と月の乙女』の世界なのだから、彼らこそ三次元で見てみたかった。

淡い思いを追いやり、周囲を警戒する。

それから二回ほど隠れて敵をやり過ごすと、再び道が分かれた。北へ出る通路だ。

まりあはラヴェンデルと共に駆け出した。この先は螺旋《らせん》牢しかないため、基本的に人の行き来がない。警備兵などもいない。しかしそれは無防備であるという意味ではなかった。

ひたすらに白い一本道を走っていくと、閉塞感《へいそくかん》が強くなり、時間の感覚が少しずつ狂ってゆく。

ずいぶんと長く走ったように感じた後、ようやく道に変化が現れた。

巨大な光の魔法陣が行く手を塞《ふさ》いでいた。わずかに赤く色づいた光は警告の色を思わせ、円の中に複雑な紋様を描いている。この先が禁域であることを示す証《あかし》だ。

まりあは手前で立ち止まり、ラヴェンデルに振り向いた。

「この封印はここを含めて三箇所あって、解かないと先へ進めません。私たちではまともに解くのは無理なので……」

「……力で破る、ということだな。わかった。ここからはわずかたりとも時間を無駄にするな」

まりあはうなずいた。力ずくで封印を破れば、さすがに侵入が発覚するはずだ。ここから先は本当に時間との戦いだった。

ラヴェンデルはまりあの体を一瞥《いちべつ》した。

「……そこのなまくらも一緒に使え。単純にものを壊すのに向いているだろう」

まりあはぱちぱちと瞬きをした。両手を少し持ち上げ、アレスが変化した黒の鎧《よろい》を見る。

すると言葉はないまま、右手に心地良い冷たさが生じた。手の中で、暁を思わせる紅《あか》い光が乱舞する。次にはその光が色濃い黒へと変化し、手の中で硬化した。

まりあがとっさに握ると、手の中の黒は肥大化し、一瞬で長細い剣の形になった。この白一色の空間で、より拒絶的に見える艶《つや》やかな漆黒の剣。

手の中の剣は最初に見た姿より一回り小さく、あるいは細くなったように思えた。

「――行くぞ」

短くそう言って、ラヴェンデルは華奢《きやしや》な手をかざした。黒い雷が迸《ほとばし》る。

まりあもためらいがちにアレスを両手で握った。黒剣《アレス》は驚くほど手によく馴染《なじ》む。

とたん、柄《つか》から赤黒い光が生じた。剣を握る両手に、茨《いばら》のごとく絡みつく。

アレスが補助してくれている。まりあは剣に意識を集中し、大きく掲げ――振り下ろした。

漆黒の風が奔《はし》った。

反動が腕から肩へと抜け、まりあは顔を歪《ゆが》める。

爆発音が轟《とどろ》き、白い空間を揺らす。

魔法陣は大きく斜めに切り裂かれ、無数のひびを広げて砕け散った。

「走れ！」

ラヴェンデルが駆け出し、まりあもアレスを握ったまま後に続いた。

少しあってから第二の魔法陣が現れる。今度は薄く黄色がかった光を帯びていた。

近づくなりラヴェンデルは手をかざし、まりあは一瞬立ち止まってまた剣を振り上げた。

体の底に響くような衝撃のあと、再び魔法陣が破れる。更に走って第三の魔法陣を目指す。

最後の封印は、前の二つより大きなものだった。円と緻密《ちみつ》な紋様を描く光は、赤と黄色、そして青の間で忙《せわ》しなく明滅している。

ラヴェンデルは今度は両手を突き出す。白い手から尖《とが》った闇が飛び出し、衝突する。

まりあは再び黒の剣を振りかぶった。

ラヴェンデルの攻撃で揺らいだ魔法陣は、黒剣の一撃で完全に両断された。反動が再びまりあの全身を襲い、一段と体が重くなった。消耗しているのだとはっきりわかった。

今度はまりあが走り、ラヴェンデルが追う。

一本道が唐突に終わり、目の前に空洞が見えた。

飛び込むと、大きな空間が広がった。

その中央に向かってまりあは走った。中心で止まると、足元が光り出す。

（この下――）

足元から閃光《せんこう》が飛び出したとたん、二人の侵入者の姿は消えた。


白が一転して、色の定まらぬ空間になった。

落ちている、という感覚さえない。だが構造的には、螺旋牢は地下にあたるはずだった。

足元が定まらぬ感覚が続き、やがて止まった。

踏みしめたそこは広大で、再び白く染まった空間だった。いかなる物体も区切りもなく、茫漠《ぼうばく》とした白い荒野を思わせる。

だが無を思わせる白の中、一つだけ立っているものがあった。

大木のように床に根を張り、上へと伸びていく巨大な結晶体。純度のきわめて高い透き通ったそれの中に、大きな不純物が閉じ込められていた。

——目を閉じて眠る人影。

立ったまま、少しうつむき加減に閉じられた目。短く整えられた黒髪がわずかに顔にかかっているものの、精悍《せいかん》な輪郭に高い鼻筋がはっきりと見える。

眉《まゆ》はやや太めで形がよく、閉じられた瞼《まぶた》の縁から長く漆黒の睫毛《まつげ》が伸びていた。その端整な唇は艶《なま》めかしかった。

目元に落ちるわずかな陰、高い鼻や唇に冷たい気品が滲《にじ》むのに、それ以上に男性的な色香を感じさせる。

まりあは立ち尽くし、息も忘れて見とれた。

（レヴィアタン……）

——夜の世界の主にして、月の加護を受けし者たちの王。《夜魔王》レヴィアタン。

ゲーム中最大のボスキャラ。主人公《プレイヤー》の最大の敵。

二次元のキャラクターとして、敵の首領として一際華やかにデザインされているが、こうして同じ次元の存在として目の前にすると圧倒される。超常の者なのだと強烈に思い知らされる。

ゲーム画面では全身像が現れることがなかったが、アレスと同じかそれ以上の長身で、肩幅が広く手足は長い。その身を包むのは黒を基調とし、紅や紫が映えるコート状の衣裳《いしょう》だった。

眠っているいまの姿さえ、威厳と存在感は損なわれていない。

「……呑気《のんき》に眠りおって。愚弟め」

小柄な王姉がぽつりとつぶやく。

「《闇月の乙女》よ。愚弟を叩《たた》き起《お》こせ。いつまでも惰眠を貪《むさぼ》らせるな」

まりあは息を呑《の》んだ。

――レヴィアタンを封印したのは他ならぬ自分だ。遅れて、罪悪感のようなものがわいてくる。

《夜魔王》を閉じ込める結晶におずおずと両手を伸ばし、触れる。冷たく硬質な感触は一瞬で、ばちっと小さな雷のような衝撃が手を刺した。

まりあは弾かれたように手をどけたが、おそるおそるまた触れた。

一瞬、頭の片隅で強いためらいが起こった。

このまま、《夜魔王》の封印を解いてしまっていいのか。ゲーム中では、悪しき者たちの首領、瘴気を撒《ま》き散らす元凶などと言われて、何よりアウグストを最も追い詰めた相手だ。

『《夜魔王》レヴィアタンの封印を解きますか?』

そんな、分岐点が見える気がした。

だがここまで来ていまさら引き返すことはできない。レヴィアタンがいなければ、自分の命が危うくなるのだ。

(……こうするしか、ない)

まりあはそう自分に言い聞かせ、触れる手に意識を集中させた。壊れろ、と念じる。一心にそうしたが、結晶体の硬質な感触が返ってくるだけだった。

(……そんなにうまくはいかないか)

そんなことを考えた次の瞬間、ピキンと甲高い音がした。

(うわ……!?)

とっさに手を退《ど》かす。触れた箇所から大きな亀裂が入り、肥大化し、分化し、増殖していく。植物の根が高速で伸びてゆくに似て、結晶体に無数のひびが入った。

そして刹那《せつな》の静寂のあと、一気に砕け散った。

無数の破片は鏡の破片のごとくきらめき、跡形もなく消える。

中に閉じ込められていた《夜魔王》の長身が傾き、まりあは慌てて受け止めようとした。だが自分より体格も身長も上回る男の体は重く、よろめいて倒れそうになった。

「相変わらず図体《ずうたい》ばかり大きくなりおって……手間をかけさせる奴《やつ》」

傍らでラヴェンデルがぼそっとつぶやいた。かと思うと右手をひらめかせ、紫がかった暗い光が空中に小さな魔法陣を描く。

突然まりあにのしかかっていた重みが消えた。レヴィアタンの体が消えている。

ラヴェンデルの白い手に一抱えほどもある闇色の宝石があった。

「これで運ぶ。長くは入れておけんし、その間、私の力は大幅に落ちる。戦闘はお前に任せる」

「こ、これで運ぶって……その、宝石みたいなものにレヴィアタンさんが入ったんですか⁉」

「そうしなければ、この無駄に大きな愚弟を運べまい。本来はもっと小さくなるのだがな」

ラヴェンデルは不服そうに鼻を鳴らした。

自分よりも大きな男が、一抱えの宝石に入ってしまうというのがまりあには衝撃的だった。しかし長身の男を背負いながら走る、などといったことにならずに済むのはありがたい。

「わ、わかりました。じゃあ戻ります。はぐれないように気をつけてください」

「言われるまでもないわ！」

まりあは頭上を見た。降りてくるときには何も見えなかった空間に、光の螺旋が渦巻いている。

隣でラヴェンデルもそれを見上げ、顔をしかめる。

「なんだあれは。気色悪い」

「出るときはあの螺旋を通るんです。でも正しい順路で通らないと、螺旋の中を迷ってまたここに戻って来ます。壁や通路を壊そうとすると、螺旋がそれを反射して全部はね返ってきます」

「……ずいぶんと詳しいな」

なぜそんなことまで知っているのかと疑いの目で見られ、まりあはちょっと冷や汗をかいた。

「まあよい。役に立つぶんには結構だ。さっさと出るぞ」

ラヴェンデルにうなずいて、まりあは螺旋の最初の一歩を探した。すぐ側《そば》に、床に接していかにも上れそうな先端があるが、無論そこは幻影だ。

その露骨な幻影を北と見立てて、西の方向へ踏み出す。螺旋の一番下の円の陰に入ったとたん、螺旋の内部にいた。ラヴェンデルがついてきているのを確認して、まりあは螺旋の中を進む。

このまま螺旋をひたすらのぼっていけば上に到達できそうに思われるが、それも罠《わな》だった。

正しい道順を覚えなくてはいけないのだが、最終的にまりあは紙とボールペンという絶対にして由緒正しき道具に頼った。何度も暗記に失敗して最後には書いたので、皮肉にも道順を覚えてしまった。

ひたすら一本道に思える螺旋の中、光の壁に見えるわずかな違いを目印にして左へ。

目に見えなくともそこに通路があり、次は右へ――そして後退。それからまた左へ。

延々と同じ通路が続く。背が寒くなるような不気味さがあった。何の知識もなくこんなところを迷い続けたら、心が折れるだろう。

まりあは目印に集中し、ひたすら進む。

長い時間が過ぎたように思えた。やがて、それは唐突に終わった。

ひたすら続く一本道は消え、気づけば螺旋牢《ろう》に飛び込む前の部屋《へや》に立っていた。

「——急げ！」

ラヴェンデルの叫びを聞くと同時、まりあは駆け出す。

来た道を戻って一気に北通路を抜けると、左右に道が広がった。

大円通路の外側の円に出た。庭園に戻ろうと左へ踏み出しかけた時、複数の重い足音が聞こえた。

「——捕らえろ‼」

騎士たちの姿が目に入るなりまりあは反転し、右側の通路へ走った。ラヴェンデルも追走してくる。

だが前方からも白の衣に身を包んだ金髪の騎士たちが見え、血の気がひいた。

たたらを踏むと、すぐ側から怒声が飛んだ。

「止まるな！　突破しろ！」

ラヴェンデルの鋭い叱責は、それだけ余裕がないことを訴えてくる。

（そ、そんなこと言われても！　戦うなんて無理……っ‼）

こんなにまともに遭遇《エンカウント》するなど思いもしなかった。

「ぐずぐずするな！　挟まれる！」

緊迫した叫びがまりあを更に焦らせた。通路は円になって繋《つな》がっている——後方からも追っ手が来ている。

（ああもう……っ‼）

まりあは唇を引き結び、ほとんど賭《か》けに出るような気持ちで、手に意識を集中する。

自分にはどうやら魔法らしきものが使える。それでなんとか隙をつくることができれば――。

ふいに、まりあの意図を察したかのように右手に快い冷たさが生じた。

はっとする。アレスだ。焦りが和らぐ。

右手を握る。冷たく硬質な感触――顕現した漆黒の剣を確かに握りしめる。

武器を構えた騎士たちが迫ってくる。

「アレスさん、お願い――！」

祈りが叫びになって、ほとんど導かれるように右腕ごと薙《な》ぎ払《はら》った。

闇を凝縮したような長剣が、黒い風の刃を放つ。

騎士たちに直撃し、一撃でその手の武器を砕き、体を薙ぎ倒す。

その威力にまりあは一瞬恐怖したが、彼らが体を起こそうとするのを見て、即座に走り出す。

再び前方を阻む者が現れた。先ほどより人数が少ない――否、一人だった。

だがその青年騎士を見て、まりあは目を見開いた。

光を象徴するかのような明るい金髪の人間が多い中、目の前の青年は珍しいほど暗い金髪だった。

長い髪を大きな三つ編みにして後ろに垂らし、襟を一切の隙なく閉じて軍服を着る様はどこか窮屈ささえ感じさせる。

やや細めで形の良い眉、高い鼻、険しく引き結ばれた唇に、こちらを射るエメラルドの目。どこか繊細さの滲《にじ》む端整な顔立ち。

（ヴァレンティア……⁉）

見知ったキャラクターにまりあは動揺し、一瞬立ち止まりそうになった。

だが翡翠《ひすい》の目の騎士は左手を突き出す。

「穢《けが》れ払う光よ！」

ヴァレンティアが鋭く叫ぶと同時に掌《てのひら》から光の矢が飛び出し、まりあに向かう。

動揺を引きずり、まりあは反応が遅れた。

それでも籠手《こて》に包まれた右腕は主の遅さを即座に補い、剣で飛んできた矢を薙ぎ払った。

アレスがとっさに腕を動かしてくれていた。

しかしヴァレンティアはその間にも疾走し、一気に距離を詰めていた。

まりあは反射的に後じさった。白銀の剣が閃《ひらめ》く。

ガキン、と金属の噛《か》み合う音がした。

まりあの両腕は黒剣を握り、敵の剣を受け止める。

鍔《つば》迫《ぜ》り合《あ》いになり、ヴァレンティアの顔が歪《ゆが》むのが間近で見えた。

翠《みどり》の目の騎士はそのまま押し切ろうとしてくる。

「ちょ、ちょっと待って‼」

黒剣を必死に握りしめて耐えながら、まりあは叫ぶ。

「あなたと戦うつもりないです……っ‼」

――ヴァレンティアは個別ルートを持っていなかったものの、印象的なサブキャラクターだった。

彼の個別エンディングを望む声はとても多かったし、まりあもその一人だった。

騎士の美しい目に怒りが燃え上がり、まりあの剣を弾いて距離をとった。

「私を愚弄《ぐろう》するか。穢れめ……！」

「ち、違いま――」

「その汚らわしい口を閉じろ！」

ヴァレンティアは吐き捨て、再び剣をはしらせる。

まりあは竦《すく》んだ。親しんでいたキャラクターに、こんなにも生々しい敵意と冷たさを向けられている。

「何をしている《闇月の乙女》‼」

ラヴェンデルの怒声が頬をはたいた。

アレスがまりあの腕を支え、再びヴァレンティアの剣を受け止めさせる。

(私は《闇月の乙女》なんかじゃないって……‼)

とっさにまりあはそう悲鳴をあげそうになった。ヴァレンティアと戦うつもりなどない。彼の敵ではない。《闇月の乙女》などではない。

なのに、彼の目は和解など不可能だと訴えてくる。――少なくともいまは。

まりあは漆黒の剣に力をこめた。

「――大きな怪我《けが》は負わせないで‼」

手も足も支えてくれるアレスの力を感じながら懇願する。

(足止めするだけ……‼)

剣を振るい、再びヴァレンティアの剣と衝突する。だが拮抗《きっこう》したのは一瞬で、ヴァレンティアの剣が砕け散った。

目を見開いた騎士の腹部を透かさず黒剣がかすめた。騎士が膝《ひざ》を折る。

まりあは恐怖した。

しかし青年がよろめきながらも立ち上がろうとするのを見て、すぐに駆け出した。

「待、て……‼」

ヴァレンティアのうめきから逃げるように全力疾走する。

決して振り向かないようにした。奥歯を噛む。

――見知ったキャラクターたちに会いたいなどと思った。だが決してこんな形でではない。

これも《闇月の乙女》なんてものになってしまったせいで――。

(早く出なきゃ……‼)

もう誰にも会いませんようにと祈る。

しかしそれを嘲笑《あざわら》うかのように、前方に現れた新手に見覚えがあった。

際立って屈強な男性。ヴァレンティア以上に見慣れた容貌《ようぼう》。それでいてはじめて目にするような錯覚をも抱くほど、鮮やかで現実の質量を持った人物。

(エルネスト……‼)

王と聖女を護《まも》る近衛《このえ》隊、その隊長たる美丈夫だった。背に何人もの騎士を率いている。

肩につく程の金髪は上半分がまとめられている。やや太めで凛々《りり》しい眉《まゆ》、目や鼻の彫りは深く、唇は薄い。端整だが逞《たくま》しい顔の左頬の下に瑕《きず》があり、それが絶妙な武人らしい荒さを与えていた。

生来の恵まれた体格――堂々たる長身に、素晴らしく広い肩や腕が筋肉で盛り上がっている。だが素質以上に、本人のたゆまぬ努力によって類希《まれ》なる武人となったのをまりあは知っている。

まりあを睨《にら》む目は深みのある茶色で、敵を前にした無比の戦士のそれだった。ヴァレンティアと同じ、和解や友好など望むべくもない現実を突きつけてくる。

唇を引き結び、まりあは素早く視線を走らせる。

(逃げられる場所……‼)

戻ることもできず、そのまま直進しても近衛隊と衝突する。エルネストたちと戦うわけにはいかない。

前方に、左へ逸れる階段が見えた。まりあは全力疾走した。上へ伸びる階段を駆け上った。

エルネストたちに向かって走り、手前で左へ折れる。

険しい怒号が背後で聞こえた。近衛騎士たちが追ってくる。

まりあは走りながらイグレシアの構造を思い浮かべた。この階段の続く先は上層——礼拝堂や聖女の居住区で、更に上へ行けばイグレシアの頂上へ出ることができる。

最初の計画とは違うが、屋上まで行って脱出するしかない。

「——道を塞《ふさ》げ！」

すぐ後ろでラヴェンデルが叫び、まりあは振り向いた。

「追っ手を妨害しろ！　天井でも壁でもいい、壊せ！」

ラヴェンデルが速度を上げ、まりあを追い抜く。

追ってくる騎士たちの姿が見えた。エルネストが先頭だった。精悍《せいかん》な体は思いも寄らぬ俊敏さと速さを秘めている。

まりあは頭上を見た。右手に握っていた剣を両手に握り直す。

再びアレスに祈って、天井に向かって薙《な》いだ。剣は黒い鎌鼬《かまいたち》のようなものを放ち、白い天井に直撃する。巨大な亀裂がはしり、たちまち崩落した。階段を塞《ふさ》ぐ。

段を上りきると、開けた廊下に出る。

（屋上へ出るには《祈りの間》の奥に行くから……）

まりあは再び先頭に立ち、西側通路へ方向を変え、走った。

（アウグストと鉢合わせしませんように……っ‼）

――攻略対象の中で最も気に入っていたキャラにいまだけは会いたくない。

やがて、白い両開きの扉が見えてきた。扉の上には、入る者に日光を投げかけるかのように放射状の線が彫刻されていた。

まりあは扉を開け放ち、中に飛び込んだ。

とたん、天井が抜けるように高くなり、まぶしいほどの光が広がる。《祈りの間》は白い光に満ちた空間で、柱や祭壇は金で装飾されていた。

奥の祭壇の上には巨大な女性の像があった。

長い髪も瞳《ひとみ》も肌も衣装も一切が純白。目は閉じられ、傷一つない両手は長い杖《つえ》を携えている。長いドレスの裾《すそ》は朝日に輝く水のように台座の上からこぼれていた。

光の女神リデルの精緻《せいち》な似姿。

だが模倣された女神の裾元に、模像ではない人影を見つけ、まりあは怯《ひる》んだ。

白く長い衣装と黄金の髪に覆われた背は跪《ひざまず》き、女神に向かって一心に祈っている――。

アウグスト――違う。

純潔を表す白のドレスは後ろ側の裾が長く、床に広がっている。背に流れるのは多くの《光の子》らと同じ――だがもっと強く輝く金色の髪。その髪を飾る、サファイアに似た宝石と白い翼を模した金細工のあるティアラ。

ほっそりとした背は横に置いていた杖を取ってゆっくりと立ち上がる。

その杖が、女神像と同じ形をしていることに気づく。

まりあは愕然《がくぜん》とした。

《陽光の聖女》――)

本来の主人公《プレイヤー》。まりあがどのキャラクターよりも長く一緒にいて——この世界の自分そのものであったはずのキャラクター。

聖女は振り向く。その顔が見える。

そして、目が合った。

一瞬世界が大きく揺れた。

まりあはふらつき、かろうじて踏み止まる。だが潮が引いていくに似て、全身から血の気が引いていった。


「私——」


呆然《ぼうぜん》とその言葉が転がり落ちた。

女神リデルと同じ杖を持ち、輝く白のドレスを身に纏《まと》い、美しい装飾を身につける女。

だがその顔は、まりあが二六年ずっと付き合ってきた人間のものだった。

昏木まりあが、《陽光の聖女》の恰好《かっこう》をしてそこに立っている。

しかしまりあの意識も顔も聖女と向き合う側にあって、《闇月の乙女》というキャラクターの中にいる。

「……あんたは、誰」

聖女の恰好をした自分に向かってうめく。相手は答えない。

向こうの昏木まりあはこちらを見て驚くでもなく、表情も変えず、同じ目で見つめ返してくる。

——ゲームの中の、既に組まれたイベントの一つにすぎないかのように。

主人公／聖女は、自分の身長ほどもある白い杖を掲げる。

極めて純度の高い水晶のようなものが埋め込まれたその先端から、強い光が放たれた。強烈な光は聖女の周りを囲む巨大な球体となり、急速に肥大化する。

外へ向かって膨張し、まりあとラヴェンデルを押《お》し潰《つぶ》そうとする。

「――っ応戦しろ‼」

ラヴェンデルが叫び、《夜魔王》を閉じ込めた石を抱きながらもう片方の手を突き出す。

まりあも焦って黒剣を構えた。

ラヴェンデルの手から放たれた黒い雷が、まりあの振るった黒剣から漆黒の衝撃波が飛んで光の壁に衝突する。だが壁はわずかに波紋が生じて一瞬止まっただけで、更に膨張を続けた。

（《陽光の聖女《プレイヤーキャラ》》にまともな攻撃スキルなんてなかったでしょ……っ⁉）

まりあは焦り、再び剣を振るおうとする。

しかし構え直した瞬間に、籠手が溶けた。たちまち鎧《よろい》のすべてが溶けて剣に吸収される。

黒剣は明らかに大きくなり、元の大きさを取り戻す。

そして一閃《いっせん》する。鮮やかな漆黒の弧が幾重にも生まれ、迫り来る光の壁を捉《とら》えた。

衝突――轟音《ごうおん》。

まりあの腕に、肩に、体に、電流のような反動が抜けていった。

ふいに、隣に真紅の闇が揺らめいた。紅《あか》い輝きを孕《はら》んだ闇は、黒衣《こくい》の青年の姿になる。

だが人の姿をとったアレスは、その体がうっすらと透けていた。

青年は《陽光の聖女》を睨み、彫りの深い目元を歪めた。紅の双眸《そうぼう》に背の凍るような敵意と憎悪が滲《にじ》む。

『相変わらずな――』

突然穏やかな青年の声が響いた。まりあは弾かれたように顔を向け、アレスと同じものを見る。

真白き杖を持った《陽光の聖女》――その横に、もう一つ影が陽炎《かげろう》のごとく揺らめいていた。

傍らの聖女よりも背が高く、細身の男性だった。聖女に劣らぬほど、裾や袖《そで》の長い純白の衣に身を包んでいる。滑らかな輪郭や真《ま》っ直《す》ぐで繊細な鼻筋、静穏な微笑を浮かべる唇。

まりあは目を瞠《みは》る。彼のことを知っていた。

(光杖《こうじょう》《スティシア》……！)

聖女の最大の武器で、その力を何倍にも増幅させる意思持つ杖――。

アレスが人の姿をとれるように、スティシアも人を模せる。

『久しいですね、アレス。ああ、ようやくあなたの愛《いと》しい穢《けが》れと会えたのですか』

『その恥知らずな口を閉じろ！　欺瞞《ぎまん》の狂徒どもが……!!』

半透明のアレスの輪郭が揺らぎ、小さな雷を発生させる。

まりあは二人の青年を見た。

聖女の傍らにいる青年は、その白と金の色合いも、すべてアレスと対をなすかのようだった。

『別れの挨拶《あいさつ》をしなくてよろしいのですか？　最初にあの穢れが消えたときは、挨拶をする暇さえなかったでしょう？』

スティシアは穏やかに微笑し、優雅な声で言う。

突然、まりあの手の中から剣が消えた。

『――我が月よ、下がってください！』

その叫びが聞こえたかと思うと、黒衣の青年が輪郭を強くし、宙を飛ぶ。

そして白の青年とその傍らの聖女に斬りかかった。

「アレスさん……っ⁉」

叫びは落雷のような轟音にかき消された。まりあはとっさに顔を庇《かば》った。衝撃の突風でよろめく。

なんとか前を向くと、漆黒が見えた。

空中のアレスが、剣を振り下ろしていた。

スティシアは左手を突き出すだけで完全にそれを止めている。

まりあは、スティシアの周りに防御壁があるのを見てとった。

――《陽光の聖女》は攻撃スキルが乏しいかわりに、補助や治癒スキルが豊富だ。

戦闘では決定力こそ欠けるものの、鉄壁の防御で敵の攻撃を受けきり、万一受けきれなくとも治癒魔法で立て直すことができる。光杖《スティシア》は、その象徴ですらあった。

アレスはスティシアの防壁をそのまま破ろうとする。剣と防壁の衝突面から、小さな闇色の雷が無数に発生していた。

『――我が刃、貴様らごときに防ぐことはできぬ』

アレスの声が低く凍《い》てつく響きを帯びた。剣を握る右腕がもう一度大きく振りかぶられ――肩まで、黒い雷の茨《いばら》に包まれる。

そして再び振り下ろされた。

凄《すさ》まじい轟音と衝撃――礼拝堂が大きく揺れた。巨大なガラスが砕け散るような高い音が続く。

アレスの刃はスティシアの防壁を粉砕し、目を瞠った白の青年を薙《な》ぎ払《はら》う。

スティシアはまともに吹き飛び、背中から祭壇に叩《たた》きつけられた。

祭壇の一部が壊れ、だがスティシアはすかさず体勢を立て直す。

黒の青年は巨大な漆黒の剣を両手に握り直した。

『もう二度と私の月を殺させはしない――お前はここで砕け散れ』

冷徹な宣告とともに、全身で闇の剣を振り下ろした。

白の青年はとっさに腕を突き出し、再び光の壁をまとう。

しかし雷をまとった闇の剣は、その壁を切り裂いた。

剣は止まらず、中の青年を漆黒の刃が捉えた。

まりあは喉《のど》の奥で悲鳴を詰まらせた。

（嘘《うそ》……!?）

止める間もなかった。目の前の光景はぼやけることも暗転することもない。

スティシアがアレスに斬られた――その恐怖と衝撃が頭を痺《しび》れさせ、体を震わせる。

赤眼の青年は眉一つ動かさない。たったいま人の姿をしたものを斬ったことにいかなる感情を動かされた様子もなく、剣を軽く振り、身を翻す。

青年の姿に擬した死神――そんな錯覚が、まりあの現実感を揺るがす。

そのまま、アレスは《陽光の聖女》に剣を向ける。

まりあの息が止まった。

私の女神と呼んだ女と同じ顔の《陽光の聖女》に剣を向けても、アレスは無表情だった。

《陽光の聖女》も顔一つ動かさなかった。

アレスが軽く床を蹴《け》った。宙に浮かび上がり、黒衣が翼のように翻って踊る。

「――待って……っ!!」

まりあの喉はかすれた叫びをあげ、駆け出す。だが遠い。遅い。

まりあを護ると言ったアレスが、その手の雷をまとう黒剣が、まりあと同じ顔の聖女を薙ぎ払った。

花嫁衣装に似た白い衣が鮮血に染まる――まりあはその未来を幻視した。

聖女の体が崩れ落ち、美しい死神は音もなく地に下りる。

まりあはただ立ち尽くした。目の前の光景を頭が拒否する。

死のような静寂が満ちた。

だが、聖女はゆっくりと体を起こした。その右手は胸に当てられ、白い光を放っている。

衣の破れが、瞬く間に修復された。一滴の血の痕《あと》もない。

アレスがかすかに目元を歪《ゆが》める。

瓦礫《がれき》が動く音が響き、まりあは振り向く。今度はスティシアが立ち上がっていた。

――まともにアレスの剣に貫かれたはずの体で、胸を押さえている。

その体に、周囲から聖女のものと同じ光が集まっていった。

光は細い糸となってスティシアの体を繭状に包む。

そしてまばゆい光を放ちながら羽化させ、飛散した。

消えた繭の中から、傷一つなく、衣のほつれすら見当たらないスティシアが現れた。

光の糸が集まるエフェクトの回復系魔法。まりあは瞬時に理解した。

(全回復魔法――)

どんな局面からも立て直せる、いわゆる壊れ性能のスキルだ。習得する条件はただ一つ。

『我が光に手を出しましたね……穢れの分際で』

スティシアの声は一段と低くなり、両眼は熾火《おきび》のような光を放ってアレスを睥睨《へいげい》する。その顔にもう微笑は浮かんでいない。

白い両手が軽く開くと輝く光が集い、長身の青年と同じ長さの杖《つえ》が現れた。

アレスは黒の剣を握り、スティシアは白の杖を手に対峙《たいじ》する。

『羽虫のように湧く。だが何度湧こうと同じことだ』

『――ではどちらが羽虫か思い知らせてあげましょうか』

一瞬、凍てつく無言が生じた。

硬直を破ったのは黒の青年のほうだった。半身を引いたかと思うと、全身の力を乗せて一閃する。

白の青年は瞬時に杖を向け、半円状の光の壁を展開した。

相反する二者の力が接触した瞬間、爆発音が轟《とどろ》き、《祈りの間》が揺れた。

スティシアの壁はアレスの一閃を防いだ。

アレスは素早く剣を引き、二撃目を振り下ろす。

光の半円は、亀裂の入った箇所から再び砕け散る――。

まりあは衝撃にあおられながらも超常の力がぶつかりあう光景に目を奪われていた。

だから――気づかなかった。

一言も発さず、武器もなく、無防備な白のドレスをまとっただけの聖女が両手を持ち上げるのを。

両掌《てのひら》は上を向き、恵みの雨を受けようとする者の手に似ていた。その掌に集まるのは空中から現れた光の雨だった。

《陽光の聖女》は光を集めた掌をゆっくりと近づけ――閉じ込めるように、祈りの形に指を組んだ。

次の瞬間、まりあの体の周りで光の粒子が瞬く。

かすかな光はたちまち鎖を編み、まりあを囲んだ。

ふいに目眩《めまい》がまりあを襲った。ふらつき、その場に膝《ひざ》をつく。体に震えがはしった。

突然、小さな針を無数に押しつけられるような痛みを感じた。喉の奥で悲鳴をあげる。

（な、に……っ⁉）

なんとか足に力を入れ、立ち上がる。だが必要以上に力を要して、不快な熱が肌を苛《さいな》んだ。

全身が重い。鉛の海でもがいているかのようだった。

——体力の低下。目眩、鈍化。力の低下。光の鎖のエフェクト。

まりあはその症状——スキル効果をよく知っていた。

主人公《プレイヤー》として好んで使っていたものだったから。

（攻撃・防御ダウンの弱体化魔法《デバフ》……！）

顔を上げると、アレスもまた光の鎖に囲まれているのが見えた。

『壊すことしか知らぬ愚かな刃物よ。暴力で相手を攻撃することがすべてではないのです。忘れたのですか？』

スティシアが冷ややかに言い放つ。そして白い杖を持ち上げた。先端にはめこまれた大きな宝石が輝き、闇を照らす灯台のごとく光を放射する。

杖から放たれた光は巨大な刃となって闇を——アレスを薙ぎ払った。

まりあはそれを減速再生のように傍観し、全身から血の気が引いた。

——杖から放射される光、薙ぎ払い攻撃。

これもある特定の条件を満たしたときにのみ習得する、《陽光の聖女》の数少ない攻撃系の大技。

アレスは白い壁に激突する。その体から血飛沫《ちしぶき》の代わりに黒い霧が飛散し、そのまま崩れ落ちた。

「アレス……っ‼」

まりあは叫び、駆け寄る。

無言の聖女は敵《まりあ》に向かって手を伸ばす。

再び光の鎖が現れ、まりあの足を絡め取った。――更に能力低下《デバフ》。

『わ、たしの月に……触れるなっ‼』

紅い瞳《ひとみ》を怒りに燃やし、アレスが立ち上がろうとする。

だがまりあの目の前で、再び光の放射がアレスを薙ぎ払った。

膝をつくこともできず、青年は床に崩れ落ちる。

「やめて‼」

まりあの視界は赤く染まり、全身に吐き気がするほどの怒りが噴き出した。

――既視感。どうしようもない嫌悪感と憎悪がこみあげる。

不足した攻撃スキルを補うため、敵の能力を徹底的に低下させ、力ずくでたたみかける。全回復魔法を惜しみなく使う――それは、プレイヤー／まりあのやり方そのものだった。

激しい怒りを振り払うように、アレスのもとへ走る。このまま攻撃され続けたらアレスが危ない。

アレスの側で屈み、膝をつくその体を支えた。そうしながら《陽光の聖女》を睨《にら》んだ。

聖女は汗一つかかず無表情にまりあを見つめ、スティシアは悠然と聖女に歩み寄り、まりあとアレスに敵意の眼差しを向ける。

――どちらも、大技を連発したときの疲労は一切見られない。スキルを使うと消費するはずの精神力をほとんど消費していない。精神力の最大値がそれほど高い、ということだ。

まりあは右手を突き出した。激しい怒りと攻撃の意図は、黒い竜巻の魔法となって聖女に迫る。

聖女は動かない――手を持ち上げようとさえしない。

直撃する。黒い竜巻は爆発し、煙幕を張る。

煙が薄れてゆき、聖女の姿が見えた。だがその身には傷一つなかった。

防御魔法さえ展開していない——素の防御数値《ステータス》で受けたのだ、とまりあは直感した。

背に、寒気に似た確信がはしった。

これが『太陽と月の乙女』というゲームの世界であり——《陽光の聖女》が、プレイヤー／まりあであったものだとしたら。セーブデータの一番上。

（私の……レベル99《カンスト》データ!!）

全回復魔法。敵の能力を大幅に下げるデバフ。それはレベルの最大値《カウントストップ》に達したときにはじめて習得できるものだった。

まりあは周回し、全攻略キャラとのエンディングを迎えた。すでにレベルは上限に達していた。ラスボスとの戦いに楽に勝利できるのは無論、能力値は極限まで伸び、もとより高い防御は大半の攻撃をダメージゼロ、もしくは一程度に抑えられる。

——そのカンストキャラが、いまは別の《何か》として目の前にいる。

自分の力をそのまま奪われたことへの怒り——その力を利用してアレスを傷つけられた憤りがまりあを震わせた。

スティシアが杖を構え、更にアレスを攻撃しようとする。

まりあは妨害しようととっさに手を突き出し、だが矛先を変えた。聖女を狙う。

デバフや回復スキルを使ってくるキャラは、最優先で行動不能にしなければならない。

（当たれ……!!）

あるだけの怒りと攻撃の意思をこめた。逆巻く黒い風が掌から飛び出し、荒れ狂いながら聖女に襲いかかる。

聖女は回避しなかった。だが直撃の刹那《せつな》、白の青年が割り込むのが見えた。

爆発が礼拝堂を揺るがす。すぐに、杖を手にしたスティシアの長身が見えた。背に主を庇い、刺すような侮蔑《ぶべつ》と憎悪の目で敵《まりあ》を睥睨していた。

まりあの背がぞっと冷たくなった。

『塵《ちり》一つ残さず消えなさい』

冷厳な宣告と同時、スティシアは優雅とさえいえる動きで杖を大きく払った。

巨大な光の弧が何重にも現れ、まりあに迫る。

聖女の持つ数少ない大型の攻撃スキル――多段ヒットする《刃なす光》。

ラスボスさえ葬ることができる、強大な魔法。まりあは竦《すく》んだ。このスキルの威力は誰よりもよく知っていた。外すようなものでもないことも。

（うそ……）

――こんなところで、呆気《あっけ》なく終わるのか。

致死攻撃が至近距離に迫って、まりあはただそんなことを思った。

まるであらかじめ負けの確定している強制イベントのようだった。

まりあの視界は白い光の爆発に支配された。轟音《ごうおん》が一時的に耳を麻痺《まひ》させる。

衝撃が体を突き抜けていった。

――ゲーム《ここ》で死ぬとこうなるのか。

意識の遠くでそんなことを思った。しかし衝撃は過ぎ去り、複数回被弾《ヒット》するはずが一度しかなかった。それも直撃したにもかかわらず何の痛みもない。

まりあは顔を上げ、凍りついた。

ぼろ布のように焦げて破れた黒衣《こくい》が目の前にあった。

黒剣《アレス》はその長身でまりあの前に立ちふさがり、全身のあらゆるところに火を押しつけられたかのような傷を負い、衣は焦げてささくれ、黒煙をあげていた。

破れた黒衣から覗く褐色の肌は、切り傷や火傷《やけど》でひどく汚されていた。血は流れない。

前を見つめる横顔に、その頬に、鉱石に生じるような大きな亀裂があった。

まりあは声を発することができなかった。全身が震えた。

アレスがその身を挺《てい》して庇《かば》ってくれた――盾となり、多段攻撃をすべてその身で受けたのだ。

やがてその長身の輪郭が揺らぎ、薄れる。黒い霧が色濃く立ちのぼり、青年の体が霧散する。

霧の中から、床に突き刺さる漆黒の剣が現れた。

黒曜石を思わせる刀身は無数の亀裂に蝕《むしば》まれ、闇色の柄も侵食されている。

――砕け散らずにいられるのが不思議なほど、ひどく傷ついた姿だった。

まりあは目の奥に火のような痛みを感じた。

スティシアが、もう一度杖を振るおうとする。

「やめ……！」

まりあは叫び、深く傷ついた黒剣に手を伸ばす。これ以上攻撃を受けたらアレスが砕けてしまう――。

だが次の瞬間、迫り来る光とアレスの間に漆黒の竜巻が発生した。吹き荒《すさ》ぶ風は周囲のものを巻き込み、天井を突き破る。

まりあの力でもアレスの力でもなかった。

「――飛べ‼」

ラヴェンデルの叫びが風の音にまじった。黒と紫に包まれた小柄な身が竜巻に吸い寄せられ、天井に空いた大穴の向こうへ消える。

まりあは黒剣を両腕で抱えた。剣はその身に反しておそろしく軽く、少しでも力を入れてしまえば砕けてしまいそうだった。

天井の突破口を見上げ、床を蹴る。――飛ぶ。ただそのことだけに意識を向けた。

その意思に応えるようにまりあの体は浮き、竜巻に匿《かくま》われながら舞い上がる。

馬の嘶《いなな》きが聞こえた。空駆ける黒馬がすぐ側まで来ているようだった。

大穴の向こうへ逃れる寸前、まりあは抗《あらが》いがたい力に引きずられて地上へ目を向けた。

そこには、同じようにこちらを見上げる自分の顔が――《陽光の聖女》の顔があった。

Interlude：王と聖女

イグレシアに来て日の浅い聖女は、広大な神殿を探索中に迷ってしまった。イグレシアは白亜の壮麗な神殿で、整然とした秩序を保っている反面、どこも同じような見た目になっている。

迷ううちに、ある中庭に出た。

他に類を見ない大きな庭で、色鮮やかな花々の中に一際瑞々《みずみず》しく果実のなる大木があった。木は光の中で自ら光を放つように眩《まぶ》しく輝いていた。

「わぁ……！」

聖女は歓声をあげ、そこへ吸い寄せられた。見事な大木を見上げる。

そして好奇心をくすぐられるまま、木にのぼりはじめた。

聖女は明るく元気な性格で、しばしばじゃじゃ馬と言われることもあるような、活発な少女だった。簡素とはいえドレス姿にもかかわらず木をするするとのぼっていく。

立派な枝に腰掛けると、豊かに実った果実に手を伸ばした。

そのまま実の感触を楽しむように撫《な》で、目で楽しむ。密集した枝葉の天蓋《てんがい》が、透過してくる光を淡い青緑に染めていた。

そうして束《つか》の間《ま》の休息を楽しんでいるときだった。

「――誰か、いるのか？」

木の根元から突然そんな声が聞こえ、聖女は小さく悲鳴をあげた。反射的に下を見たとき体勢を崩してしまい、そのまま地面に真っ逆様だった。

だが体を強く打ち付けて激しい痛みを覚え——などということはなく、柔らかなものに受け止められてはっと目を開ける。

そして、あっと短く声をあげた。

視界いっぱいに映る、麗しい青年の顔。忘れがたい鮮やかな蒼《あお》がこちらを見上げていた。

「せ、聖女⁉　無事か⁉」

先に正気を取り戻したのは蒼い瞳の主のほうだった。聖女の下敷きになりながらも両手を持ち上げ、無事を確かめようと腕に触れる。

聖女はそこでようやく青年が受け止めてくれたことに気づき、大慌てで身を起こした。

青年も体を起こし、聖女は改めてその人を見た。

高い位置でひとくくりにされた真《ま》っ直《す》ぐな金髪。明るい髪色の多い《光の眷属《けんぞく》》たちの中でも群を抜いてまばゆい色だった。降り積もったばかりの雪のような白い肌、光に透ける長い睫毛《まつげ》——そして、吸い込まれるような蒼穹《そうきゅう》色の両眼。

引き締まった輪郭と完璧《かんぺき》な鼻梁《びりょう》とが見紛《みまが》う事なき男性らしさを付与している。しっかりした首に喉仏《のどぼとけ》が薄く浮き、簡素な白の衣は肩幅の広さを浮き彫りにする。

そして質素な装いでも華があった。

——が、威圧感とも違い、暖かな陽《ひ》だまりを思わせる内から滲《にじ》むような輝きだった。

あまりに雰囲気が違ったから、聖女は青年が誰だかわかるまで時間がかかった。

「……聖王陛下？」

おそるおそるうかがうと、目の前の青年は青い目で瞬き、ためらいがちに答えた。

「……そうだ」

聖女は驚きを隠しきれなかった。

《聖王》。光の世界を統べ、《光の眷属》の守護者である第一の騎士。当代の王は歴代でも最高の力を持つと言われていた。

その彼が、いまは別人のように見えた。

「それはそうと、なぜここに？　ここはあまり……余人の出入りを制限しているはずだが」

ぎこちない口調で《聖王》アウグストは言った。

「わたし、迷ってしまったんです。このお庭を見かけてあまりに素敵だったので入ってしまいました！　特にあの果実をもっと近くで見たくて、触ってみたかったんです……」

聖女が慌てて言い繕うと、若き王は青い目を見開き、二、三度瞬いた。

それから、ややあって軽快な笑い声をあげた。

「はは。聖女殿をも惹《ひ》きつけるとは、いい木に育ったな」

自然にこぼれた、屈託のない笑顔だった。思ったよりずっと快活で爽《さわ》やかな――玉座で見たときより何歳か若くさえ見える。伸びやかでよく通る声が心地良く響く。

それは聖女が玉座ではじめて見《まみ》えたときのような、

『そなたの力が必要だ。穢《けが》れを払い、悪《あ》しき闇を退け世をすべての光で照らす――予と同胞の光となって照らしてくれ』

――そんな言葉をかけた比類なき王の姿とはまったく違った。

「陛下はこのお庭がお好きなのですか？」

聖女が無邪気に聞くと、《聖王》アウグストはわずかにためらったあと、ささやかな秘密を打ち明けるときのように言った。

「そうだ。わた……予の、趣味というか……、息抜きにこの庭に様々なものを植えては育てているうちに、こうなった」

アウグストはそう言って大きな果樹を見上げる。その横顔は少し照れているように見えた。

「まぁ！　とっても素敵です！　陛下にこんな趣味がおありだなんて……‼　それにこの木は特に大きくてよく育っているのですね！　手間と愛情が注がれている証拠です‼」

聖女は熱心に褒め称《たた》えた。

青い目の王は面映《おもはゆ》そうに笑ったあと、悪戯《いたずら》っぽく片目をつぶってみせた。

「確かに、立派に育ったようだ。まさか聖女殿まで実っているとは驚いたぞ」

からかうような声。初対面のときからは想像もできない軽口だった。

聖女は意表を突《つ》かれた。ふいに顔に熱がのぼって、頬を膨らませた。


後に王と聖女のひそやかな交流の場となった《王の庭》で、ひときわ大きなその果樹には特別な意味があった。

「私が生まれたときに、植えられた木だそうだ。いわば私の片割れ……双子のようなものだな」

「木の双子……ですか？」

目を丸くした聖女に、アウグストは快活に笑った。そして艶《つや》やかな木肌に手を触れ、生い茂った枝葉を見上げた。

「私を差し置いて立派に育ったものだ。羨《うらや》ましくなるときがある」

聖女は無邪気にアウグストの側《そば》に行き、大木の影に憩った。和らいだ光と淡い影の中で、アウグストの輪郭がほのかに発光しているようだった。

「陛下も十分に立派です！」

青年王は静かに微笑した。

「はは、そなたに言われると気恥ずかしくなるな」

「本当です！　わたしだけではなくみんなそう思っています！」

なぜか避けようとする気配を感じて聖女が力強く言い募ると、アウグストは一瞬目元を強《こわ》ばらせ、睫毛を伏せた。

「――やめてくれ」

聖女は驚いた。そして慌てた。

「ご、ごめんなさい！　わたしは何かいやなことを言ってしまいましたか？」

「……違う、そなたに非はない。ただ――」

いつもの明朗快活な彼とは思えぬ様子で、言《い》い淀《よど》む。

沈黙の後、アウグストはゆっくりと顔を上げた。

それから一歩踏み込む。突然自分に向かって伸べられた腕に聖女は驚く。

気づけば、聖女は大木を背にしていた。アウグストの両腕は木に触れ、その腕の中に閉じ込められている。淡い木陰の中、青い瞳《ひとみ》は海の深さを思わせる色をしていた。

「私は、そなたが考えているような男ではない」

低い、切迫した声が言う。その圧迫感に飲まれて、聖女は声が出せなくなった。

「……知っているか。王と聖女の契りについて」

聖女は息を詰めて王を見上げたまま、ぎこちなくうなずく。

王と聖女は、夫婦の契りを交わすことが多い――。

聖女は女神の化身であり、聖王はいわば女神に第一に仕えるものという立場を示すために夫になる。それは恋愛や家庭を築くといったものとは違った。

王は、聖女を正室としてこれを護《まも》り敬いながら、女性としては見ない。代わりに側室を迎え、そちらを女性として愛し、子供をもうける――といったことが多かった。

聖女に仕えながらも正室には迎えないという希有《けう》な例もあった。

アウグストの唇が、歪《いびつ》な微笑を浮かべた。

「慣例だという。ただの形式だという。だが、それゆえに――王が望みさえすれば、聖女は王の正室にならなければならない」

聖女は目を見開いた。どこか自嘲《じちょう》するようなアウグストの言葉に、心臓がはねあがった。

「そなたが拒もうとも、その意思は無視されるのだ。この意味がわかるか？」

アウグストの手が浮く。その手がふいに、聖女の頬に触れた。

目眩《めまい》のするほど美麗な顔を間近にし、聖女は体を強ばらせた。肌にアウグストの呼気を感じた。

「たとえどれほど浅ましい欲を持とうと、命じてさえしまえば――そなたを、私のものにできる」

吐息とともに、そのささやきが聖女の耳を侵した。聖女は躊躇《ためら》った。

目を伏せ、唇を空回りさせる。

アウグストはその反応を見逃さなかった。

体が、腕が離れていった。

「……すまぬ。少し戯《たわむ》れが過ぎた」

そう笑ったアウグストは、いつもの快活さを取り戻していた。

いつもと同じ穏やかな庭、礼儀正しさと親しさを併せ持った距離。

聖女はアウグストの態度に安堵《あんど》した。

だが速すぎる胸の鼓動はそれを裏切り、先ほどのアウグストの姿が頭から離れなかった。

Chapter 3：パラディス攻防戦――休戦協定

まりあが黒剣《アレス》を抱えて漆黒の馬に飛び乗ると、馬はそれだけで心得たように空を駆け出した。

剣を片手で抱え、もう一方の手で手綱《たづな》を握り、姿勢を低くしてしがみつく。

顔だけで振り向くと、同じく馬上のラヴェンデルが見えた。顔は蒼白《そうはく》を通り越して紙のような色で、《夜魔王》を封じた石を必死に抱えている。

――あの状況を打破するために無理矢理力を使ってくれたのだとわかる。

馬は空を駆け、イグレシアから遠ざかってゆく。

空中に浮かぶ神殿は瞬く間に小さくなっていったが、そこから小さな、白い点が次々と現れた。

まりあは息を呑《の》む。

（追っ手……！）

騎士たちに違いなかった。あるいはその中に、ヴァレンティアやヘレミアスがいるのかもしれない。

――《陽光の聖女》とスティシアも。

まりあは前に向き直った。

「急いで……!!」

焦燥に急《せ》き立てられるまま馬に叫ぶ。従順な黒馬は動じず、無心に駆ける。

やがて、境界が見えた。昼と夜の接触面――光の世界と闇の世界の境界。半透明の壁の向こうに、深い夜がある。

こちら側へ来るときにこじあけた穴はとうになく、どこにも綻《ほころ》びは見えない。

まりあはもう一度だけ振り向く。ラヴェンデルはもはや声を出す気力もないようで、やっとのことで馬の背によりかかっていた。その後方で、追っ手の白い点の群れが次第に大きくなる。

まりあはアレスを左腕に抱えたまま、境界に向かって右手を突き出した。

(開け……っ‼)

境界を睨《にら》み、焦燥と苛立《いらだ》ちをぶつける。掌《てのひら》に小さな、紫と黒のまじった雷が生じ、飛び出した。

衝突する。見えない壁はわずかに波紋を描いただけだった。

こんな危機の最中でもたついている自分に焦り、ひどく腹が立った。指先に力をこめる。

ようやくそれに答えるかのように雷が勢いを増し、轟音《ごうおん》をたてた。

壁が震え、焼け焦げたような小さな傷口が開く。

まりあは馬を急かし、綻びに飛び込んだ。すぐに振り向いて、ラヴェンデルも続いていることを確かめる。

閉じてゆく壁の向こうに追っ手の姿が一瞬見えた。ラヴェンデルの馬の尾の先で、穴は即座に閉じた。

——壁に阻まれて諦《あきら》めてくれたらいい。

まりあはそう祈り、両腕で剣を抱え直した。震える息を吐く。

夜の世界は静かだった。風がひんやりと心地《ここち》良く、空気が澄んでいる。

薄青の光と底の見えぬ闇に満ちた世界は、すべてのものを等しく包み隠してくれる。

今はそれが安らぎを与えてくれた。

やがて漆黒の大地にそびえる巨大な城が見えた。

夜の城《パラディス》は、静かに主の帰還を迎えた。

黒馬はパラディスの屋上に降り立つと、力尽きたように突然姿を消した。

まりあは屋上に放り出された。慌てて腕に抱えたアレスを確かめる。砕ける、欠けるなどといった状態にはなっていなかった。

だがすぐ側《そば》でどさりと落ちる音が続いて振り向く。

ラヴェンデルもまた馬から落下し、倒れていた。一抱えの結晶を大事に抱えている。

ふいに、その結晶から艶やかな黒い光が飛び出した。黒い光は爆《は》ぜるように膨張し、人を象《かたど》る。

長身の《夜魔王》が現れ、その身が横たわる。ラヴェンデルが這《は》って近づいた。

「いい加減、起きろ。手の、かかる……ばか者め」

弟の半分ほどしかない小さな姉は、力なくそう言って頽《くずお》れた。弟の大きな肩を枕にするようにもたれ、意識を失う。

その姿に、まりあは胸が詰まった。

――《夜魔王》とその姉。二人に、こんな一面があるなど知らなかった。

(……運んであげなきゃ)

まりあはアレスを抱え、よろめきながら立ち上がった。

空を仰ぐ。少なくともいまは、追っ手の姿も見えない。

突如慌ただしい足音が聞こえ、はっと顔を戻した。城へ戻る扉が勢いよく開け放たれ、複数の影が飛び出す。その先頭にいる者の姿を見て、まりあは目を見開いた。

「我らが王よ……‼」

渋い低音で声をあげたのは、山羊《やぎ》の頭をした男性だった。白の毛に覆われた頭部の中で眠たげな目は離れ、鼻と口は細長い顔の下部にあり、顎《あご》には髭《ひげ》が生えている。頭部には後ろに反った形の角が対になって生えていた。

首から下は人間の男性で黒を基調とした衣装に身を包んでいる。

神話の悪魔めいた異形の後ろに、更に半獣半人の異形たちが続いた。

長い髪で胸だけを隠した艶《なま》めかしい女——そのへそから下は大蛇の姿をしていた。

緑色の蜥蜴《とかげ》の頭部を持ち、体は人間の男である異形。

悪夢から抜け出てきたような異形の行列だった。——夜と月の世界に住まう、《闇の眷属《けんぞく》》たち。

彼らはレヴィアタンとラヴェンデルの側で、跪《ひざまず》く。

「ああ、我らが夜の王……！　偉大なる闇の衣の主よ！」

「おいたわしや……」

悲痛に満ちた声が口々にささやく。山羊頭の男性が一度目元を震わせたかと思うと、言った。

「王はお戻りになられた。ただちに傷を癒やしていただく」

山羊頭の男性が小柄な王姉を恭しく抱き上げると、その他の者たちが壊れものに触れるかのようにレヴィアタンの体を丁重に持ち上げた。

まりあが立ち尽くしていると、山羊頭の男性が目を向けた。

「《闇月《あんげつ》の乙女》よ、よくぞお戻りになられました。ご自分で歩けますか？」

悪魔めいた姿とは裏腹に丁寧な口調だった。まりあは戸惑いながらうなずく。

アレスを両腕に抱え直し、重い体を引きずって《闇の眷属》たちの後についていった。

レヴィアタンとラヴェンデルは、一面が夜の空であるかのような不思議な部屋《へや》に運び入れられた。

広い部屋には黒と藍色《あいいろ》が揺らぎ、淡い銀の光がいくつも瞬いている。

中央に漆黒の天蓋《てんがい》を持つ大きな寝台があった。寝具も同じく黒い絹のような艶《つや》を放っていた。四隅の柱代わりに、わずかに透けて藍色のまじる黒い水晶が立っている。

レヴィアタンの身が恭しくそこに横たえられ、その右隣にラヴェンデルの小柄な体が下ろされた。

大きな寝台はそれでもなお余裕があった。

山羊頭の男性はまりあを見た。

「《闇月の乙女》もこちらでお休みください」

そう言って示されたのはレヴィアタンの左隣で、まりあは怯《ひる》んだ。

「い、いやいや……！　その、他の部屋で！　せ、狭いところとかソファでもいいので‼」

「何を仰《おっしゃ》います。王と麗姫《れいき》にはいまあなたの力が必要です。あなたの慈悲なる月精が」

山羊頭の彼はわずかに顔をしかめたようで、丁寧ながら強い口調で言った。

（……ってそれ物理的に近くないとだめなやつ⁉）

まりあは狼狽《うろた》えた。

「あなたのお力も、この場では回復しやすいはず。どうぞ、王と麗姫のお側を離れることのなきように……」

山羊頭の男性も他の《闇の眷属》たちも深く頭を垂れる。まりあは慌てて聞いた。

「あの、アレスさんは！　この剣も、ここにいれば治るんですか？　どこか他に、この剣を治してくれるところがあるなら……！」

山羊頭の男性は、まどろむような目を少し見開いた。

「その剣はあなたの武器、あなたの力ですから……。御身の側で、月精を与えられることが回復に繋《つな》がることかと存じます」

「……そう、ですか」

まりあはわずかに安堵した。何か別の難しい方法が必要と言われたら呆然《ぼうぜん》とするしかなかった。

では、と山羊頭の男性が言い、滑らかに一礼した。他の者たちもそれにならう。

まりあをひどく気後れさせる丁重さをもって、山羊頭の《闇の眷属》は言った。

「我らの月。慈しみ深き夜の女王よ――我々はずっとあなたを待っていました」


《闇の眷属》たちが礼儀正しく退室した後で、まりあは夜色の部屋の中に立ち尽くした。現代の感覚からすればだいぶ暗いはずだが、不思議と目が慣れている。

(待っていた……と言われても)

《闇月の乙女》というのはたいそうなキャラクターらしい。主人公である《陽光の聖女》の対になるものと考えられるし、どうやら本当の結末《トゥルーエンド》のラスボスでもある。

しかしその中身といえば、現代日本に生きる平凡な社会人、昏木《くらき》まりあだった。

まりあはとりたてて頭がいいわけでもなく、容姿や運動神経が優れているわけでもない。

いわゆる普通、平均という言葉が服を着て歩いているようなものだ。――恋愛経験も乏しいというおまけもつく。

ゲームの中でどんなに持ち上げられようが大仰に褒めそやされようが、所詮《しょせん》それは主人公というキャラクターに対してであり、自分自身ではないという思いがあった。

なのにゲームの中でその主人公になってしまったら、こうもいたたまれない気持ちになるらしい。

腕の中の冷たい感触に目を落とす。

――ひどく傷ついた黒の剣。

寝台には、なんとか助け出した《夜魔王》と無理をして倒れたその姉が横たわっている。

まりあの気持ちは沈んだ。この《闇月の乙女》の体に力が秘められていても、中身が昏木まりあではまともに生かせない――そんな気がする。

(ごめんね、アレスさん、ラヴェンデルさん……)

たぶん、中身が昏木まりあでなければ、彼らはこんなふうに傷つかなくて済んだはずだ。

重い溜息《ためいき》をついて、寝台に近づいていく。

(……これぐらいは……やらないと)

まともに男性と付き合ったことがないのに、文字通り二次元級の美形の隣に寝る――などというのは正気では無理だった。だが、横たわる姉弟やアレスを見れば、自分のちっぽけな羞恥心《しゅうちしん》と天秤《てんびん》にかけるまでもない。

レヴィアタンの左隣に慎重に潜り込む。寝台が広いため、それほど密着せずに済むのが幸いだった。可能な限り距離をとり、レヴィアタンに背を向けて体の前に黒の長剣を置き、横たわった。

レヴィアタンとラヴェンデルのかすかな呼吸を聞きながら、まりあは暗闇をぼんやりと眺めた。

顔の横に置いた自分の手が、うっすらと銀色に光る。その輪郭から小さな光が立ちのぼっていく。

水底から泡が浮かんでゆくように、《闇月の乙女》の体から現れた淡い光は、ひび割れた黒剣へ、そして背後の《夜魔王》とその姉へ吸い込まれていく。

(……これが《月精》?)

まりあは泡のように宙を漂う銀の光を見つめた。

そうして月精が抜けていったからか、体が一際だるくなった。瞼《まぶた》が一気に重くなる。

（……夢の中で寝たら……）

意識がゆらゆらとたゆたう。

――寝ているから夢を見る。これは夢の世界だ。その夢の世界でも眠ったら、どうなるのだろう。

（……次に……目を、開けたら……）

目が覚めて、現実に戻っているのかもしれない。二六年間付き合ってきた自分、地味で平凡で、いつもと同じように寝ぼけ眼で起きて、顔を洗って、おざなりに化粧水をつけ、時間があったら朝食を食べて、化粧と身支度をして仕事へ行く。二年も彼氏がいないと嘆くきらきらした同僚や気の良い主婦のパートさんたちのいる仕事場へ。

『その他大勢』の典型例みたいな昏木まりあに。

命の危険はおろか、怪我《けが》もほとんどしない平和な日常。その安全な日常こそが正しいのだろう。

（……でも……）

この夢の先をもう少し見ていたい。アレスがちゃんと治るまで、ラヴェンデルが回復してくれるまで、そしてレヴィアタンが目を覚ますまで。

かなうなら、会ってみたいキャラが……。

波にさらわれてゆくように、まりあの意識は遠のいていった。


――狭い。

思うように寝返りが打てず、まりあは急に眠りから引《ひ》き剥《は》がされた。

（ん、んん……？）

身動《みじろ》ぎしようとしてもできない。やがて、額に淡く温かな気配を感じて顔を上げた。

そして石化した。

すぐ側に、作り物かと疑うほど長く艶やかな睫毛《まつげ》があった。横に流れる黒い前髪の間から、閉ざされた瞼が見え、まわりに淡い陰ができている。

彫像かと見紛《みまが》うほど高く長い鼻も陰を孕《はら》み、完璧《かんぺき》な形の唇からかすかに漏れる吐息がまりあの顔にかかった。

引き締まって逞《たくま》しさをも感じさせる輪郭を、月精が戯《たわむ》れてほのかに光らせている。

──《夜魔王》レヴィアタン。

その強烈な美貌《びぼう》が、至近距離にあった。

(う、っわぁあああああああああああ！！？)

まりあは内心で絶叫し、はじめて自分の状況に気づいた。

身動ぎできないのは、レヴィアタンの両腕にがっちりと抱え込まれているせいだった。

(なんで⁉　どうして⁉　どうなってんの！！？)

意識を疑い、状況を疑い、記憶を疑った。必死に記憶をたどる。

確か眠る前にはレヴィアタンに背を向けていたはずで、しかも距離もこんなに近くなかったはずで、つまり、いまとは真逆の体勢にあったはずだった。

こんな抱き枕みたいに抱え込まれて、自分より遥《はる》かに広い両肩の間に引き寄せられて、衣越しに胸の熱さを思い知らされるような状況には──断じてなかったはずだ。

(れ、れれ冷静に……ここれ夢だし現実違うし、所詮ゲームのキャラだし……‼)

高速で自分にそう言い聞かせる。

だが頭で言い聞かせれば言い聞かせるほど、身動きもとれないほどのレヴィアタンの腕の強さ、否応《いやおう》なしに触れてしまう体の逞しさと温度を感じ――

（や、やっぱり無理――‼　うわあああ‼）

異性に対するまともな耐性がない昏木まりあの感覚が悲鳴をあげた。

心臓が暴れ馬のように跳ね回っている。部屋の中はしんと静まりかえっているせいで自分の鼓動とレヴィアタンのかすかな寝息ばかりが聞こえ、耐えがたいほど恥ずかしかった。

うつむいて堪《こら》え、一人で大いに消耗し、疲弊し――そのせいで、動揺するだけの力がなくなっていった。

（いったい何なんだこの男は‼）

なかば八つ当たりと自棄《やけ》のまじった気持ちがわいてきて、顔を上げた。

今度はうっすらと浮かぶ喉仏《のどぼとけ》や艶めかしい鎖骨までが見えて、違う方向から羞恥心に大打撃を受けた。が、これもなんとか耐えた。

（……普通に眠れてる、ってことは……大丈夫、なのかな）

目の前の男の顔がおそろしく整っていて妙に色気があるなどといった情報をつとめて頭から締め出しつつ、状況を確認する。

まりあが《陽光の聖女》を動かしていたとき、どうやらトゥルーエンドらしいこのルートでは、レヴィアタンの力を大幅に削《そ》いだ後に《螺旋牢《らせんろう》》に封印した。他のルートにはない方法だった。

解かれない限りは永遠に眠っているような状態になる――というような説明があった。

たぶん、レヴィアタンはかなり消耗しているはずだ。

まりあは目を伏せた。

意識はいまだ昏木まりあのままで、感覚も自分の体そのものだった。どうやら夢ではないらしい。

――本当に、『太陽と月の乙女』の世界に入り込んでしまったというのだろうか。

謎めいたトゥルーエンドの演出、意識を失って目が覚めたら《闇月の乙女》なんてキャラになった。夢にしては、あまりにも状況が連続している。あたかも現実と同じように。

――こちらを見上げていた顔を思い出す。自分であって自分ではない、《陽光の聖女》の顔。

思い出したとたん、背がぞくっとした。

だが耳の側で低くかすれた声がして、まりあの意識を引き戻した。

声の主を見上げる。濃く長い睫毛に縁取られた瞼が、わずかに揺れた。

ゆっくりと幕が上がるように――目が開かれる。

まりあは息を忘れた。

――紫と蒼《あお》の異色眼《オッドアイ》。

右はどこか妖花を思わせる高貴にして孤高の紫。左はこの《永夜界》の夜を一滴閉じ込めたかのような深い蒼だった。

異なる二色はそれ自体が魔法のようにまりあの注意を奪い、他を見えなくさせる。

《夜魔王》レヴィアタン――同じ世界の存在としていまはじめて見《まみ》えていた。

「お前が」

異色の双眸《そうぼう》を持つ《夜魔王》は瞬きもせずまりあを見つめた。その声は少しかすれて、体の底を震わせるほど低く艶めかしかった。

「――《闇月の乙女》か」

その言葉にまりあははっとした。魔性のものに魅入られた感覚がわずかに薄れ、正気や羞恥心が一気に戻った。

色々な意味で人外の、ほとんど見知らぬ男にベッドの中で抱きしめられている――。

（わ、わあああああああ――‼）

悲鳴さえ声にならなかった。いややっぱりこんなのは夢だ、そうだそうに違いない、いくら目の前のこの男が呼吸をしていて体温があって髪の毛の一本一本がきわめて緻密《ちみつ》で肌に落ちる影が生々しいとしても、自分がこんな状況に陥るわけが――。


……そういえばこれ乙女ゲームだった、と頭の遠くで妙に冷静な声がした。


（違っ！　そういう！　問題じゃ！　ない！！！）

動揺しうつむいて激しく瞬きをする。心臓の音が大きすぎて、相手に聞こえてしまうのではと冷や汗が出そうになる。

（と、とにかくおおおおお落ち着いて……‼）

レヴィアタンも目が醒《さ》めたのだから放してくれるだろう。

相手とて驚いているに違いないので、何事もなかったかのような顔をするのだ。大事にならないようにするべきで、それが社会人のたしなみ、大人の優しさというものである。

――なけなしの理性と勇気と自棄を総動員して、まりあはそう自分を奮い立たせた。

そして。

「……なかなか甘い」

耳元で、低い声と吐息が笑った。首と肩の間を男の呼気がくすぐる。

それから深く息を吸う音が聞こえた。――肌を嗅《か》ごうとするかのように。

「……っ‼」

まりあの悲鳴が喉《のど》で詰まり、反射的に首を引っ込めてしまった。

それから、慌てて男の腕の中で上半身を反らす。腕は離れてくれなかった。

(何で⁉)

かつてない大混乱の後、次第に男の笑いに腹が立ってきた。

——こちらはこんなにも大打撃を受けているのに、なぜこの男はこんなにも楽しげで余裕綽々《よゆうしやくしやく》なのか。

「ちょっと‼」

ようやく怒りの声をあげ、両手をわずかに動かし、男の体を突き放そうとする。

だが抱え込まれた上に悲しいほど力の差があった。

「放して！」

いい加減本気で怒る——そう抗議しようとしたとき、体を抱きしめる腕が少し重くなった。

腕がわずかに弛《ゆる》むと、ゆったりとした呼吸が聞こえてきた。

(……は？)

おそるおそる見上げると、異色の双眼は眠りの瞼に覆い隠され、唇は閉じられ、先ほどまでの悪ふざけなどなかったかのように安らかな寝息をたてている。

(この状況で寝るか⁉　私の話を無視か⁉)

——この状況で。人を抱えたままで。抗議も受けておきながら。

眠る《夜魔王》の輪郭が淡く明滅し、月精をたえず吸収していることをうかがわせる。

月精が優しく照らしているからか、それがあまりにも純粋な寝顔だったので、まりあは怒気を削がれてしまった。それでも不平不満と頬の熱さを感じながら、口をへの字に曲げた。

――仮にも常識ある大人としては、ここで無防備にさらされている顎《あご》に一撃入れたり、膝蹴《ひざげ》りしたり、そういった露骨な反撃に出るわけにはいかない。だが、

（……油性マジックほしい）

せめて額に「肉」とか「変態」とか大きく書いてやりたいと強く思った。

まりあはもぞもぞと身動ぎをして、体を反転させた。寝台の端に、漆黒の長剣が静かに横たわっている。《夜魔王》と同じく、輪郭が淡い銀光に包まれている。亀裂が減っているのがわかった。

（……よかった）

まりあは手を伸ばして触れようとした。

が、体を拘束する腕にふいに力がこもって小さく悲鳴をあげた。引き寄せられ、激しく瞬きする。

いったい何事かと思って顔だけ振り向くと、元凶たる男はすやすやと寝ていた。狸寝入《たぬきねい》りではないかと思ったが、どうやら本当に寝ていて無意識の動作らしい。

（こっ……こやつ！）

顔がどうしようもなく熱くなるのが悔しかった。

翻弄《ほんろう》されるものかとあえて無視し、意地になって手を伸ばしてアレスに触れた。

表面にそっと触れると、涼やかな感触が返ってくる。静かに横たわる剣は、まりあの右隣の《夜魔王》とは大違いだった。

（アレスは、いい子だな……）

しんみりとそんなことを思った。常に丁重で優しく、身を挺《てい》して自分を護《まも》ってくれた――。

まりあは苦戦しながらレヴィアタンの腕を抜け出した。寝台から脱出する。

そうして、すっかり長身の男に隠れてしまっている少女に目を向けた。

小柄な王姉は右端で体を丸めていた。ちょうどレヴィアタンと背中合わせになるような恰好《かっこう》で眠っている。

その寝顔は人形のように白く静かだったが、安らかな寝息は聞こえた。

それに少し安堵《あんど》しつつ、まりあは腕組みをして対照的な姉弟を見つめた。

(……どう見ても姉弟って感じじゃないよなぁ)

二人の外見は、まるきり年の離れた兄妹だった。

まりあはそっと息をついた。体は少しだるいが、すっかり目が覚めてしまった。――もうベッドに戻る気にはならない。レヴィアタンの狼藉《ろうぜき》のせいで尚更だ。

しばらく迷い、三人の様子を確認しつつ扉まで後退する。

穏やかな寝息をたてる二人と一振りを、淡い月精が包んでいる。離れても異変は見られない。

まりあはそっと部屋《へや》を出た。廊下は薄暗かった。

壁に銀色の淡い灯《あか》りが点々と続いていたが、どことなく真夜中を思わせる闇が漂っている。

だが、いまのまりあには不思議とそれがよくなじんだ。暗く人気のない廊下というのは怪談にでも出てきそうな光景だが、この静けさと冷たさが心地《ここち》良い。

暗いといっても問題なく周囲が見えるし、ほの明るい照明は、蛍のような愛らしささえ感じられ、穏やかな空気が漂う。

(……ちょっと探険してみようかな)

『太陽と月の乙女』本編では、《永夜界》に来られるのはボス戦時のみで《決戦の間》以外には行けなかった。しかしまりあの目の前にはいま、広大な夜の城《パラディス》が広がっている。見えない壁に阻まれていたり、背景の一部でそこへ行くことはできないということもない。

むくむくと好奇心がわいてくる。一応背後を振り向き、アレスたちのいる部屋を確認してから歩きはじめる。一通り探索したあとで、ここへ戻ってくればいいだろう。

（マップ表示ほしい）

ゲーム本編では、地図が画面右上に小さく半透明で描かれていたのだ。

だがこの三次元の世界では、そんな便利なものはないらしかった。


右往左往したり、部屋を見つけてはこっそり覗《のぞ》き込んだりしながら、まりあはだいぶ探索した。

城は想像以上に広く、通路や部屋の中にも黒い水晶の装飾品や青や紫のまじった銀細工などがあって目を楽しませたし、壁に細い銀光で精緻《せいち》な風景画が描かれていることもあって、立ち止まって惚《ほ》れ惚《ぼ》れと眺めたりもした。

夜と闇の城――というのは真実だが、とても《魔物たちの巣窟《そうくつ》》とか《瘴気《しょうき》の渦巻く穢《けが》れた場所》などとは思えない。ゲーム内での言われようとずいぶん違う。

首を傾《かし》げていると、通路の向こうに突然、二つの角を持つ山羊《やぎ》の頭部だけが見えて悲鳴をあげそうになった。

やがて、その姿が浮かび上がった。

「《闇月の乙女》、いかがなさいましたか」

「こ、こんに……こんばんは！　えっと……」

先ほども会った山羊の頭に人間の男性の体を持った《闇の眷属《けんぞく》》だとわかり、まりあはどぎまぎした。

「失礼、申し遅れました。私はグラーフと申します。どうなさいました？」

「いえ、少し息抜きをしようと……歩き回っていました」

まりあが気まずく言うと、グラーフは喉の奥で笑ったようだった。

「他の部屋に興味がおありでしたらご案内します。あなたが突然お姿を見せたのでは、ほかの者たちが恐縮してしまいますので……」

「えっ……あ、ああ！　すいません、勝手に他の部屋を覗きました……！」

まりあは慌てた。――おそるおそるいくつかの部屋を覗いたが人の姿がなかったので、気が大きくなり、ゲーム内のように好き勝手に探索してしまったのだ。

だが、ちゃんと住人がいて、いきなり侵入してきたまりあにびっくりして隠れてしまった、などというのでは申し訳なさと羞恥《しゅうち》で窒息しそうになる。

「いえ。パラディスは王とあなたのものです、遠慮なさる必要はありませんが」

グラーフは目元を和ませた。控えめに笑ったらしい。

まりあは気恥ずかしさで顔を赤くしつつ、この《闇の眷属》に好感を抱いた。悪魔めいた外見とは裏腹に、だいぶ紳士的な人物らしい。

（……いまのところ、良い人が多いなぁ……）

まりあは内心で首を傾げた。月精やこちらの空気が、聖女たちにとっては毒――ということ以外に、《闇の眷属》を敵視する理由が見当たらない。

――それはつまり、そんな状態で自分《プレイヤー》は彼らを討伐、全滅させていたということだ。それがいくら架空《ゲーム》の出来事であったとしても。

まりあはグラーフから目を逸《そ》らした。

「気分を変えたいということでしたら、少し外の空気に触れてみてはいかがでしょう。月精の回復にも役立つかと思われます」

グラーフの気遣いに、まりあはますます後ろめたい気持ちでうなずいた。


山羊頭の《闇の眷属》が案内してくれたのは、最上階の部屋にあるバルコニーだった。大きな出窓の手すりは銀色の彫刻で、満月や三日月を思わせる優美な意匠が描かれている。

バルコニーに立つと、パラディスの周囲が一望できた。

「うわぁ……！」

まりあは感嘆の声を漏らした。黒馬に乗って空を駆けたときとはまた異なる眺めだった。

より大地に近い視点であるためか、大地の不思議な青さ、影の漆黒の色やその微妙な色合いや、淡い光の瞬きがよく見えた。まるで地上にもう一つ夜空があるかのような光景だ。

目を上げれば、地上よりも更に多く遍《あまね》く星々の光に彩られた空が見える。肌に触れる外気は涼やかで軽く、静けさは耳によく馴染《なじ》んで、甘い眠りを誘う。

「では、私はこれで失礼いたします。後ほど王の寝所にお戻りください。王に寂しい思いをさせたとあっては私が罰せられてしまいます」

グラーフはどことなくいたずらめいた口調で言うと、優雅に一礼して去ってゆく。

（王の寝所……寂しい思い……）

まりあは遅れて言葉の意味に気づき、衝撃を受けた。つられてレヴィアタンの狼藉をも思い出し、ぷるぷると震えるのを手を握ってしばらく耐え、ふうっと息を吐いて自分を落ち着かせた。

広い部屋には他に誰もいない。だが失態を演じた後なので、しつこく確認してしまった。

その後でバルコニーの手すりにもたれてぼんやりと風景を眺めた。虫や小鳥のさえずりともわからぬ、かすかな生き物の声が聞こえてくる。自然の声の心地良さに優しくまどろみながら、何気なく空を見上げた。深い夜を感じさせる天がある。

突然、その濃紺の夜空に白い亀裂が入った。

（……え？）

亀裂は、巨大な円の形をしていた。その円の内側にもう一回り小さな円が現れ、更に円周の内側に沿って文字が現れる。――優美な蔦《つた》を思わせる、女神の言葉を表す古代文字。

まりあは硬直した。

円は瞬く間に巨大な光の魔法陣になった。そこから小さな光が次々と降ってくる。

夜の傷口から火の粉が溢《あふ》れてくる――。星の光よりもなおまばゆい、この夜の世界には不自然なほど白く輝く影。

まりあはようやくその意味を理解した。部屋を飛び出す。

パラディスの一番高いところ、屋上へ向かった。息を荒らげながらたどりつき、空に最も近い場所から見上げる。

巨大な魔法陣は、黒い背景の中でより鮮やかに見える。――そして落ちてくる火の粉の正体も。

強い輝きの中に、翼を持つ白馬たちが見える。みな、その背に主《あるじ》を乗せている。

主は純白の衣と鉄の鎧《よろい》に身を包み、鋭く輝く槍《やり》や盾を手にしていた。

――《光の眷属》。光の騎士たち。

まりあの全身から血の気が引いていった。

追っ手――ようやく、そう理解した。パラディスに戻ったことで振り払ったと思っていた。

だが向こうは態勢を整え、大軍で来るつもりだったのだ。もはや逃亡者と追っ手という状況ではなくなる。

局所的な雪のように光は降り続ける。その数は瞬く間に絶望的なものになっていく。

光に包まれた騎士たちが長く吐き出された後で、ひときわ強く黄金の光を放つものがゆっくりと現れ出た。

（あ、れは……！）

まりあの全身は総毛立った。遠くで瞬く惑星の中に、自ら光を放つ恒星が一つだけ現れたかのような輝き。そのまばゆさに吸い寄せられるように一歩踏み出す。

「――《闇月の乙女》‼」

背後からの鋭い呼び声がまりあの足を縫い止めた。振り向くと、グラーフが立っていた。

「早くお逃げください！　王も麗姫も、あなたの剣もお運びしています！」

「え……⁉」

まりあは混乱する。だがグラーフは半眼を険しくして続けた。

「……王はまだ力のすべてを取り戻しておられません。このパラディスも無防備なままです。あれだけの敵を迎え撃つだけの力はない……。この美しい城を忌まわしい光の蛮族どもに蹂躙《じゅうりん》されるのは許しがたいかもしれませんが、王と《闇月の乙女》さえ生き延びてくだされば必ず奪還できます。ですから、いまはどうかお逃げください」

グラーフは切々と訴える。それでようやく、まりあの頭は状況を理解しはじめた。

――あの大軍を迎え撃つ力はない。ならば逃げるしかない。

それは真理だった。だがそれでもまりあは、自分の親しんだ彼らが、自分の絶対の味方であった騎士たちが襲ってくるという状況をどこか信じられずにいた。

それにあの恒星のように一つだけ輝く光。あれはきっと――。

「《闇月の乙女》、さあお早く！」

グラーフの声が思考を遮る。

まりあは強く急かされるがまま屋上から下りた。ともかく正面衝突するよりは、全員で逃げたほうがいいことは確かだった。

山羊頭の《闇の眷属》はほとんど足音をたてずに走り、暗い階段を駆け下りていく。広大な城を把握していないまりあには、どこを目指しているのかもわからない。

だがずっと下へ向かっているのはわかった。

やがて地下の層まで到達する。

もとより控えめだった照明がさらに絞られ、地下は暗闇にあった。それでも不思議とまりあの目には周囲が見えていた。先導され細長い通路の入り口まで来て、立ち止まる。

グラーフはまりあに振り向いた。

「この通路を使って地下からお逃げください。王も麗姫も、配下の者がお運びして先に行っております。地上は奴らの目に付きやすいので、しばらくは身を潜めてください」

グラーフはそう言って、まりあに先を譲る。そこではじめてまりあは不安を覚えた。

「あの……、グラーフさんは？　一緒に来てくれますよね？　それとも別々に逃げるんですか？」

礼儀正しい《闇の眷属》は、一瞬黙った。

そして険しかった目元は、もとの眠たげな目に戻る。――他の感情を覆い隠すように。

「……王と《闇月の乙女》が安全な距離に到達するまで、敵をここに引きつけておきます。他に何名か戦えるものがいますから、最低限の時間は稼げるでしょう」

いたって穏やかな声で、グラーフは言った。ただ雑用をこなすのだと言うような口調だった。

だがその意味するところを知って、まりあは戦慄《せんりつ》した。

「だ、だめです！　一緒に逃げましょう！　いまのままじゃまともに戦えないんでしょう⁉　《夜魔王》もラヴェンデルさんもいないのに……！」

ラヴェンデルやレヴィアタン抜きに、あの大軍に対してまともに足止めなどできるはずがない。

しかしグラーフはなおも落ち着いた口調で続けた。

「だからこそです。犠牲は最小限に抑えたほうがいい。王とあなたさえいれば、《闇の眷属》は何度でも再起できます。あなたたちを護ることが、我々の勝利に繋《つな》がるのです」

まりあは絶句した。――我々。そこに、グラーフ自身の命は含まれていない。

グラーフたちはいまここで犠牲になって、《夜魔王》と自分を逃がそうとしている。

（う、うそでしょ……‼）

ゲームのみならず、アニメや漫画でも何度か見たことのある展開だった。

主人公や大事な仲間を逃すために、他の仲間が敵を足止めする、盾となる。――主人公たちは逃れられるが、盾となった仲間は命を落とす。

架空の中でさえ、まりあにとってそれなりに辛《つら》い出来事だった。

それが現実で起こりかけている。しかも、グラーフの言葉は正しいとわかっていた。

――《夜魔王》は、その名が示すとおり《夜の眷属》の長《おさ》であり要だ。強大な力を持つ一方、《夜魔王》さえ封じてしまえば戦力を大幅に削《そ》ぐことができる。その彼を、誰が封じたのかと言えば。

（う、わ……）

まりあは目眩《めまい》を覚えた。こうしていま危機に陥って、グラーフたちが犠牲になろうとしているのは——自分《プレイヤー》が引き起こした状況のせいだった。

「——さあ、お早く」

そんなことも知らず、グラーフはただ《闇月の乙女》を逃がそうとする。

まりあは息苦しさに喘《あえ》いだ。ぐらぐらと揺れる頭の中で、ここでグラーフと別れたら多分二度と会えないということだけがわかっていた。恐怖の形をした確信だった。

そして夜空を裂いて現れた無数の光——あの中にあった、ひときわ輝く黄金の光の正体。敵が本気でこちらを潰《つぶ》しに来ている証拠だ。なのに——。

（……会って、みたい）

胸の中で、小さくそうつぶやく声があった。こんな状況なのに、そう思ったら胸をかきむしりたくなるほど急きたてられる。

まりあは手を握りしめ、グラーフを見た。

「……私は行きません」

「！　何を……」

「グラーフさんたちだけ残して行くことはできません。たぶん……私がいたほうが、足止めはできると思います」

無意識にそう答えた後で、まりあは内心で自分の言葉に驚いた。

だがグラーフはその答えに少しうなった。

「《闇月の乙女》のお力が強大であることに疑いの余地はありません。しかし、万一ということがあります。それに大局で見た場合、いまここで浪費させてしまうよりは……」

「い、いえ、その……」

まりあは束の間《つかま》口ごもる——そもそも魔法なんてものをどうやって使うのかわからないし、アレスも側にいない。

第一、戦うつもりなどないのだ。

「と、ともかく!! 私に任せてくれませんか? グラーフさんたちも戦わなくていいです! 安全な場所に隠れていてください!!」

慌てて言うと、グラーフは驚いたような顔をした。そのあと、強い覚悟の滲《にじ》む声で言った。

「私たちの月よ……その慈悲だけで、私たちは十分です。あなたと王のために戦って散るのなら本望——」

「だ、だめです!! 散るのは絶対にだめ!! と、とにかくここは私に任せてくれませんか!! お願いします!! なんとかするので……っ!!」

まりあは全力で否定した。たぶん何かを大いに勘違いされている。

グラーフの顔にようやく、少しの困惑と不安がよぎった。

「しかし……、それならばどうするおつもりですか? 敵はかなりの戦力を投入してきているようです……いくら《闇月の乙女》とはいえお一人で戦場に出るなどとは」

まりあは頭を振った。——向こうがかなりの大軍勢で来ていることはわかっている。

そんなところにのこのこと一人で戦いに行くつもりなどなかった。

「戦わずに解決します。は……話し合いで」

精一杯厳しい顔をして言ったが、グラーフは悪い冗談でも聞かされたかのような顔をした。

──だいたいのことは話し合いで解決する。

そんな日本人的平和主義はまりあの身にも否応なしに染みついている。だが理由はそれだけではなかった。

ただ、知っているからだ。

いまパラディスに攻め込もうとしている相手、その軍を指揮しているであろう人物のことを。

しかし話し合いで解決する、と伝えたときのグラーフの反応は顕著だった。

耳を疑うと言わんばかりの狼狽《ろうばい》を見せ、頑《かたく》なに引き留めてきた。

まりあはこれが遠回しな自殺行為でも度の過ぎた英雄的行為でもないことを必死に説明し、絶対に死なないことを約束してようやくグラーフたちを引き下がらせた。

命に危険が及ぶようなことがあればすぐに飛び出す、全員で盾になるなどという脅しめいた条件つきで。

まりあとしても自己犠牲をするつもりは毛頭なかった。楽観とも自信ともわからぬ感情があった。

緊張──あとには少しの期待さえあった。

まりあは夜の城パラディスから一歩踏み出した。

空から降りてきた光の集団はパラディスの正面に布陣している。

いきなり襲撃してこないことも、自分の考えが正しい──敵の指揮官は好戦的ではない──ことを立証しているように思えた。

まりあは一人歩いてゆく。城の周りは青い草原だった。冷涼とした風に揺れ、背の高い草の合間から仄青《ほのあお》い光が泡のように立ちのぼっている。水中のように錯覚する光景だった。

その青い夜の中、白い光の集団はあまりにもまばゆかった。

夜を退けようとするかのような光に包まれ、天高く旗がなびいている。白地《しろじ》に黄金で描かれた太陽は目を灼《や》くような強さで、まりあは思わず顔を歪《ゆが》めた。

こんなにまぶしかっただろうか。そう思いながらゆっくりと距離を詰めていった。

まばゆい光を放つ塊の中に、重厚な鉄の鎧を着た兵士たちが見えた。

その腰には剣があり、手には槍や盾がある。弓を持つ者もいる。鋭利な武器のきらめきや磨かれた厚い盾の輝きが目を射た。

まりあは一瞬立ち竦《すく》んだ。

漠然と抱いていた楽観に冷水を浴びせかけられたように感じた。これはもはや戦争の一場面だった。こちらは文字通り丸腰だった。いかなる鎧も武器も持っていない。頼りになるアレスもいない。

この武装の、この数の騎士たちに襲われたらひとたまりもない――。

(大丈夫……、大丈夫)

自分にそう言い聞かせて、着慣れぬ黒と紫のドレスを引きずりながら歩く。

それに、これは所詮《しょせん》ゲームの世界のことだ。

現代日本に生きる昏木まりあの生死とは、関係ない――はずだ。

「――止まれ‼」

敵意に満ちた叫びがまりあの足を止めた。無数の刃の煌《きら》めきと甲冑《かっちゅう》のたてる音が響く。

数多《あまた》の剣の切先は一斉に前へ向けられ、盾は隣りあう兵の身を守るように堅く構えられている。

その背後には、同じく鎧を着けた馬に乗った騎兵たちが並んでいる。

堅牢《けんろう》な城塞《じょうさい》が突如目の前に現れたかのようだった。

まりあは息を呑《の》んだ。立ち尽くし、自分の速すぎる鼓動の音を聞きながら戦闘態勢をとる光の軍団を見ていた。

──いきなり攻撃を仕掛けてきたりということはない。

大きく息を吸って、現実では一度も出したことがないような大声で叫んだ。

「私は戦うつもりはありません！　あなたたちの指揮官と話がしたい！」

武装していないことを示すために両手を上げる。緊張しながら、じっと相手の反応を待つ。

だが答えはなかった。青に染まった草が揺れ、小さな銀光が風になぶられて武器を構える騎士たちのもとへ流されていく。

聞こえていないはずはない。まりあはもう少し待った後、再び息を吸い込んだ。

「話がしたいんです！　あなたたちと、戦いたくありません‼」

全身の力を振り絞って叫び、相手の反応を待った。

無視されてしまったらそもそもが台無しになる──焦りと不安が募る。

息苦しく長く感じられる時間が過ぎて、騎兵が二つに割れた。前方の歩兵も道を開ける。

馬を操って一人の騎士が進み出る。

まりあの心臓は大きく跳ねた。鼓動がとたんに激しくなる。

金の馬鎧をした天馬の上に、白金の鎧をまとった騎士がいた。

足、腰、胴、両腕を鎧《よろ》い、そして顔までも兜《かぶと》に覆われている。背にある純白のマントが、旗のようになびいていていた。

胴鎧の表面には加護と祝福を意味する古代文字が金色に発光し浮き上がっていた。

腰回りを覆う鎧の下からは白いコートを思わせる長い裾《すそ》が伸びている。きらびやかな剣帯と共に腰に下げられているのは、黄金に惜しみなく宝石が象眼された鞘《さや》の剣だった。

ただ一人にのみ帯剣を許された武具――宝剣《イルシオン》。

他の兵より一回りも二回りも大きく見え、一点の太陽のように見えるのは決してその外見のせいだけではなかった。

白金の騎兵はゆっくりとまりあのほうへ馬を進める。

歩兵や他の騎兵たちは動かず、だが緊張が高まって一触即発の空気に染まってゆくのがまりあにもわかった。

騎士は一定の距離まで近づいて止まる。

まりあは、兜を見つめた。焦がれるほどその下にある顔を見たかった。

するとそれを聞き届けたかのように、騎士は籠手《こて》に覆われた手を持ち上げて兜に触れる。

そしてゆっくりと持ち上げた。長い、光を集めたかのような金髪がこぼれて広がる。

同じ金の、驚くほど長い睫毛《まつげ》が持ち上がった。

――雲一つない晴天のような青の瞳《ひとみ》。

磨き抜かれたサファイアを思わせる双眸《そうぼう》が、まりあを見た。

その瞬間、まりあの全身は粟立《あわだ》った。

胸が詰まって、声が出ない。目の奥まで熱くなって溢《あふ》れそうになり、慌てて手で拭《ぬぐ》った。

肌の上に躍る微妙な陰影――青い瞳の中の光は、彼が自分と同じ世界に、いまここに存在することの証《あかし》だった。

「――アウグスト」

溢れる思いのまま、まりあはその名を呼んでいた。

《聖王》アウグスト。『太陽と月の乙女』で、まりあが最も愛したキャラクターだった。

彼専用のセーブデータを作ってイベントを何度も見返した。はじめてアウグストとのエンディングを迎えたときはしばらく仕事が手につかなかったのを覚えている。

——彼は、他のどのルートでも《夜魔王》レヴィアタンと相討ちになって命を落としてしまう。

それは《聖王》として、《光の眷属《けんぞく》》を護るための決断だった。硬直した戦局を打破するにはそれしかなかったのだ。

残されたキャラクターは悲しみの中、王の遺志を継いでラヴェンデル率いる《闇の眷属》の残党を全滅させる。

アウグスト以外のキャラクターと聖女は、アウグストの犠牲の上に平和な世界を生きていた。

まりあはそれが悲しかった。アウグストルートを最後まで残しておいたために、何度も彼の犠牲と死を見た。

それが、アウグストルートでようやく救われた。彼を生き長らえさせることができ、大きな感動でしばらく現実感を失っていたほどだ。

夢に出てきてくれたときは嬉《うれ》しくて、同時に夢からさめてしまったときは本気で落ち込んだ。

『太陽と月の乙女』に夢中になったのは、アウグストの存在がかなり大きかった。

その最愛のアウグストがいま、目の前にいる。

滑らかだが力強い輪郭、名画のように高い鼻筋、涼やかで形の良い唇。彫りの深い目元や高い鼻の側にわずかな影が落ちて、やや太めの眉《まゆ》には意思の強さと優しさが滲《にじ》む。

二十代半ばに見えるが、屈託なく笑えば少年の顔に、厳しい表情をすれば生まれ持っての王の顔になることを知っている。

——いまアウグストに、ゲームの中で見せてくれたような優しい眼差《まなざ》しと声を向けられたら決壊

してしまうかもしれないとさえ思った。

だが鮮烈な存在感と質量を持つアウグストは、見たこともない目でまりあを睥睨《へいげい》している。

「私に話とは何だ。今更何を言う？」

馬から下りることさえなく、碧眼《へきがん》の《聖王》は言う。一切の隙を見せない威圧的な声は、風や周りの音がまじり、周囲に広がった。

瞬きの間、状況も忘れてまりあは立ち尽くした。体がかすかに震えた。

別人のように厳しい声でも、確かに何度も聞いた声だった。喉《のど》が詰まってうまく言葉が出てこない。夢であるなら、いっそこのまま止まってほしいとさえ思った。

しかしアウグストはまりあの沈黙に眉をひそめ、疑念を強く滲ませた。

「――時間稼ぎか？　我々を欺くつもりか」

「ち、違う……っ！」

まりあは弾《はじ》かれたように頭を振った。――ゲームのように選択肢を選ぶまで場面が止まるなどということはなかった。時間は絶えず進み、相手の反応も変化する。

そのことを痛烈に体感し、震えるほどの感動をかろうじて抑えて言うべき言葉を口にした。

「……私は、あなたたちと戦うつもりはありません。攻め込むのは、やめてくれませんか」

なんとか絞り出した言葉は少し裏返り、情けないほどに昏木まりあのものだった。

アウグストは一瞬目を瞠《みは》ったかと思うと、一層冷ややかに目を細めてまりあを見下ろした。

「何を言うかと思えば――。イグレシアに攻め込み、レヴィアタンの封印を解いて奪っておきながら……戦うつもりはないと？」

「！　そ、それは……《夜魔王》がいないと、その、私が死ぬし他のみんなも困るんです！　あなたたちと戦うつもりでそうしたわけじゃ……！」

「戯《ざ》れ事を。聞くに堪えぬ」

アウグストの声は鋭利な刃のように会話を断ち切った。凍てつく響きはまりあを打ちのめす。

空色の瞳が影を濃くしてまりあを見下ろした。静かな、だが強い怒りがそこにあった。

「何よりも、お前は我が光に害をなそうとした。決して許しはしない」

その言葉にまりあは頬をはたかれた。我が光。《陽光の聖女》。かっと頭が熱くなった。

「違う！　あれは……っ！」

――あれは、自分のデータだった。かつて自分の分身だった。

我が光と優しく呼びかけてもらったのは自分で、聖女を傷つけた敵にかつてないほど怒る彼を見て心をくすぐられてしまう側だった。

決して、こんなふうに強い怒りを向けられる側ではなかった。

(違う、のに……‼)

全身を震わせた感動は、一気に身を焼く怒りと嫉妬《しっと》に変わった。

ここにいるのに、同じ現実にいるはずなのに――アウグストとの時間は、自分であって自分ではない何かにそのまま奪われている。

まりあははじめて《陽光の聖女》に心底怒り、憎んだ。いますぐ消えてほしいとさえ思った。

「違う？　何が違うと言う」

一度も向けられたことのない軽蔑《けいべつ》に満ちた声がまりあの胸を刺す。

痛みが目の奥から溢れそうになり、うつむいて耐えた。

「――私、は、《陽光の聖女》を殺そうとはしてません。それに、深手を負ったのはこっちです。

聖女がこちらを攻撃してきた」

「愚かな。聖女は敵から身を護ろうとしただけではないか」

冷たく整然とした声に、まりあは声を詰まらせた。悲しいほどに、アウグストの反応は頑なで現実的だった。

「……やはりか」

ふいにアウグストが言って、青い目を横に向けた。

まりあがはっと顔を上げてその視線を追うと、周りの草むらに《闇の眷属》たちの姿が見えた。

「私を誘《おび》き出し、奇襲を狙ったか」

「‼　ち、違う‼　そんなつもりじゃない‼」

ざあっと血の気が引き、まりあは必死に言い募る。

だがアウグストは馬首を巡らせた。

「時間を無駄にした――」

そうつぶやき、氷片のような目でまりあを一瞥《いちべつ》する。

「静かに定めを受け入れるがいい。我々はお前たちとは違う。必要以上の苦しみは与えぬ」

アウグストは背を向けた。その後ろ姿が、翻る金の髪がすべてを断ち切る。

「待って‼」

まりあは踏み出す。とたん、爪先をかすめるように光る矢が突き刺さった。息を呑む。

顔を上げると、アウグストの向こうに槍と盾を構えた兵と弓兵が見えた。

碧眼の王は振り向かず、自軍へ戻っていく。――《陽光の聖女》の陣営へ。

「待って！　アウグスト！　待って……っ‼」

手を伸ばす。届かない。遠い。行ってしまう――。

〃聖王の背は、懇願をはねつける。王であるアウグストを止められるものはなかった。

聖女は、女神リデルに祈った。

このまま行かせていいはずはない、何か方法があるはず――。〃

――あのときもアウグストを引き止めようとして、手を握って画面の向こうを見つめた。だがいまは祈るべきリデルも、アウグストを振り向かせる聖女の声も姿もない。

その背がただ遠ざかるにつれ、まりあは冷たい絶望に苛《さいな》まれた。視界が歪《ゆが》む。

(どうして……‼)

泣き叫びたかった。こんなことがあっていいはずがなかった。

だが周囲のざわつきをいやでも肌で感じ、無理矢理意識を引き戻される。

控えていた《闇の眷属》たちが、グラーフたちが飛び出そうとしている。

こちらに駆け寄ってくるようにも、アウグストを急襲しようとするようにも見える。

光の騎士たちは即座に戦闘態勢をとり、まりあと《闇の眷属》たちに狙いを定めた。

――アウグストが自軍に戻れば、それが戦闘開始の合図になる。

(なんで……どうして……っ‼)

ただ漠然とした楽観と、アウグストに会いたいという浮ついた気持ち――それでなんとかできると錯覚していた。話し合いができると思い込んでいた。

その結果が、完全武装の騎士たちと、遠ざかるアウグストの背だった。

そして自分たちが逃げることを諦《あきら》め、飛びかかろうとしているグラーフたちの姿だった。

「……っ来ないで‼　動かないで‼」

まりあはかすれた声を張り上げた。

グラーフたちが驚きの視線を向けてくる。

(だめ……このままじゃ――‼)

このまま自分の失敗にグラーフたちまで巻き込むわけにはいかない。彼らは自分のせいでここに残ったのだ。

まりあは王の背を見つめた。

ゲームの場面と同じ。ただ叫んでも止められない。だが、聖女は彼を止めた。

〝孤独な王の背が光に包まれて消えようとする寸前、天啓が聖女の脳裏に弾けた。

古き世にあった、聖女と王だけの誓いの儀式――唯一、王を拘束しうる力。〟

――まりあはそれを、知っていた。

消えようとする背に向かって、まりあは渾身《こんしん》の力で叫んだ。

「――〝光の守護者たる王よ！　私はあなたに《光滴の杯》を要求する‼〟」

叫びは夜に谺《こだま》し、馬上の王を止めた。

アウグストが振り向く。その青い両眼は大きく見開かれていた。いま耳にした言葉が信じられないというような表情だった。

「お前は……、なぜそれを……」

声にわずかな動揺と強い疑念が滲《にじ》む。まりあはかすかに震える唇を開いた。

「……私は……、私が、聖女だったから。《陽光の聖女》、だったから」

堪《こら》えきれず、そうこぼした。

――自分が主人公《プレイヤー》だったから。出会いから結末までをずっと見ていたから。

《光滴の杯》がアウグストルートの終盤にのみ出てくるイベントで、唯一彼を引き止められるものだということも知っている。聖女とアウグストの、二人きりの大切なイベントであったことも。

「……何を言っている？　狂言で私を止め、我が聖女を侮辱するつもりか」

《聖王》の眉間《みけん》に強い怒りと嫌悪が現れた。

「違う……‼」

「虚言を弄《ろう》して私を惑わすつもりか。《光滴の杯》まで持ち出すとは……どこでその言葉を聞いた」

まりあはひゅっと息を詰めた。

こちらの言葉が伝わらない。まりあ自身ですら、《陽光の聖女》は本当は自分で、この《闇月の乙女》というキャラクターの意識は《陽光の聖女》を動かしていた人間と同一なのだと言われても理解できそうになかった。そうわかってしまうのが苦しかった。

（なんでよ……‼）

自分をこんな状況に放り込んだ何かに、泣き叫んで怒鳴りたかった。

もう知ったことかと投げ出してしまいたかった。

――だがこの胸の痛みは現実を突きつけ、アウグストの前で醜態をさらせなくする。

まりあは両手をぎゅっと握りしめ、こみあげてくるものを噛《か》み殺《ころ》した。鼻の奥がつんとする。瞬きで視界の滲《にじ》みを払い、アウグストを見た。

「……《光滴の杯》の実行をお願いします。誓うのは休戦。こちらはそちらに戦いを仕掛けません。だから、そちらもこれ以上攻めてくるのはやめてください。退《ひ》いてください」

「お前……貴様――」

アウグストの顔が更に険しくなり、声が低くなる。見下ろす目はゲームで見たときとは別人だった。

まりあは唇を引き結ぶ。胸の中で嵐が吹き荒《すさ》んでいる。

――《光滴の杯》は、遥《はる》か昔にあったとされる儀式だ。王と聖女の間で行われることがほとんどで、王は、これを持ち出されたら絶対に応じなければならない。

アウグストとの絆《きずな》を深めたときにのみ出てくるもので、《陽光の聖女》は文献の中でたまたまそれを見つけ、後にそれを持ち出すのだ。

死地へ行こうとする彼を止めるために。

ステンドグラスから差し込む七色の光が、アウグストと聖女の静謐《せいひつ》な儀式を照らしていた――。

だがいま、まりあとアウグストの周りには深い蒼の夜だけがあった。

アウグストは低い吐息を漏らしたあと、馬から下りる。左手を上げ、背後の騎士たちを制した。馬の背に兜《かぶと》を預け、まりあに歩み寄る。互いに腕を伸ばせば届く距離で止まった。

まりあよりゆうに頭一つ分は背が高く、鎧《よろい》をまとう肩幅は一層広く見えた。足は驚くほど長い。

アウグストは白金の籠手《こて》に覆われた右手を差し出す。

まりあは自分の手を伸ばして応えそうになり、止まった。

差し伸べられた手の上に、放射状の強い光が発生する。小さな太陽を思わせるまばゆさに、まりあはとっさに目を庇《かば》った。掌《てのひら》の光はやがて凝縮し、大きな杯の形になる。

光が次第におさまってゆくと、金色に輝く杯が現れた。表面には複雑な紋様が白く浮かび上がり、液体を受ける椀《わん》状の部分の両側に把手《とって》がついている。

支えていた手がゆっくりと引き抜かれると、金の杯は空中で静止した。

「互いに誓約を述べた後、この中に双方が力を与える。それを攪拌《かくはん》したものを互いに飲み干すことによって、光杯は誓約の成立とみなす」

アウグストは冷淡な調子で、それでも嘘《うそ》不足なく説明する。

かつて美しい七色の光が照らす中で、輝く杯を前に向かい合って二人きりで誓約を交わした場面がまりあの瞼《まぶた》をよぎった。

「理解したか」

黙っているまりあの反応を困惑と捉《とら》えたのか、アウグストは眉《まゆ》をひそめて言う。

まりあは唇を引き結び、重い頭を縦に振った。

「――この聖なる儀式は本来、女神リデルに祝福された者だけが交わすものだ」

アウグストは付け加えるように言った。知っている、とまりあは胸のうちで答えた。

「よって、リデルに仇《あだ》なすお前たち《闇の眷属《けんぞく》》を拒む。浄化作用がはたらくだろう。――それがどういう意味かわかるか」

まりあは虚を衝《つ》かれ、今度は率直に頭を振った。

アウグストは眉一つ動かさず補足した。

「光杯の力がお前を攻撃するということだ。致命傷を負う可能性もある」

まりあは息を呑《の》んだ。初めて知る効果だった。

アウグストは端整な無表情の仮面をまとい、こちらの恐怖を煽《あお》っているようには見えない。

「それを踏まえた上で、覚悟があるなら手を伸ばすがいい」

まりあの手はわずかに痙攣《けいれん》した。

（攻撃……致命傷？　でもまさか、そんな……）

いきなりここで死ぬ、などということにはならないはずだ。まるで現実感がない。

だが、そんな根拠のない楽観を打ち砕かれたばかりだった。

——目の前で起こっていることは、そう都合良く展開していってはくれない。

まりあはアウグストを見た。

「……この儀式をやめると言ったら、どうなりますか」

「どうもせぬ。戦うだけだ」

無感情な声がまりあに重くのしかかった。

つまりは、これ以外に休戦へ持っていく方法がないということだった。

まりあは一度強く息を止め、それから長く吐いた。

選択肢は二つ。杯か、戦いか。

(……アウグストはちゃんと説明してくれた)

まりあの知らない、光杯の作用まで教えた。黙って儀式を行い、杯がこちらを攻撃するところを見ていてもよかったのだ。だが、そうしなかった。

——公平、高潔であることを自分に課すアウグストらしいと感じてしまう。

まりあは手を持ち上げ、杯の前にかざした。

アウグストもまた、手を持ち上げて杯の真上で止めた。するとその全身が、薄い金色の膜をまとうかのように光りはじめた。

碧眼《へきがん》の王は口を開いた。

「我、光の守護者たる王アウグストは、《闇月の乙女》との一時休戦を誓約す」

風に乗って周囲のすべてに響き渡るような、厳然たる王の声が宣言した。

それに応じて、かざした手に光が集中する。光は金に輝く滴となって杯に落ちた。

とたん、杯は強い輝きを放つ。

アウグストが手を引き、無言で促す。まりあは動きを真似《まね》て杯の真上に自分の手をかざした。

「我……《闇月の乙女》は、光の守護者たる王アウグストとの一時休戦を、誓約す」

同じ言葉をなぞり、宣誓する。自分が《闇月の乙女》だと宣言することにためらいを覚えた。

ふいに、かざした自分の手が、淡く銀色に光っていることに気づいた。アウグストとは真逆の色。

手だけではなく、体の輪郭が銀の薄衣をまとったかのように発光していた。

困惑しているうちに、かざした手にほのかに青みがかった銀の光が強くなり、一点に集中し、雫《しずく》の形になって落ちた。

杯は、アウグストのときのように輝いたりはしなかった。ただ身震いするようにかすかに揺れた。

銀の滴は杯の中で金色の雫とまざりあう。

まりあが戸惑いがちに手を引くと、再びアウグストが手を伸ばして杯を取った。口元の高さまで持ち上げる。

「──女神《リデル》の祝福あれ」

そう言って、一息に杯を呷《あお》った。そして杯を戻し、二者の間に浮かべる。

喉《のど》がかすかに動いて嚥下《えんか》したとき、端整な顔が一瞬強《こわ》ばった。

ゲームのイベント中には見られなかった仕草だった。

──自分が《闇月の乙女》などというものになってしまったせいかもしれない。

まりあは唇を引き結び、杯に手を伸ばした。

杯を傾けるときはアウグストがしたように女神リデルの祝福を願うのが正しい。だが形だけであっても、リデルに祈る気にはならなかった。

杯の中には不思議な輝きを放つ液体がまだ残っていた。アウグストが唇をつけた場所に意識が行って、あえて反対のところに唇をつけ、一気に傾けた。

どんな味とも似ていない、ただひんやりとした――あるいは少し熱を感じる液体が舌に触れた。

嚥下する。喉を通り過ぎていく。

アウグストとの間に杯をそっと戻す。

中身は空になっていた。手を離しても、杯は不可思議な力で浮いている。

飲んでしまった――遅れてから、毒でも仰いでしまったかのような恐怖と不安がわいてくる。

だがおそろしい味を感じることも、忍耐強いアウグストが一瞬顔をしかめたような何かも起こらなかった。

警告されたような、浄化作用もわからない――。

ふいに、まりあは体の内側に熱を感じた。体温が急上昇したような錯覚。

――次の瞬間、それが爆発した。

「い、ぁ……っ‼」

アウグストの目が見開かれた。

まりあは自分の体を抱き、その場で膝《ひざ》から崩れ落ちた。

かき抱いた自分の腕が、手が、土に触れる膝が足が熱い。痛い。

皮膚の下で血と内臓が燃えるようだった。

ぱたぱたと雫が落ちるような音がして、体を濡《ぬ》らし土に落ちる。

(痛い……痛い痛い痛い熱い‼　熱い‼)

まりあの全身は痙攣した。体を抱く腕が瞬く間に濡《ぬ》れていき、このぱたぱたと落ちる音は自分の体から滴っているもののせいだと知った。

脳までもが焼けるような感覚の中、震えながら自分の体を見下ろす。

闇色のドレスをまとっていたはずの自分の腿《もも》に、胴に、腕に、白いまだら模様があった。

その模様の一つ一つが焼け付くような熱を発している。

わずかに発光するような白い傷痕《きずあと》はあまりに歪《いびつ》で、大きく、黒の衣装ごと肌を裂く。

まるで流星の痕《あと》のようだと頭が遠くで思った。

全身の至るところが、悲鳴をあげている——肩も背中も、頬や額すらも。

両目から涙が溢《あふ》れた。歯を噛んで堪えようとしても、噛み合わない。力が入らない。

「——《闇月の乙女》‼」

グラーフたちの緊迫した叫びと飛び出そうとする物音がかろうじて聞こえた。

まりあは立ち上がれず涙を流したまま、声を振り絞った。

「——っ動かないで‼」

叫びはかすれ、裏返る。だがそれでもグラーフたちを止めることはできたらしかった。

「なぜです‼　このままではあなたが……‼」

「だ、いじょうぶ……だから……っ！」

まりあは反射的にそう答えた。抑えきれない涙が顎《あご》を伝って落ちる。

——何が大丈夫なのか自分でもわからなかった。

体に感じる痛みは、いまにも意識を刈り取っていこうとする。

それでも必死に息の震えを抑え、今度は顔を上げぬまま、目の前にいる相手に言った。

「……これで、誓約、成立だよね」

アウグストがかすかに息を呑んだ気配がした。

言葉で確認しながら、まりあはこれで《光滴の杯》は成されたとわかっていた。乱れた息の合間に、続ける。

「――退《ひ》いて。もう、行って……お願い」

なんとか声を絞り出した間に、また涙が流れて落ちた。とめどなく溢れる滴さえ熱を持っていた。

きっといま、ひどい顔をしているだろう。痛みと涙で引きつれて歪《ゆが》んだ顔。立つことすらできず、ただ地面に座り込んでいる。

アウグストにはこんな顔を見られたくなかった。

――早く見えないところに行ってほしかった。

この痛みに耐えられなくなって泣き叫んでしまう前に。

甲冑《かっちゅう》が動く、金属の音がした。白金の足甲に包まれた爪先が近づいてくる。

アウグストがすぐ側で片膝《かたひざ》を折り、まりあは反射的に顔を上げた。

青い目は、まりあを見て一瞬怯《ひる》んだように見えた。

あまりにもひどい泣き顔を見られたからだと思い、まりあは息が詰まった。

アウグストの手が、どこかためらいがちに伸びた。顔の近くに来て、まりあはびくっと肩を揺らして目を閉じる。

だが、瞼に光を感じておそるおそる目を開けた。

滲《にじ》む視界の中で、輝くアウグストの指が見えた。籠手に包まれた手はまばゆい光で空中に文字のようなものを描く。

とたん、ごく小さな光の泡が弾けてまりあに降り注いだ。

小さな泡は傷口に集まり、痛みを和らげていく。

——見覚えのある魔法だった。

（《癒やしの雫》……）

聖女ほどではないにしろ、《聖王》たるアウグストにも回復魔法が使える。

《癒やしの雫》は一度かければ持続的に対象を回復し、総回復量に優れる魔法だった。

アウグストはゆっくりと立ち上がった。身を翻し、白い天馬に再び跨《また》がる。

そうして自軍のほうへと戻っていく。

「……っ！」

まりあはとっさに手を持ち上げた。だが引き留めようとしたその手も、呼ぼうとした喉もひどく痛んでかなわなかった。

「《闇月の乙女》……‼」

グラーフたちが飛び出して駆け寄ってくる。

跪《ひざまず》いた《闇の眷属》たちに体を支えられながら、まりあは顔だけを上げて光り輝く軍を見ていた。

やがて甲冑の重い音を響かせ、《光の眷属》が闇夜を駆け上っていく。流星を巻き戻してゆく。

その輝きの中に、無二の黄金に輝く光が見える。

（アウグスト……）

光の軍は瞬く間に遠く小さくなり、やがて遥《はる》か天の境界面に再び巨大な魔法陣が生じた。

多くの光がそれに吸い込まれ、最も大きな輝きが続き——魔法陣が閉じるまで、まりあは見守っていた。

深い蒼の空に静寂が戻る。

まりあの体から最後の力が抜けた。

「《闇月の乙女》……‼」

グラーフたちの声がぼやけ、意識を保つのも難しくなる。

感覚が鈍くなっていく中、無数の小さな光の泡だけが視界に瞬いている。

自分を癒そうとする聖なる光たち。

「――私の女神……‼」

青年の、悲鳴のような叫びが耳を打つ。近づいてくる。

（ああ、アレス……）

もう回復したのかな、と思う。こんな姿を見せたら心配させてしまうかもしれない。

だが瞼《まぶた》が重くて、体がひどく軋《きし》んで動けない――。

すぐに分厚い闇の幕が下り、まりあは意識を失った。


夢――いいや、本当の現実、『太陽と月の乙女』の中で、アウグストは優しく微笑《ほほえ》んでいた。

私の光、と穏やかな声が言う。聞いているほうが赤面するぐらいに想《おも》いのこもった響きだった。

白い天馬に乗って空を駆けたこともあった。アウグストの馬は特に優れた駿馬《しゅんめ》で、聖女は前に抱き抱えられて、二人で青い空を散策した。

澄んだ空は美しく、聖女を見つめる青い目の優しさ、光輝く髪が風になびく様は画面越しでも胸が高鳴った。

（……なんで……？）

アウグストは《陽光の聖女《ブレイヤー》》と絆《きずな》を深めている。それは本来自分との関係だった。

すべて覚えている、知っている——なのに《陽光の聖女》は自分であって自分ではない。

まりあを見るアウグストの目は凍てつき、その声は敵に向けるものだった。

こんなのは違う。

あのとき画面越しに想像した、涼やかな空気と人の体に触れあう快さをいまも感じているのに。

（……え？）

——違う。

まりあは目を覚ました。瞼を一度持ち上げるもひどく重くて、再び寝入ってしまいそうになる。

「私の女神……」

すぐ側で、青年の声がささやく。かすかに震え、苦しげなその響きは意識を呼び戻す。

「……アレス、さん？」

かすれた声でつぶやくと、アレスは弾かれたように顔を上げてまりあを見た。

「《闇月の乙女》……！」

そう呼び、青年は両腕で強く抱きしめた。

「！　え、ちょ……っ、んん⁉」

まりあはほとんど身動きできないことに気づいた。

アレスは座っているようで、その足の間に自分の体があった。揺らめく夜空色のドレスの裾《すそ》が床に広がっている。

（ど、どういう状況なのこれ……っ⁉）

頭が混乱する。だが自分の体勢だけはわかって、いきなり顔が熱くなった。

「あああああ、アレスさん……っ！　おはようございます‼　わわ私大丈夫だから！　放し——」

焦って早口にまくしたてる。だがアレスは抱きしめる腕に一層力をこめるだけだった。

とたん、まりあはそれ以上言えなくなってしまった。動悸《どうき》が激しくなり、目が回る。

――がむしゃらに、必死に手放すまいとしがみついてくるような抱擁。

彼の感じている不安や苦しみのようなものが、ふいにまりあに押し寄せた。

「アレス、さん……？　大丈夫ですか？　どうしたんですか……？」

まりあがためらいながら問うと、腕がわずかに緩んだ。アレスが顔を上げ、目を合わせる。

しかし座って抱き合うような姿勢になっているせいで唇が触れそうな距離になり、まりあの心音は大きく乱れた。

「……どうしたの、ではありません。無事を問うのは私のほうです。私の女神……お体に痛みは？」

長く息を吐きながら、アレスが言う。

この至近距離で更に顔を覗《のぞ》き込むようにしてくるので、まりあは更に挙動不審になった。

逃げるように顔を逸《そ》らすと、端整な顔が訝《いぶか》しげに歪められる。

「やはりまだ痛みが……？」

「い、いや、体に痛みはないんです、だからあの、放し……」

「ではなぜ目を逸らすのですか？」

再び、抱く腕に力がこめられる。

（うわわわ……っ!!）

まりあは目を回した。アレスはわざとこんなことをしてこちらをからかっているのか――一瞬そう疑う。だが彼は本気で訝り、本心から案じ、それから少し怒っているようにも見えた。

まりあは精一杯身動《みじろ》ぎし、可能な限りアレスから離れようとして、だが余計に抱き寄せられて消耗した。

やがて足音が聞こえてきた。まりあが慌てて離れようとするも、足音の主がすぐに姿を現した。

「《闇月の乙女》……！　目を覚まされましたか！」

「！　グラーフさん……、ラヴェンデルさんも」

まりあは軽く目を瞠《みは》った。部屋《へや》の扉の向こうに現れたのは山羊《やぎ》の頭をしたグラーフと数名の《闇の眷属《けんぞく》》たち、それから小柄な美少女ラヴェンデルだった。

ラヴェンデルはまりあとアレスを見、奇妙な生き物でも前にしたかのように目元を歪めた。

「いい加減放せ、なまくらめ。《闇月の乙女》はお前の所有物ではないぞ」

「――当然です、《闇月の乙女》が私を所有しているのですから」

「ほう？　いまのお前の行動からしてずいぶん説得力があるな？」

ラヴェンデルの冷ややかな目と力をこめてくるアレスの間でまりあは目を白黒させた。

一瞬、現実逃避しかけたところで、ようやくこれまでの経緯を思い出した。

自分の両手を、足を、体を見下ろす。――だがそこに、白い火傷《やけど》痕はない。傷を覆った小さな光の泡も。

まりあは勢いよく顔を上げた。

「グラーフさん、アウグストたちは……!?」

「――撤退していきました。こちらの被害は皆無です。《闇月の乙女》……あなたのおかげです」

そう答えた声は深い感嘆が滲《にじ》み、まりあは少し虚を衝《つ》かれた。

言葉の意味を理解すると、安堵《あんど》とも落胆ともつかぬ複雑な感情を抱いた。

（やっぱり……夢じゃ、なかったんだ）

アウグストの、敵を見る目。冷たい声。自分以外の何かが聖女になり代わっているという現実。

――だがそれでも、アウグストは回復魔法をかけてくれた。

わずかな希望のようなものをそこに見出《みいだ》せる気がした。

「……被害が皆無？」

腹の底に響くような低い声が間近に聞こえ、まりあは驚いた。見上げると、鋭利な刃のようなアレスの顔があった。

凍てつく火の目は、グラーフたちを射る。

「《闇月の乙女》を護《まも》れず、あのような重い怪我《けが》を負わせて被害が皆無だと？」

「！　ちょ、ちょっと待ってアレスさん……！　グラーフさんたちは何も――」

「……言葉もありません」

まりあが慌てて弁明しようとするのを遮り、グラーフは低く抑えた声で答えた。うなだれた姿も、その声もアレスの非難を受け入れていた。

まりあは焦って口を挟んだ。

「グラーフさんたちは悪くない。むしろ自分たちが盾になって逃してくれようとしたんです。話し合いでなんとかしようって私が無理を言ったんです」

アレスの目がまりあに戻った。紅《あか》い瞳《ひとみ》は一転して気遣いと困惑を宿し、グラーフたちに向けた切りつけるような眼差しは欠片《かけら》も残っていなかった。

「あなたが怪我をされては何の意味もありません。まして万一……命を、落とすようなことになれば……」

その言葉は、突然まりあの胸を刺した。アレスにきっと悪気はない。だが何の意味もない——自分のしたことが無意味だと言われたような気がして、言葉に詰まった。

「狂母の信徒どもと話し合いなど不可能です。現にあなたはひどく——傷つけられた……」

そう続けた声に怯《おび》えが滲み、抱き寄せる腕にまた力がこめられる。

まりあは戸惑い、胸の詰まるような感覚に襲われた。アレスがこれほど自分を気遣ってくれる——そのことに対するこそばゆさと、なぜ自分にここまで、という少しの疑問だった。

「だ、大丈夫です。傷つけられたっていうか、副作用みたいなもので意図的に攻撃されたわけじゃないし……回復魔法をかけてもらったから、ほら、もう傷も治ったみたいで」

「ふん、言われずとも回復したことはわかるはずだがな。お前が寝ている間、そこのなまくらが子供のように抱いて放さなかったのだから」

ラヴェンデルが冷ややかに介入する。まりあは目を丸くした。

(……ね、寝てる間ずっとこの姿勢だったってこと⁉)

顔にまた一気に熱が戻ってきた。口ごもったが、はたとアレスの体に気がつく。

「あの、アレスさんは……もう大丈夫なんですか？　その、体が……」

まりあの問いに、アレスはようやく表情を和らげた。

「通常の戦闘なら差し支えない程度には回復しています。あなたの心地《ここち》良い月精が私を癒やしてくれました」

「そ……そですか。それはよかった……」

喜ばしい話だったが、嬉《うれ》しげなアレスの表情と言葉とがなぜか少し気恥ずかしかった。

ラヴェンデルが鼻を鳴らした。

「そこのなまくらとて、ただ抱えられて逃げるところだったではないか。大事なところに間に合わなかったくせに、グラーフたちを非難するとはずいぶんと滑稽《こっけい》な」

「――役立たずの《夜魔王》とその姉と同等に不覚をとったことは否定しない」

「道具の分際で我々を貶《けな》すか！　ええい、こんなものへし折ってしまえ《闇月の乙女》‼」

まりあは二人の間で忙《せわ》しなく顔を右往左往させた。それでもラヴェンデルもまた回復したことがわかり、少しほっとした。

ふいに、ラヴェンデルがじっとまりあを見つめた。その薄紫の花弁に似た唇からまた手厳しい言葉が発せられるのかと思い、まりあは緊張する。

だが少女は惑うように少し沈黙したあと、やや仰々しく息を吐いて、言った。

「まあ、ともかくお前のはたらきで窮地を切り抜けられた。同胞の一人も犠牲にせず、怪我も負わせず……。正直、見直したぞ。あんな奇策を打つとはな！」

あまりにも意外な言葉だったので、まりあはすぐには反応できなかった。

ラヴェンデルは怒ったように細い眉《まゆ》を寄せていたが、それは不機嫌というより照れ隠しのためらしい、とまりあは遅れて気づいた。まじまじとラヴェンデルを見る。

「な、なんだその顔は！　私の言葉を疑っているのか⁉　せっかく褒めてやったというのに！」

「い、いえそうではなく……驚いたというか」

「驚いたのはこちらだ‼　呆《ほ》けたような顔をしてこんな奇策に出るとは！　できるならもっと早くにやれ！　そして周囲にも事前に説明しろ！」

少女の勢いにまりあはたじろいだが、押し殺したような笑いが聞こえ、グラーフのほうへ顔を向けた。

グラーフの山羊そのものの目は優しく和み、口元には笑みが浮かんでいた。

「《紫暗の麗姫》がお褒めになるとは珍しい。この方の最大の賛辞ですよ、我らが月。事前に説明して周りに協力させよと仰《おつしや》っているのです」

「は、はあ……」

「余計なことを言うでない、グラーフ！」

ラヴェンデルは怒って反論したが、その頬の赤さは言葉を裏切っていた。

グラーフは親愛と敬意のまじった眼差しを《紫暗の麗姫》に向けた後、まりあに目を向けた。そして、胸に手を当てて深く腰を折った。

「私からも感謝を。あなたのおかげで我々は生き長らえ、王も同胞も失わず、ここに立っていられるのです。私たちがあなたにどれほど救われたのか……言葉では言い表せません」

グラーフが感じ入ったような声で言うと、その傍らの《闇の眷属》たちも同じくまりあを見つめ、膝《ひざ》を折り、あるいは深く頭を垂れた。

「い、いえそんな……！」

真摯《しんし》な敬意のようなものを示され、まりあは慌てた。

とにかく必死で、《闇の眷属》たちを絶対に護るという確固たる意思があったわけではない。

――アウグストに会いたいという気持ちすらあったのだ。あんな状況にあってさえ。

胸の中のこそばゆさに罪悪感の影がまじった。それを紛らわすように別の話題に変えた。

「そ、そうだ。えっと……レヴィアタンさん、は？」

問うと、アレスの腕に力がこもった。まりあが驚いて顔を見上げると、黄昏《たそがれ》時の夕陽《ゆうひ》に似た目が物言いたげに見下ろしていた。その形の良い眉は、かすかに不快感を表している。

アレスの反応の意味がわからずぱちぱちと瞬きをすると、ラヴェンデルが鼻を鳴らした。

「あやつなら上だ。さっさと顔を合わせてくるがよい。——いつまでその体勢でいるつもりだ？」

まりあはアレスやラヴェンデルたちと共に屋上へ向かった。

パラディスの屋上へ出ると冷涼で甘い夜風が吹き抜け、頭上には満天の星が広がった。

その星の下、夜の城の頂に《夜魔王》は立っていた。

はっと目を惹《ひ》くほどの長身、広い背中に重厚な色の裾の長い衣装を身に纏《まと》っていた。

《夜魔王》はゆっくりと右腕を持ち上げ、水平に伸ばす。大きな手を開く。

とたん、青と紫に輝く巨大な魔法陣が飛び出した。

二色に輝く光は何重にも円と六芒星《ろくぼうせい》と古代文字を描き、どこからともなく砂粒のような銀の光が吸い寄せられてくる。銀光を貪欲《どんよく》に吸い込み、魔法陣は胎動するように輝きを増していった。

そして周囲の光を吸い尽くしたあと、空高く舞い上がった。パラディスの真上で滞空する。

次の瞬間、妖《あや》しく紫に輝く雷を無数に放出した。

雷は城を覆うように何度も降り注ぐ。

やがてそれが止《や》むと、パラディスを薄紫の膜が覆った。

「こんなものか」

艶《なま》めかしく、通りのよい低音が響く。《夜魔王》は振り向き、呆然《ぼうぜん》とするまりあと目を合わせた。

その唇が不敵に微笑する。

「——ようやく会えたな、《闇月の乙女》」

闇に棲《す》む者たちの長、紫と蒼の異色の双眼を持つ王は言った。たったいま行使した力の名残《なごり》なのか、紫を宿す右眼が妖《あや》しく輝き揺らめいている。

その輝きはまりあの視線を抗《あらが》いがたく引きつけ、絡め取る。

まりあが言葉を返せずにいると、《夜魔王》レヴィアタンは周囲を見回した。

「手間をかけた。少々寝過ごしたか」

「――無事のご帰還、なによりと存じます。我らが王よ」

グラーフと《闇の眷属》たちが跪《ひざまず》き、頭を垂れる。声には抑えきれぬ歓喜と感嘆が滲《にじ》んでいた。

「この埋め合わせはする。――姉上もお元気そうで何よりです」

「お元気そうで、ではないわバカ者め。お前が呑気《のんき》に寝ている間、私がどれだけ苦労したと……‼」

「まあ、いいではないですか。姉上もたまには俺の代わりに面倒ごとを引き受けてください」

「雑用のように言うでない‼　この期に及んでなお、お前は悠長すぎる……‼」

ラヴェンデルは高い声で噛《か》みつく。外見上は年齢も身長もほとんど倍近く違う相手に咆《ほ》える様子は、不思議な光景だった。一方のレヴィアタンはまったく堪《こた》えた様子がない。

まりあは意外に思った。

（……レヴィアタンってお姉ちゃんに対してこういう感じなんだ）

もっと傲慢《ごうまん》で居丈高な感じかと思っていたが、案外違うらしい。

ちょっと可愛《かわい》いかもしれない――と思ったが、すぐに寝台で狼藉《ろうぜき》をはたらかれたことを思い出して考え直した。

レヴィアタンは悠然と歩いて距離を詰める。側まで来るとその長身のみならず存在感の大きさをまざまざと思い知らされ、まりあは息を呑《の》んだ。背はアレスとほぼ同じか、少し上ぐらいだろう。

まりあが見上げると、蒼と紫の眼を持つ王はふっと微笑した。少し挑発的で、大いに蠱惑《こわく》的な笑みだった。

その手が持ち上がり、ごく自然にまりあの顎《あご》に触れた。

頭を垂れた花の香りを嗅《か》ごうとするかのように、顎を持ち上げて顔を近づける――。

「死ね」

内臓に響くような低音と鋭い金属音に、まりあは目を見開いた。

顎に触れていた手が消え、黒い裾が翻る。レヴィアタンは数歩後退していた。

まりあの前に、アレスの背中があった。

「――私の女神に触るな」

アレスはその両手に漆黒の長剣を構えていた。長大な刃の鋭利なきらめきがまりあの目を射る。

レヴィアタンは一度瞬《まばた》きをしたかと思うと、その唇に冷たい笑みを浮かべた。

「お前の？　いつから武具ごときが《闇月の乙女》を所有できるようになった」

「――女神は私だけのものだ。創世のときからずっと」

「好きに喚《わめ》け。だがそれは俺のものだ。お前が《闇月の乙女》の所有物ならそれに従え」

「……私から女神を奪おうとするなら、王であろうと斬る」

アレスの声が戦意を帯び、剣を構え直すのが見えてまりあは慌てた。

「ちょ、ちょっと待ってアレスさん‼　落ち着いて‼　斬るのはだめ‼」

「――許してください、我が女神。この男は私からあなたを奪おうとしている……」

「い、いやいやそんなことないです‼　誤解だから‼」

まりあは必死に言い募る。

――とんでもない美形二人から奪い合いをされるというのは身悶《みもだ》えしてしまう状況だが、この険悪さは喜ぶどころではなかった。

アレスはまりあに振り向き、苦しげな顔をした。

「誤解？　ではあなたはこの男を許すというのですか？　あなたに、不当に触れようとしたことを？」

明らかに不服に思っている口調だった。

まりあは言葉に詰まり、動揺した。――不当に触れようとしたこと。

あまりに自然で手慣れていたから、顎を持ち上げられてレヴィアタンが顔を近づけてくることに反応できなかった。

だが、いま考えてみれば――レヴィアタンはまたも狼藉をはたらこうとしていたのではないか。

出会って間もない人間に、いきなり唇を重ねてくるというような……。

（う、うわあああああ‼）

衝撃と羞恥《しゅうち》が遅れて来た。アレスが間に入ってくれなければ危うく大惨事になっていたかもしれない。抵抗できなかった自分が信じられなかった。

（い、いやいやそんなことは……いくらなんでも‼　きっと勘違い……‼）

今度は相手も寝ぼけていない。いくらなんでもそんな狼藉はしないだろう。自分の勘違い、思い込みかもしれない。ただの悪ふざけに違いない。まりあのなけなしの理性がそうささやく。

「ふ、不当に触るのはよくない……っ‼　ですけど‼　暴力もよくないので‼　剣をおさめてください‼」

「……あなたがそれを望むなら」

アレスは不満の響きを隠さず、だがまりあの言葉を聞き入れて、手にしていた長剣を闇の粒子にして消した。

「ずいぶん使い勝手の悪そうな剣だな。ちゃんと躾《しつ》けておけ」

「な……っ！　そもそもあなたが変な……い、いやがらせみたいなことしようとするから……っ」

「いやがらせ？　俺のものに触れようとすることの何がいけない」

からかうでもなくただ訝《いぶか》しげに言われ、まりあは一瞬絶句した。

「な、なん……っ、俺のものじゃないです‼」

「俺のものだ。お前は《闇月の乙女》で、俺たちの月であると同時に王の妃《きさき》だろう」

まりあはぴたっと動きを止めた。さも当然と言わんばかりの口調――。

（……は？）

妃。王の。その単語の意味をたっぷり数秒考え、だがどうあっても他に意味を見出せず、驚愕《きょうがく》した。

（し……知らないぞそんな設定⁉）

《夜魔王》の妃とか、それが《闇月の乙女》であるなどという設定はゲーム本編で一度も出てこなかった。そもそも、《闇月の乙女》などという存在がそれまで出てこなかった――。

だがそこではたと気づく。

――この『太陽と月の乙女』はどうやら光と闇の勢力が常に対比されるようにできている。《陽光の聖女》がいれば《闇月の乙女》がいる、といったように。

形式上とはいえ、《聖王》の第一の妃が《陽光の聖女》という慣例があった。となると、《聖王》の対極が《夜魔王》であり、《陽光の聖女》の対は《闇月の乙女》という構造からして、《夜魔王》

の妃が《闇月の乙女》であるという制度があってもおかしくない。

（……って、納得してどうする⁉）

自分の頭に浮かんだ推測に自分で混乱するまりあの横で、アレスが顔をしかめた。

「……ただの、習わしです。何の意味もない」

「《闇月の乙女》の所有物になるという習わしに従い続けているお前が何を言う」

吐き捨てたアレスに、レヴィアタンは即座に切り返す。

「ともかく、俺が動けん間に光の凶徒どもを追い払ったのは見事だった。かつてない奇抜な手段を用いたらしいな。さすが俺たちの待ち望んだ月だ」

《夜魔王》はまりあ本人の反応など気にした様子もなく、満足げにうなずく。

「俺が完全に力を取り戻すにはもう少しかかるが、その間に他の準備をしておけばいい」

まりあはふいに意識を引き戻され、瞬いた。

「……準備？」

「戦の準備だ。まだ囚《とら》われている者も多い。それも解放してやらねばならん」

レヴィアタンは不敵に笑い、晴れやかな声で言う。

まりあがその意味を理解するまでわずかに間が空いた。

「い、戦って！　だめです‼　せっかくなんとか休戦してもらったのに――」

「ああ、お前一人で休戦まで持ち込んだのは見事だ。時間を稼いだのだろう？　この通り俺は解放された、奴らには心ゆくまで報復してやる。お前も思うさま力をふるいたいだろう」

「そんなこと望んでないです‼　やめてください！　報復とか要らない‼」

まりあが必死に否定すると、異眼の《夜魔王》は眉根《まゆね》を寄せた。

「どういうことだ？」

「た、戦いは駄目です！　そんなことする必要、全然ないし……！　なにかあっても、できる限り話し合いでなんとかするんです‼」

まりあが言うと、ラヴェンデルやグラーフが、そしてアレスさえもが驚いたような顔をした。蒼と紫の王は瞬く。

「寝ぼけているのか、闇月。目は開いているようだが」

「寝ぼけてません！」

「では気でも触れたか。笑えぬ戯れ事はよせ」

レヴィアタンは冷徹に一蹴《いっしゅう》する。低く胸に響く声にはそれだけで力があった。

まりあは自分を奮い立たせ、食い下がった。

「あの、アウグストは悪い人じゃないんです！　むしろ戦いを好まないし、人の話を聞こうとしてくれますから……！　いまはちょっと、すれ違いというか誤解があるだけで……」

舌をもつれさせながら説明する。

レヴィアタンたちはすぐには否定しなかった。聞いてくれたものとまりあは一瞬錯覚した。

――だがレヴィアタンの目が細まり、冷ややかに見下ろした。

「本当に正気を失ったか？　我ら《闇の眷属《けんぞく》》と《光の眷属》とは決して相容《あいい》れぬ定め。創世の頃からの変わらぬ真理だ」

「――っそんなの……！」

「奴らを殲滅《せんめつ》し、我らの夜が世界のすべてを覆わぬ限り真の平和も安寧もない」

レヴィアタンは断言する。疑う余地のない、真理を語る者のような声だった。

まりあの脳裏に、『太陽と月の乙女』の設定がよぎった。

光と闇。二つの相反する種族。永い戦いを続けてきた彼ら。

よくある話、よくある世界観だと思っていた。ゲームをやっているときは気にも留めなかった。

「――そうしなければ、奴らが俺たちを滅ぼす。この大いなる夜を払い、《闇の眷属》を一人残らず消し去ろうとする」

まりあは息を呑んだ。横頬を張り飛ばされたような衝撃だった。

レヴィアタンの言葉は事実だった。

――聖女陣営《プレイヤー》はどの結末であっても必ず敵を全滅させていた。

それは望むエンディングのためのただの通過点、条件にすぎなかった。

「しっかりしろ、《闇月の乙女》。お前は我らの月、《闇の眷属》を照らす標《しるべ》だ。お前が照らす者たちすべてを導くのが定めだ」

「――っ知らない‼　私は《闇月の乙女》なんかじゃない！」

まりあは叫んだ。その叫びに自分自身が驚く。

だが、爆発した感情は消せなかった。

――《闇月の乙女》などというキャラクターは知らない。

なのにお前はいきなりそんな人物だとされて、役目を求められ叱咤《しった》されて、愛着のあったアウグストたちと戦えなどと言われる。そんなものを受け入れられるわけがない。

自分の足元に目を落としながらまくしたてる。

「わ、私は別にアウグストたちが嫌いとかじゃないし、戦ってどうこうしたいとか思わない！　世界がどうとか言われてもわからないし……っ」

様々な感情が入り乱れてうまく言葉にならない。ただ、自分を押し流そうとする何かに抗いたかった。

他に声を発する者はなく、耳に痛いほどの沈黙が生じた。

ラヴェンデルの、アレスの、グラーフたちの視線を感じた。

「……なら、なぜ王《おれ》を解放した？」

まりあは顔を跳ね上げた。

《夜魔王》は色の違う目を共に冷たく光らせ、まりあを睥睨《へいげい》していた。

「俺を助けるということ自体、奴らへの反撃の意思に他ならない」

「そ、れは……っそうしないと私が死ぬしみんなが困るって……ラヴェンデルさんに教えられて！」

まりあは思わずラヴェンデルを見た。

だが小柄な王姉もまた弟と同じような目でまりあを見ていた。理解に苦しむと言わんばかりの顔。

まりあの頬は熱くなった。これでは責任をなすりつけようとしているかのようだ。

「奴らを根絶しない限り、結果は変わらん。戦う気がないなどというのは我らの滅亡、自殺を望むも同じ。そうであれば王《おれ》を解放したりせず、ただ死を待っていればよかっただろうが」

吐き捨てるレヴィアタンに、まりあは言葉を失った。

――頭のどこかで、こうなることは予想できたはずだという声がした。

《夜魔王》を解放するということ。――世界の敵と言われた張本人を解放することは、戦の火種を放ったも同然だった。

これは夢、これはただのゲーム。そう考えてなし崩しにしたことの結果だった。

「私は……、死にたくないし、戦いたくもないんです‼」

ただ感情のままにそう叫ぶ。

「……目を開けることも閉じることもいやということか。お前はいったい、何がしたい」

《夜魔王》の言葉は、まりあの胸を穿《うが》つ。

「俺たちでさえお前の考えを理解できんというのに、お前の姿勢や行動を敵が理解して応じてくれるとでも思うのか。ただ話し合う？　誰がそんな戯言《たわごと》を信じる。たとえ話し合ったとしてどう解決する」

「……それは……」

まりあは言い淀《よど》んだ。――アウグストの態度。温厚で名君とされる彼にさえ、普通の話し合いはほとんど不可能だった。

「……でも……っ！」

まりあは抗《あらが》う。戦って相手を滅ぼすなどということは、とうてい受け入れられない。

知らず、味方を求めて周囲を見回した。

ラヴェンデル――弟に同意するというように、黙り込んでまりあを見つめている。

グラーフ――沈黙し、眠たげな表情からは何も読み取れない。人の言葉を解《かい》さぬ無垢《むく》な獣といわんばかりの顔をしている。

そしてアレスも、人間離れした端整な顔からはいかなる感情も読み取らせず、ただまりあを見つめていた。疑念や軽蔑《けいべつ》の色はなく、同時にこれまでまりあは何も言わなかったかのように変わらない。

――同意を示してくれる者がいない。

それはまりあの足元を揺るがし、ひどく不安にさせた。

焦り、もがくように言葉を探すうち、《夜魔王》の浅い溜息《ためいき》が聞こえた。まりあに近づく。

まりあは反射的に後じさる。レヴィアタンがわずかに身を屈《かが》めた。

背と膝裏《ひざうら》にいきなり腕を差し入れられて持ち上げられ、まりあは悲鳴をあげた。

「――私の月に触るな‼」

「引っ込んでいろ、道具」

まりあはそのままレヴィアタンの広い肩に担がれた。

その状態で歩き出され、顔を真っ赤にして足をばたつかせた。

「やっ、ちょ、ちょっと！　やだ！　下ろして‼」

「お前には休息が必要だ。光精が頭に回って毒されているのかもしれん」

「お、おかしくなんかなってない‼　下ろして！　下ろしてってば‼　ら、ラヴェンデルさん！　何か言ってください‼」

「……今回は愚弟に理《り》がある。おとなしく頭を冷やせ、《闇月の乙女》」

ラヴェンデルは呆《あき》れたように言って、犬でも追い払うように手を振った。その隣で、グラーフが深くうなずいている。

アレスはいまにもレヴィアタンに斬りかかりそうだったが、まりあが抱えられているせいで攻めあぐねているようだった。整った顔を歪《ゆが》め、一人担いでなお悠然と歩くレヴィアタンの後を追う。

「お前は俺たちの月。お前が俺を目覚めさせたのは反撃のため、今度こそ完全なる勝利をおさめるためだ。《闇の眷属》のためにな。たとえお前の意図とは違っても、もはやそうする以外に道はない。己の定めを受け入れろ」

「そんな……そんなことない‼」

「では勝手にしろ。あくまでお前が話し合いとやらに固執するなら、それもよかろう」

レヴィアタンは興醒《きょうざ》めしたような声で応じながらも、腕は強くまりあを抱え、抵抗もアレスの抗議もものともせず進んでいく。

（なんでこうなるの……⁉）

それはこの状況とそれ以外のすべてに対しての、まりあの魂の叫びだった。

Chapter 4：《闇月《あんげつ》の乙女》の決断

ぼすん、とまりあは容赦なく寝台に放り投げられた。

「とりあえず寝ろ」

「ね、眠たくないですし寝ないです‼」

「ほう？」

《夜魔王》は唇だけで笑った。

まりあが肘《ひじ》で上体を起こしたところで突然影に覆われた。寝台の軋《きし》むかすかな音が耳に響く。肌の温度に似た気配と、一瞬目眩《めまい》のするような芳香がした。冷たく、脳をくすぐられるような艶《なま》めかしい香り。

蒼《あお》と紫の瞳《ひとみ》が間近から見下ろしている。

レヴィアタンは寝台に腰掛けて体をひねる形で、まりあの両側に腕をついていた。

「では大人しく俺に抱かれて月精を分けるがいい」

低くささやく声が、まりあの胸を震わせる。

（だ、抱か……⁉）

脳内で思わず反芻《はんすう》しかけ、怒りと羞恥《しゅうち》とその他多くのもので一気に顔が熱くなる。慌てて後じさろうとするが、中途半端な姿勢のせいで肘から崩れ、寝台に倒れて状況が悪化した。

「物分かりがいいな。よかろう」

《夜魔王》は唇で笑っていた。だがふいにその微笑が消え、目だけが横に向く。

顎下《あごした》に、光さえ吸い込む漆黒の刃が当てられていた。

アレスは寝台の真横に立ち、剣を握る手を微動だにさせなかった。紅《あか》い目は炎がそのまま凍りついたような色をして《夜魔王》を見下ろしていた。

「あ、アレスさん……！」

まりあは焦って上体を起こし、アレスの刃に触れた。とたん、アレスの顔が強《こわ》ばった。

レヴィアタンは虫でも払うような仕草で剣を押しやり、その手でまりあの首の後ろに触れた。くすぐったさにまりあは小さく悲鳴をあげる。

《夜魔王》は目だけアレスに向けたまま、顔をまりあに近づけて笑った。

「構わん。そこで見ることを許す」

まりあの喉《のど》に、低く響く声とほのかに湿った吐息が触れた。肌の中に浸透してくるそれに、ぞくっと体が震える。喉に噛《か》みつかれる、と思った。

更に足の間に男の体が入ってきて、びくりと震えた。

「やっ……ちょっ……!?」

言葉にならない声をあげながら、レヴィアタンを突き放そうとする。だが首の後ろを押さえていた手はいつの間にか肩を抱いていて、動けなかった。

「は、放し、て……‼」

遅れてかっと顔が熱くなった。レヴィアタンは信じられないほど自然に距離を詰め、もう何度もそうしているかのように触れてくる。

ふっと呼気が耳朶《じだ》に触れた。

「お前は一切の犠牲を出さず、一人で敵の軍勢を退けた。ここまでの戦果は嘘《うそ》偽り無く見事だ」

目眩《めまい》がするほど甘さを孕《はら》んだ声が耳に注がれる。

まりあの頬は熱を増し、不意打ちの賞賛は心までもくすぐった。

（な、なんで……っこんな体勢で言うこと⁉）

首をつかまれた猫、あるいは蛇に睨《にら》まれた蛙《かえる》のごとく硬直しているのは、少しでも動けば余計に密着してしまいそうだからで――レヴィアタンの腕が強く引き寄せてくるからだった。

「俺を解放し、同胞の犠牲を厭《いと》った。お前は《闇月《あんげつ》の乙女》として正しく同胞を照らそうとしている。手段はいくら奇抜なものになっても構わん。ただ己の宿命には逆らうな」

耳元で、低く引力を帯びた声が続ける。まりあの心は反抗し、だが甘い毒を注がれたようにゆっくりと力を削《そ》がれていった。

肩を抱いていた手が、ごく自然に背中を撫《な》で、そのまま下りる――。

唐突に、肌を刺す冷気がまりあを正気に引き戻した。黒衣《こくい》の青年が目に映る。

アレスは無言だった。だが褐色の肌は闇に溶けたように濃く見え、その長い黒髪は風もないのになびいた。黒衣の裾《すそ》までもがはためき、全身を瞳と同じ赤の光が包んでいた。

血よりもなお紅い両眼はまりあと《夜魔王》を捉《とら》えている。

――その手に握られた漆黒の長剣が、アレスの体と同じ真紅の光をまとっている。

まりあのどこか――あるいは《闇月の乙女》としての感覚らしきものが、これはまずいと訴えていた。レヴィアタンに覚える危機感とは別の、もっと恐怖に似たものが体を突《つ》き動かす。

「ちょっと‼　離れて変態‼」

「――つまらん」

「これが面白いわけあるか‼　いいから離れて‼」

渾身《こんしん》の力で抗うと、レヴィアタンはあっさり引き下がった。

もはや興味を失ったと言わんばかりだった。

「じゃあ‼　私、寝るので‼　出て行ってください‼」

「独り寝は寂しいだろう」

「独り寝が寂しくて一人暮らしができるかー‼　はいおやすみなさい‼」

まりあは隙を潰《つぶ》すようにまくしたてつつ、レヴィアタンから距離をとった。

当の《夜魔王》はただ喉の奥で笑って、寝台から立ち上がった。

先ほどとは別人のようにあっさりと部屋《へや》から出て行こうとする背を見て、まりあははっとした。

「あの！　私がいない間に、アウグストたちを攻撃しに行くみたいなことはやめてください！」

「こちらから攻め込む気はない。お前の成立させた休戦が有効な間はな」

レヴィアタンは振り向かずに言って、扉の向こうへ消えた。

まりあは一度息をついて寝台から立ち上がり、アレスに目をやった。青年の目はいまだ妖《あや》しい輝きに満ち、体は血色の光と深い闇とをまとっている。

「あ、アレスさん……」

緊張しながら声をかける。

アレスはすぐには答えなかった。だが肌を刺すような空気がようやく緩んでゆき、青年の体が本来の陰影を取り戻していった。

紅い両眼にも落ち着きが戻ったが、まだ得体の知れぬ陰の名残《なごり》があった。

無言は、なによりまりあを不安にさせた。それだけアレスが本当に怒っているのだと訴えてくる。

「……なぜ？」

形の良い唇がそう短く発した。疑問。何かを聞いている。だがまりあにはその意図がわからない。

戸惑う間に、アレスが一歩踏み出した。

何か底知れぬ威圧感がまりあを怯《ひる》ませる。

「なぜ、あの男にあれほど触れることを許すのですか？」

まりあは目を見開いた。ようやくアレスの疑問を理解し、頬が熱くなった。

距離を詰められる。まりあは思わず後退しそうになる。アレスの瞳は不思議な光彩を放っていた。

それはなぜか、日食の金環を連想させた。

「私の、女神――」

黒衣に包まれた腕が伸びる。夜を薄く溶かしたような指が頬に触れ、その滑らかな冷たさはまりあを震わせた。

アレスの腕に手をかける。だがそれきり、押しのけることはできなかった。

赤い目が危うい光に揺らいでいる。それがまりあをためらわせ、動けなくする。

ここで拒絶したら、アレスはどう思うのか――どう感じるのか。

頭のどこかが彼の不満を認めていた。レヴィアタンには触れさせたのに、アレスにそうさせないのは不公平だ。一人と握手したのにもう一人とは握手しないといったようなものではないのか。

頬に触れる手は優しく、同時に刃の冷たさを思わせた。

アレスの腕に手をかけたまま動けずにいると、頬に触れる手は輪郭をなぞり、首に触れた。

「……っ」

肌に感じる冷たさに、声が漏れそうになる。

押し殺して耐えていると、長い指は惜しむように肌を滑りながら引いていった。

まりあは鈍い動きでアレスを見た。

赤い瞳はいまだ妖《あや》しい輝きの尾を引いていたが、ひたむきさが強く見えた。

「──私以外の誰にも、あなたにこのように触れさせないでください」

アレスは静かに、だが強固に言った。

よく通る声であまりにもはっきりと言われたから、まりあは反射的にうなずきかけた。数秒遅れでようやく内容を理解すると、とたんに狼狽《うろた》えた。

「え、えっとあの……は、はい……」

──それはもう、レヴィアタンのように不当な接触を許してしまうのはよくない。とてもよくない。だがその前の言葉。私以外の。

それはつまり──アレスには許せというのだろうか。

（い、いやいやいやいや！）

耐えがたい恥ずかしさに、顔の前でばたばたと手を振った。

「《闇月の乙女》？」

「なっ、なんでもないです‼」

不可解そうな顔のアレスに激しく頭を振って、まりあは天井に視線を逃した。

（ああもう、ほんとにあの変態《夜魔王》のせい‼）

つまりは誰にも触らせなければいいのだ。不覚をとらなければいいだけだ。

まりあはそう自分を納得させ、なんとか落ち着こうとした。大きく息を吐いて顔の熱さを追いやり、目を戻す。

ようやく周囲を認識し、はっと気づいた。巨大な黒の寝台、藍色《あいいろ》の闇と淡い銀の光が満ちる部屋。

（ここってレヴィアタンさんの寝室じゃ……⁉）

先刻、ラヴェンデルやアレスたちと一緒に放り込まれた部屋であり、王の寝所などと言われていた場所だ。

まりあは慌てて扉に駆け寄った。だが扉は押しても引いても微動だにしない。

（と、閉じ込められた……っ⁉）

扉を手探りするも、鍵《かぎ》のようなものは見当たらない。

「――あの男の仕業です。破りますか」

背後からそんな声が聞こえて、まりあは振り向いた。

「え、えーと……この扉、開けられるってことですか？」

「はい」

そう答えるなり、アレスは剣を構えていた。まりあは慌て、だが少し考えて頭を振った。

「開けられるなら、いいです。いま力ずくで出たら面倒なことになりそうだし……」

「しかし、あなたを閉じ込めておくような真似《まね》を……」

「開けられるなら大丈夫ですから！」

眉《まゆ》をひそめるアレスになだめるように言い、ひとまず寝台まで戻って端に腰掛けた。

さすがにここで眠る気分にはならないが、休憩することぐらいはできそうだった。

（……ん？）

気配を感じて顔を上げる。

すると、思わずのけぞるほど近くにアレスが立っていた。まりあを真《ま》っ直《す》ぐに見下ろしている。

「ど、どうしました？」

まりあが寝台のほうへ後じさりしつつ聞くと、アレスは立ち尽くしたまま言った。

「何も。ただあなたの側《そば》にいます」

「……そ、そですか……」

まりあはどぎまぎした。

（きょ、距離が近いなぁ……）

気づけば、類希《まれ》なる美貌《びぼう》の青年と二人きりで寝室に取り残されている。

そう認識してしまうとまりあはますます落ち着かなくなった。

「そ、そうだ！　アレスさんも休憩してください。あの、扉だけ開けておいてくれたらあとは自由にどこかへ行ってもらって大丈夫――」

「あなたの側にいることが私の安らぎ、私の望みです。なぜ離れる必要が？　扉を開けることをお望みでしたらいますぐそうしますが」

「……い、いや、あの、いいです……」

まりあは力なくつぶやいて項垂《うなだ》れた。――顔が熱い。

レヴィアタンと違い、アレスは優しいし真摯《しんし》だ。だがそれだけに、たぶん他意はないであろう言葉の一つ一つが心臓に悪かった。

（う、ううう……！）

勘違いしてはいけない、平常心、平常心と自分に言い聞かせる。

なぜアレスが自分にこんなに優しいのかといえば、おそらく《闇月の乙女》の設定というやつだろう。よくある主従的な設定、一人はいる、はじめから好感度の高いキャラクター。

いうなれば反射作用のようなもので、浮かれるべきではない。

――だとすれば割り切って楽しめばいいのではという考えもよぎった。

が、相手は同じ質量を持った人間で、《昏木《くらき》まりあ》はこんな美貌の青年と気軽に親しくできるほど経験も能力もなかった。

（ま、まあ設定であっても、優しくされるのは嬉《うれ》しいし……）

ラヴェンデルやレヴィアタンのような態度をとられるよりはずっといい。勘違いにさえ気をつければ、アレスの優しさもそのまま受け入れてもいいのかもしれない。

――ふいに、聞いてみたいと思った。自分に優しく、拒否もしないアレスなら。

まりあは顔を上げた。

「あの、アレスさんは……《光の眷属《けんぞく》》たちについてどう思いますか？」

青年の端整な顔に、虚を衝《つ》かれたといわんばかりの表情が浮かんだ。

しかしすぐに眉が険しくなり瞳《ひとみ》と口元に冷たさが表れた。

「どう、とは。あれらは敵です。一切を殲滅《せんめつ》すべきです」

「！　な、なんで……！　アウグストたちは、そんなに悪い人じゃ……！」

「――なぜ、あれらを庇《かば》うのですか？」

逆に問い返されて、まりあははっと息を呑《の》んだ。

アレスは理解に苦しむとばかりに強い疑念を露《あら》わにし、見つめている。

「話し合い、とあなたは仰《おつしや》いました。そんなものは不要です。あれらと和解するなどありえません。なのになぜ、あなたはあれらに心を砕くのですか？　あんな蛮族どものために……」

あくまでも丁寧な口調で、だがその声は聞いたことがないほど厳しく拒絶的なものだった。

「《アウグスト》？　あれらの王のことですね。その者があなたを惑わすのですか？」

まりあの背に、ぞっと冷たいものがはしった。

黒剣の化身である青年の顔から、一切の表情が消えている。紅《あか》い目だけが細くなり、危うい輝きが戻る。

「あれは、汚らわしい光精をあなたに飲ませ、あなたのなかに穢《けが》れを入れた。あなたの体に汚れた技をかけた。私の、月……私の女神に……」

声は低く呪うように響き、長身の体の輪郭から黒く小さな雷が弾《はじ》ける。

まりあは息を呑んだ。

「そ、そんなんじゃないです……！　あれは私から休戦のために言い出したことだし、アウグストはそのあと回復魔法をかけてくれて……！」

必死に言い募る。だがアレスは仮面のような無表情のままだった。

「……なぜ、あんな穢れの王の名を呼ぶのです？」

黒衣の青年が一歩踏み出す。まりあは後じさりそうになった。

「あなたが戦いを好まぬというのなら、私に委ねてください。光の凶徒どもを残らず斬り捨てます」

「だ、だめです！　それは絶対だめ……!!」

まりあは重ねて訴えた。冷や汗が出る。

なにか言ってはいけないことを言った。アレスの逆鱗《げきりん》に触れてしまったのだ。

「や、ほんと、変なこと聞いてごめんなさい！　ほんとになんでもないです！　気にしないで！」

強引に話を終わらせる。アレスが長い睫毛《まつげ》を瞬かせる。

「少し休もうかな！　なのでアレスさん、他の人が入ってこないように扉を見張っててもらっていいですか！」

「……あなたの望みのままに」

アレスは冷静に答え、その輪郭から発生していた小さな雷が体の中に吸い込まれて消えた。

まりあは彼に背を向け、寝台の端に横たわる。寝るふりをして、この気まずさをやり過ごすつもりだった。

（どうしよう……）

どうやらアレスは《光の眷属》に対して根深い恨みか何かがあるらしい。うかつに話題にしてはいけないことだった。

気をつけなければ、と自分に言い聞かせ、まりあはそっと溜息《ためいき》をついた。

いったい何が選択肢で、どれを選べばいいのか。間違った選択肢は望まぬ結末にたどりつく。そもそも《闇月の乙女》というキャラクターなど見たことも聞いたこともない。

真の結末《トゥルーエンド》に出てくるラスボスで、《夜魔王》と並び――そう考えて、気づいた。

（……っていうか《夜魔王》の妃《きさき》って！　そんなの知らないし‼）

わからないことだらけの中、ともかくそこだけは断固拒否しておかねば、と強く心に決めた。

しばらく時間を潰してから、まりあはアレスとともに部屋を出た。

王妃どうこうについては拒否の意思を伝えておくべく、レヴィアタン当人に会うことにする。しかしゲームを何周もしたまりあにさえパラディス内部は未知の場所で、しかも広大だった。

「……アレスさん、レヴィアタンさんがどこにいるかわかりますか？」

「いいえ」

即答だった。その表情は涼やかなままで、眉一つ動かさない。

(お、思いっきり興味ありませんって感じの顔をしておる……)

まりあは苦笑いした。しばらく廊下などを歩いて周囲を散策する。

(玉座の間かなあ……)

聖女とラヴェンデルの最終決戦が行われた場所であり、プラネタリウムのような空間で、まりあが《闇月の乙女》などというものになって目が覚めた場所でもあった。

突然、深い夜色の廊下に《闇の眷属》の姿が浮かびあがった。

まりあは危うく声をあげかけた。

近づいてくるのはほとんど上半身裸の女性——だがその両腕は巨大な翼で、へそから下は濃茶の体毛に覆われ、鳥の足を持った異形だった。長い髪が前に流れ、かろうじて胸を隠している。

グラーフや下半身が蛇の女性も見たとはいえ、やはり三次元の異形の姿は見慣れない。しかし奇妙なことに、どこか既視感もあった。

半人半鳥の女性のほうもまりあに気づき、目を見開いた。

「こ、こんに……こんばんは」

まりあはとっさにそんな声をかけた。すると女性は目を伏せて、いかにも困惑した様子ではい、とつぶやいた。

まりあは少し焦った。声をかけてはいけなかったのかもしれない。

「いきなりすいません、あの、レヴィアタンさんがどこにいるか知りませんか?」

「……存じません」

女性はまりあを見ずに答えた。これはいよいよ困らせてしまっているらしいと悟り、まりあは礼と詫《わ》びの言葉を述べて早々に立ち去ろうとした。

だが女性はおずおずと顔を上げ、言った。

「《闇月の乙女》……無礼を承知で、お聞きしたいのです。あなたが《光の眷属》と戦ってくださらないというのは、本当なのですか？」

今度はまりあが驚く番だった。手と足以外は美しい人間の女性が、不安げな表情を見せる。

「嘘《うそ》ですよね？　あいつらの王が率いた軍を退けてくださった方が、そんな……。だって《闇月の乙女》は、私たちを守り導いてくださる方……私たちの月なのに……」

縋《すが》るような目に、まりあは声を詰まらせた。

気まずい無言の後で歯切れ悪く答える。

「その……、《闇の眷属》のみんなを傷つけたくないし、戦わせたくないです。危ないし、《光の眷属》と戦いたくないというか……」

ためらいながら言葉を選ぶ。まりあは相手の怒りや不快感を買うとわかってはっきり発言をするのは苦手だった。社会でも、露骨な物言いは避けるのが正しいと学んでいる。

――しかしここは職場でもなく、現代日本でもない。これはよく言えば《温厚な》、悪く言えば《臆病《おくびょう》》《八方美人》的な態度だと自分でもわかっていた。

ただ、相手に嫌われるのをおそれているだけだ。

そして異形の女性もまた、同僚のような反応はしなかった。

耳を疑うというような顔になり、数秒の間絶句した。まるで裏切りにあった者のような顔だった。

「私たちには、戦う力があります！　王も帰還されました！　みんな、いまこそ立ち上がるべきだと思っているんです‼　あいつらに復讐《ふくしゅう》を……っ‼」

悲痛な声にまりあは怯《ひる》み、とっさになだめるような言葉を吐いていた。

「その、戦えば味方も傷つきますし、攻め込まれない限りは戦わないほうが……」

精一杯選んだ言葉だった。だがそれに力はなく、女性は眉をつり上げて怒りに顔を歪《ゆが》めた。

「《陽光の聖女》どもは私たちの同胞をたくさん殺した‼　執拗《しつよう》に追いかけて、何度も何度も襲ってきた‼」

まりあを睨《にら》む目の、白い部分が突如として黒く染まった。詰《なじ》る声に甲高い鳥の威嚇のような響きが重なり、大きな翼と体毛がざわめき立つ。

まりあは反射的に数歩後退した。同時にアレスが一歩前へ出て背に庇う。

「《闇月の乙女》は私たちの標《しるべ》のはずなのに……戦ってくれないなんて……‼」

半人半鳥の女性はなおも獣声まじりの非難をぶつける。

だが突然身を翻すと、両翼を一打ちして元来た道を飛んで戻っていった。

闇の向こうへ消えるその姿を、まりあはアレス越しに呆然《ぼうぜん》と見つめた。衝撃が遅れてやってくる。

既視感の原因にようやく思い至った。

（……ハルピュイア……）

執拗に追いかけて、何度も何度も襲ってきた。

――まりあは、初期の頃は特にレベル上げを行った。そのほうが手っ取り早くステータスを上げられたからだ。ゲーム内にある、《天上界》と《永夜界》の狭間《はざま》にある戦闘エリアで、意図的に敵と戦闘を行った。

ゲームの中では何種類もの《闇の眷属》が敵として現れる。その中で、半人半鳥は、《ハルピュイア》という種族だった。彼らは毒や痺《しび》れといった状態異常攻撃を仕掛けてくるものの、攻撃力は低く、経験値を稼ぎやすい敵だった。だから積極的に追い求め、好んで狩った。

――あのハルピュイアの女性の怒りは、主人公《プレイヤー》が経験値目当てに集中して狩ったせいだ。

（……嘘、でしょ……）

頭で否定する。だがそれは願望でしかなかった。

怨恨《えんこん》の原因となった当の本人が、いまさら戦いたくない、復讐を否定するなどというのはあまりに悪意と滑稽《こっけい》さに満ちた言動だ。まりあは無意識に口元を手で覆った。

（……そうか。《闇の眷属》の側ってことは……）

――《夜魔王》やラヴェンデルのみならず、かつてただの経験値としてしか見ていなかったモブ敵《エネミー》とも仲間として接するということなのだ。

《夜魔王》やラヴェンデルを倒し、無数の《闇の眷属》を経験値のためにだけ狩った張本人が。

（最悪……）

まりあは頭を抱えたくなった。罪悪感は重く、自分の行動が滑稽で醜悪なものに思えてくる。

「……排除しますか？」

アレスが気遣わしげにそんな言葉をかけてきて、まりあは目を瞠《みは》った。

「あなたに敵意を向けた、あの者を斬りますか？」

「！　そ、それはだめ!!　絶対にだめです……!!」

言葉とは裏腹にアレスの口調は飲み物でも勧めるかのような気軽さで、まりあは肝を冷やした。

そっと溜息をついて、重く澱《よど》む気持ちを少しでもやり過ごそうとする。

たとえ罪悪感を抱いても、だからといってアウグストたちと戦おうとは思わない。

それから更に城内を歩いていると、何度か《闇の眷属》たちを目にした。

ハルピュイアの女性に自分《プレイヤー》の行動の意味を気づかされてから、まりあは彼らをいままでのようには見られなくなった。

かつてモブ敵として出てきた者たちが数えきれぬほどいる――。

彼らのほうはまりあを見て好意のようなものを向けた。声をかけられることもあった。

たった一人で、敵の大軍を退けた《闇月の乙女》――その話が瞬く間に広がり、期待や敬意、勝利への希望さえ抱かせているらしかった。

息の詰まるような後ろめたさと後悔に似た気持ちが喉《のど》を締め付ける。

まりあは逃げるようにして足を速め、玉座の間を目指した。

だいぶ迷いながら、突き当たりにようやく巨大な両開きの扉を見つけた。巨人でも通れそうなほどの大きさで、重厚な石作りに月や星を模したと思われる装飾が施されている。

まりあがおそるおそる手を触れると、重い扉は内側に向かってひとりでに開いていった。

足を踏み入れると、藍色《あいいろ》の夜が広がった。星々に似た無数の銀光が空間を満たしている。

足元には細長い絨毯《じゅうたん》があって、奥へと真っ直ぐに伸びていた。行き止まりに壇があり、夜に棲《す》む者たちの王の座がしつらえられている。

《夜魔王》レヴィアタンはそこに座していた。その周りに、《闇の眷属》たちが集っている。グラーフの姿もあった。彼らは一様に頭上を見上げていた。まりあも視線の先を追う。

藍色の闇の中で、何かの映像がほの明るく浮かび上がる。

青い色調で統一されたかのような、山を背にした青の湖、荒涼とした紫色の砂漠、朽ちた列柱が並び、かつて城が存在したことを思わせる廃墟《はいきょ》、背の高い草が生い茂る向こうに岩山と洞穴が見え——どこともわからぬ風景たちが、水面《みなも》に映る影のように次々と切り替わり、揺らめいている。

思わず見入るほど美しい場所もあれば、生物の気配を感じないようなうら寂しい場所もある。

（……何かに似てる……？）

まりあは眉根《まゆね》を寄せた。ゲームのどこかで、見たことがあるような気がする。だがキャラクターと違い、ただぼんやり見ていただけの風景はおぼろげな記憶でしかなかった。

喉に引っかかった小骨のような既視感をもてあましていると、力を持った声に引き戻された。

「頭は冷えたか、闇月」

「……冷えてます。でも私の考えは変わっていません」

まりあは玉座の《夜魔王》に目を戻して言った。レヴィアタンだけでなく、その周囲の眷属《けんぞく》たちまでもが目を向けてくる。

レヴィアタンの片眉《まゆ》が物言いたげに上がった。

「《闇月の乙女》……仮にも俺の妃である者がいつまで寝言をほざく」

「‼　そ、それですけど……っ‼　私、妃になるつもりないです‼」

まりあはここぞとばかりに全力で訴えた。

レヴィアタンは色の違う目で一度瞬いたかと思うと、座したままゆっくりと前屈《まえかが》みになり、長い指を組んだ。

「ほう。なぜだ？」

「な、なぜって……、その、私、あなたのことよく知らないし、あなただって私のことよく知らないじゃないですか！　変な慣習に縛られて無理に結婚する必要なんてないと思います‼」

「お前は《闇月の乙女》で、俺は王だ。それ以外に何を知る必要がある？　俺以外に、お前を伴侶《はんりょ》にできる者がいるか？」

《夜魔王》は淀《よど》みなく切り返す。その落ち着いた口調は、淡々と事実を述べているだけだと言わんばかりだった。

「そ、そもそも結婚する必要はないと思います‼　したくない‼」

「何を言っている。王の妃となるのは義務であり栄誉の極みだろうが。まして俺ほどの男の正妻になれるなどこの上ない幸運だぞ」

まりあは絶句する。

——ともすれば自惚《うぬぼ》れどころではない、勘違いの極みのような反論。

だがレヴィアタンは王で、強大な力を持っていて、確かに忌々しいほど魅力に溢《あふ》れた男だった。

そのたたずまいと存在感でうっかり納得させられそうになり、まりあははっとした。

「し、知りません‼　レヴィアタンさんが結婚したいなら、他の誰かとすればいいと思います！　私は邪魔しないので‼」

勢いのまま壇上の男を睨む。グラーフや他の異形たちが驚いたようにまりあを見つめていた。

「……まったく」

壇上の男は溜息まじりに言うと、玉座から立ち上がった。

ゆっくりと壇を下りてまりあに近づく。

「あれはいや、これはいやと……子供の頃の我が姉か、お前は」

呆《あき》れた声。まりあのほうが聞き分けがないと言わんばかりだった。

まりあはぐっと、口を噤《つぐ》んだ。

――別にレヴィアタンのことが生理的に受け付けないとか、嫌いというわけではない。

拒んでいるのは、こんな望まぬ異常事態に放り込まれているからだ。

それは自分のせいではないし、妥協できることも他になく、結婚など論外で――。

だがそう考えてはっとした。

(でもこれって……現実じゃないし……)

現実とは違う、つまり現代日本に生きる昏木まりあの一生に関わることではないのだ。

あくまで、《闇月の乙女》が《夜魔王》と結婚するかしないかという問題だった。だったら、そこまで深刻に悩む必要もなく、その場が丸くおさまるような選択をしたらいいのではないか。

――少なくとも、アウグストたちと戦うかどうかというよりはよほど妥協できることなのではないか。

そう気づいてしまえば、まりあの心は大きく揺れた。

「お前は《闇月の乙女》。だがそれは己の責務を果たしてこその地位だ」

その言葉が、ふいに冷たい氷片となってまりあの胸に刺さった。

「同族のために戦うことも拒み、王の妃となって力を与えることも拒む。――では、お前は何のためにそこにいる？」

まりあは息を止めた。

《夜魔王》の蒼と紫の目が細められる。その眼差《まなざ》しに耐えられず、目を背けた。

ふいに、まりあは《夜魔王》から遮られた。アレスの背が盾となって周囲からの視線を阻む。

「私の女神に依存するな。お前たちのために《闇月の乙女》がいるのではない。《闇月の乙女》のためにお前たちがいる。――貴様もだ、《夜魔王》」

「道具ごときが口を挟むな。身の程を弁《わきま》えろ」

黒衣《こくい》の背中越しに、まりあはレヴィアタンの冷厳な声を聞いた。自分では、王の言葉を反駁《はんばく》することはできなかった。

(何のために……)

それは自分自身ですら思うことだった。なぜゲームの世界に入り込み、よりによって《闇月の乙女》などというものになってしまったのか。主人公の、《陽光の聖女》ではなく。

自分の脳が見せている幻だと考えても、目の前にいるレヴィアタンは同じ世界に立ち、考え、言葉を発する生きた存在だった。意思と力を持っていた。

「王《おれ》も、眷属共も、形だけの月に従う道理はない。お前が己の定めを拒むというなら、お前もまた他の者から拒まれるのだということを理解するがいい」

まりあは肩を揺らした。低く冷たい声に、体がすくむ。

レヴィアタンの周囲の《闇の眷属》を見た。みな、夜のような色の目をして、口を挟むことなくただまりあを観察している。

――困惑、疑念、あるいは蔑《さげす》みにも見える目。

「出て行け。いまのお前に、王の間へ足を踏み入れる資格はない」

《夜魔王》が命じ、その右手が軽く指を鳴らした。

とたん、まりあは見えない壁に押され、よろめいた。数歩後退して顔を上げると、そこには重く閉ざされた扉があった。反射的に手を伸ばして触れる。

扉は冷たく固い感触を返すばかりでぴくりとも動かなかった。――追い出されたのだ。

(……どうしろって言うの)

まりあは足元に視線を落とした。別に、レヴィアタンたちに特に好意的になってほしいとか親しくしてほしいなどとは思わない。

だが、白い目で見られるのもまとともに拒まれるのもいやだ。

「無礼な。王とは雖《いえど》も所詮《しょせん》は女神の従僕だというのに」

不快感も露わなアレスの声がして、まりあは顔を上げた。彼もまた追い出されたようだった。

アレスもまりあに目を向け、視線が絡み合う。

「あんな無礼者のために、あなたの心を痛めないでください。あなたは何ものにも従う必要はなく、何ものにも縛られません。《夜魔王》ごときが何を言おうと、あなたが気にする必要はないのです」

その優しい言葉とまりあのために怒る声は、乾いた土に甘い水を注がれるに似て、まりあの胸にひどく染みた。アレスのどこにも、皮肉や嫌味は感じられない。

涼やかで整った顔には、レヴィアタンたちのような冷ややかさも、ハルピュイアのような怒りもない。――本当に自分に寄り添い、慰めようとしてくれている。

「それに、あなたがあの男の伴侶になる義務などありません。あなたが拒絶していなければ、私が異を唱えていたところです」

穏やかな口調に、まりあはきょとんとした。

だが意味を理解したとたん、鼓動が急に乱れはじめた。

「そっ、そうですよね‼　それはもう、はい……‼」

動揺を抑え込もうとしてなんとか返答する。

(か、勘違いしちゃだめ！　もとから、そういう設定なんだから‼　だから、別に……っ‼)

アレスは最初から自分に親切だったし、優しかった。しかしそれはアレスが《闇月の乙女》の武器だからで、たぶん主人には好意を持つとかいうような設定があるからだろう。《陽光の聖女》の武器である《スティシア》がそうであったように。――頭では、そうわかっている。

まりあはおそるおそるアレスを見上げた。そうすることを待たれていたかのように、すぐに目と目が合った。

「あ、あの！　アレスさん……」

「はい？」

声をかけられたことが嬉《うれ》しいとでも言うように、アレスは微笑を浮かべる。そのせいでまたまりあの心音は乱れ、口ごもることになった。

――なぜ、自分にそこまで優しくしてくれるのか。

そんなことを口走ろうとしていた。頭では答えがわかっているはずなのに、わかりきった答えを聞きたい――あるいはもっと自分に都合の良い答えが聞きたいと思っている。

（恋する少女じゃあるまいし……！）

浮かれた自分を戒める。仮にも二六にもなる大人にふさわしい反応ではない。

両手で顔に風を送って、頭を冷やせと自分に言い聞かせる。

「な、なんでもないです……」

アレスは不思議そうに長い睫毛《まつげ》を瞬かせた。その無垢《むく》な表情にまりあはまた数度体温が上がったように感じて、両手をばたばたと動かして耐えた。

理由はどうあれ、一人でも自分の味方になってくれる人がいる――。

（勝手に《闇月の乙女》なんてものにされたわけだし、これぐらいの救いはあってもいいよね）

騒がしい心臓にそう言い聞かせ、落ち着きを呼び戻す。そうしてから、アレスに再び目を向けた。

「あの……ありがとうございます、アレスさん。その、親切にしてくれて」

紅《あか》い目の青年はちょっと意表を突《つ》かれたような顔をしたが、また優しい微笑を浮かべた。――まりあ以外に向けたのを見たことがない微笑だった。

「礼には及びません。私はあなたのもの。私だけは、常に、あなたと共にあります」

率直な、真摯《しんし》で嘘《うそ》偽りない言葉と眼差し――まりあは目眩《めまい》を覚え、危うく気絶しかけた。

＊

《闇月の乙女》が閉め出された後、王の間には本来の主《あるじ》たる《夜魔王》とその臣下だけが残った。

山羊《やぎ》の頭に人の男の体をした夜魔が、抑えた声で問うた。

「――よろしいのですか」

「いいわけがない。あれがこの状況で自覚を持っていないなどとは、愚かにもほどがある」

異色の双眼を持つ王は率直に答えた。しかしその声には焦燥も怒りも苛立《いらだ》ちもない。くつろいだ様子で両手を組んでいる。

「だがただ無能や怠惰であるわけでもない。然《しか》るべき状況になればあれも目が覚めるだろう」

そう言って頭上を見た。その視線の先には、《永夜界》の風景があった。

いくつもの映像がゆっくりと切り替わる。

山羊の魔性が再び口を開いた。

「《闇月の乙女》がもたらしてくださった休戦で、こちらの戦力を消耗せずに敵を撤退させられました。しかし、同時にこちらの動きも封じられ――」

「封じられる？　何がだ。敵の塒《ねぐら》に攻め込むだけが戦いではないぞ」

王は唇の端をつりあげながら言う。山羊頭の夜魔をはじめとする《闇の眷属》たちが、意図をはかりかねるといったような困惑を漂わせた。

「それでは……？」

《夜魔王》はなおも頭上に映し出される景色《けしき》を見つめている。

「捕らわれたのは王《おれ》だけではない。臣下を助け、守るのが王の役目。いまは戦力を回復させることが最優先だ。――行くぞ、戦の準備だ」

＊

「厄介ごとを私に押しつけるなというに‼」

「す、すみませ、ん……？」

小柄な体から発せられる妙な迫力の叱責に、まりあはたじろいだ。

玉座の間から追い出され、パラディスの中をふらついているとラヴェンデルに捕まった。そして有無を言わさず大きな部屋《へや》に連れて行かれ、いきなり怒られることになったのだった。

まりあの背後に控えたアレスが心底不快げな顔をした。

「私の女神を侮辱するか」

「《闇月の乙女》ともあろうものが、まともに力を使えないでは話にならんのだ！　愚弟を奪還しに行くときにしろ、光の凶徒どもと対峙《たいじ》したときにしろ、対応が遅い！　反応が鈍すぎる！　なんだあの腑抜《ふぬ》けた術は‼」

まくしたてながらラヴェンデルはますます憤慨した。まりあが思わず首を引っ込めてしまうような剣幕だった。

「あの……すみません。魔法？　の使い方とかよくわからないんですけど……」

「愚か者め‼　いつまで寝ぼけている‼　もっと危機感を持て！　術の使い方がわからないというなら、なぜそうも能天気に過ごしていられるのだ‼」

まりあはうう、とうめいた。確かに、魔法がよくわからない危機感というものはあまりない。

アレスが庇《かば》うように言葉を挟んだ。

「私の女神が手を下すまでもない。《闇月の乙女》にむやみな力の浪費を求めるのはやめろ」

「何が浪費だ‼　使うべきときに使うこともできないでどうやって無駄遣いする‼」

本人を差し置いて二人は火花を散らす。

まりあはうなった。無論、魔法を使えたら便利だし、使えるのならもちろん使いたい。

だがそこまで絶対に使わなければならないという感覚もなかった。

自然と、自分を庇ってくれる青年を見上げる。

（……アレスさんがいてくれるしなぁ）

剣を握ったことはおろか剣道の類も一切やったことのない自分を助けてくれる上、これほど強いのに丁寧で穏やかに接してくれる。自分を護《まも》ろうとしてくれている。

「いいか、一度しか教えんから頭にたたき込め！」

「えっ？」

まりあが驚くと、ラヴェンデルはその反応をどう捉《とら》えたのか、冷ややかに言った。

「言っておくが、後で愚弟に聞くなどと考えても無駄だぞ。あれは天賦の才だ。力を使うという感覚もなく術を使う。教えを乞《こ》うても、逆にどうしてわからないのかと間抜けな顔をされるだけだ」

まりあはぱちぱちと瞬きをした。しかしレヴィアタンがこの世界でも《天才》と呼ばれる部類であるらしいことには妙に納得してしまった。

――ゲーム内でも、歴代最高の力を持つ《夜魔王》と言われていたのだ。

ラヴェンデルがふいに、その紫の目を細めてまりあを見た。一瞬、《夜魔王》と錯覚するほど冷たく威圧に満ちた目だった。

「……お前が《闇月の乙女》であろうとそうでなかろうと、力がなければ我らはお前を認めない。お前が王とともにみなを導き率いるのなら、相応の力を示せ。お前自身の力をだ」

まりあは息を呑《の》んだ。

（べ、別にみんなを導くとかそんなこと考えてないけど……！）

圧倒されつつ、抗《あらが》うように内心でつぶやく。

だがそれに構わず、ラヴェンデルはよく通る声で語りはじめた。

「いいか、《闇月の乙女》はヘルディンの純なる破壊の力を継承する唯一の器だ」

いきなりまりあの肝を冷やすような言葉が飛び出した。

「その破壊の力をどう引き出すかはお前次第だ。力は既に与えられている。お前はそれを腐らせることなく使わなければならない」

まりあは返答に窮した。この体に、そんなおそろしい力があるとは思えなかった。

しかし既にあるという言葉には、思わず両手に目を落とした。

（力がもうあるなら、私があのときちゃんと使えれば……アレスさんをあんなに傷つけなくて済んだってことだよね）

礼拝堂での聖女との対峙。いまにも砕け散りそうな剣《アレス》の姿を思い出し、背が凍るようだった。

何もできなかった。あのとき、ラヴェンデルが機転をきかせてくれなければ取り返しのつかないことになっていたのかもしれないのだ。

(アレスさんにばかり頼っちゃだめだ)

積極的に戦いたいとは思わない。それでも――護るための力はいる。二度とあんなふうにアレスを傷つけないための力が。

まりあは顔を上げた。

「……よろしく、お願いします」

――それから数日の間、まりあはラヴェンデルという厳しい教師を前にひたすら教えをたたきこまれる従順な生徒と化したのだった。

(……っ、疲れた……)

まりあは窓辺に突っ伏した。なんとなくの流れで、空いた部屋の一室を自室として使うようになっていた。そこは窓の外の眺めがよく、しばしばこうして寝そべって過ごした。

ラヴェンデルの怒濤《どとう》の教えになんとかついていったはいいが、限界まで頭を酷使したせいで痛みがあった。こめかみをもむ。

「我が女神。どうか無理はなさらないでください」

まりあははっと顔を上げた。

アレスが、気遣わしげにこちらを見ていた。紅の瞳《ひとみ》は労《いたわ》りと不安に満ちている。

「あの王姉の教えなど乞わずとも……」

「う、ううん、いいんです。大丈夫。必要なことですし」

まりあは頭を振った。

「しかし……」

「魔法が使えたほうがいいのは本当にその通りですから。それに……」

なんとなく答えてしまってから、まりあははっと口を閉ざした。

「それに？」

アレスが不思議そうな顔で続きを促す。

まりあは気恥ずかしくなって言《い》い淀《よど》んだ。ごまかそうと試みる。

だが無垢な紅の瞳はまりあをひたと見つめたまま、待っていた。

「うう……。その、アレスさんを少しでも護れたらな、って思いまして」

薔薇色《ばらいろ》の瞳が、見開かれた。

「護る……？　私を？」

本気で驚いているような声だった。まりあは目を逸《そ》らして早口に続けた。

「や、その、向こうの礼拝堂から逃げるとき、私、何もできなかったので。あれで、アレスさんをすごく、傷つけてしまって」

「……あれは、私の力不足が」

まりあは頭を振って遮った。

「そんなことはないです。私……アレスさんがあんなに傷ついたのをみて、ものすごく怖かったんです。アレスさんが、そのまま……い、いなくなったら、どうしようって思って。私のほうが、謝らなくちゃいけないんです。頼ってばかりで……」

「あなたが謝ることなど何もありません。私はあなたの剣ですから――」

優しい声でアレスは言う。その優しさはひどく心地《ここち》良く、まりあは酔いそうになる。

同時に、息苦しくもさせた。

――自分は、これほどの献身を向けられるのに値しない。こんな一方的に受け取る資格はない。

優しくしてくれるなどという次元ではない。アレスは命すら懸けてくれようとしている。

喉《のど》の奥に塊が詰まったようだった。それを飲み下して、口を開いた。

「アレスさんは、私が《闇月の乙女》だから、こんなに助けてくれるんですよね。でも私は、《闇月の乙女》としては未熟……だし、そもそもそこまでしてもらえるほどの人間じゃないです。《闇月の乙女》だからって理由だけで、アレスさんがここまでする必要はないっていうか――」

――そういう設定。ゲームの要素。そう納得させていたはずの胸の内から、本音がこぼれ落ちた。

いまはアレスも、この世界のこともただの夢《ゲーム》として割り切ることはできなかった。

ここまでしてくれるアレスの、本当の思いはどこにあるのだろう。

「《闇月の乙女》、どうか顔を上げてください」

まりあの指先がかすかに震えた。頭に重石《おもし》がのしかかる。

――ああやはり、と思った。アレスにとってこの自分は《闇月の乙女》なのだ。決められた設定、世界の理《ことわり》でしかない。

「私を見て」

重ねられたその声は、なにか抗いがたい力を帯びていた。まりあは緩慢に顔を上げる。

温かな血潮を思わせる目――とても剣とは思えぬ両眼が、そこにあった。

「私はあなたに作られた、あなたの所有物です。私はそのことに喜びを感じますし、あなたのために毀《こわ》れることは本望です。……ですが」

黒く長い睫毛が上下にゆっくりと揺れる。そうして、怜悧《れいり》な唇が綻《ほころ》んだ。

「剣である私を、あなたは護りたいという。傷つけたくないという……そんなふうに、思ってくださるのですね」

まりあは目を瞠《みは》った。

アレスの声には隠そうともしない喜びが表れ、端整な顔にははにかんだような微笑が浮かんでいた。思いもよらぬ贈り物を貰《もら》った子供のようだった。

淡雪が融《と》けてゆくように微笑が消え、燃える紅の双眸《そうぼう》がまりあを捉えた。

「どうか疑わないでください。あなただからこそ、私はすべてを捧《ささ》げるのです」

まりあは呼吸を忘れた。

アレスの瞳とともにその言葉が胸に飛び込んできて、ぐらっと視界が揺れた。

心臓が大きく跳ね、耳の奥で鼓動が大きく速くなる。

（う、うあ……！）

顔が一気に熱くなって、慌てて伏せた。手の甲で隠そうとすると、触れた頬が熱かった。

――こんな反応は知らない。予想もしていなかった。

これはゲーム、これは決められた設定――そう言い聞かせようとしても、もう無理だった。

あなただからこそ。

意図してなのかそうでないのか、アレスのその言葉はあまりに核心を突いていて、まりあの不安や怖れを打ち砕くには十分すぎた。

――アレスが本当に、自分を見てくれているのだとしたら。

たとえ初めは設定ゆえだったとしても、共に過ごした時間で本当の関係が築けつつあるとしたら。だってこんなにも、紅の目は真っ直ぐに見つめてくる。あまりにも躊躇《ちゅうちょ》なく、揺るぎなく、ひたむきに昏木まりあを見つめてくる。

まりあは両手で顔を覆った。

「《闇月の乙女》？」

かすかな衣擦《きぬず》れの音と、アレスの気遣わしげな声が近づく。

「ちょ、ちょっと、待って！　すいません……！」

両手の覆いの下で、まりあは声を上擦らせた。顔が熱い。耳が熱い。きっといま、茹《ゆ》だったような顔をしている。しかも感極まってしまってちょっと目が湿っている。

こんなふうに真正面から自分を見つめてくれる男性に会ったことがなかった。

（もういいよ、《闇月の乙女》だってなんだって……アレスさんが、ここまでしてくれてるんだから……！）

そういう設定だから、と彼の気持ちを冷めた目で見ようとした自分が恥ずかしかった。

――信じるのが怖かった。期待して、後で何を勘違いしていたんだと笑われるのが。自分が傷つくのが。

それはただ自分の臆病《おくびょう》さゆえに、アレスを疑い、彼の気持ちを侮辱する行為だった。

まりあは顔の熱を必死に冷まし、顔を上げた。

そして目を丸くする青年に向かって、心から言った。

「ありがとう、ございます」

アレスは艶《つや》やかな睫《まつ》毛《げ》を瞬かせた。どうして礼を言われるのかわからない、というような顔だった。それが、彼は本当に何のわだかまりもなく自分に優しくしてくれているのだと裏付けるようで、まりあは唇を綻ばせた。

アレスも応じるように優しい微笑を浮かべた。

「礼には及びませんが、少しでもあなたの役に立てたなら嬉《うれ》しく思います。ですが、休息はしっかりとってください」

はい、とまりあは素直にうなずいた。鼓動の速さもいまは心地良かった。

それからふと思い出して、袖《そで》の中をあさった。ころんと出てきたものを掌《てのひら》に乗せる。

小さな、美しい紙の包みたちだった。色も形も様々で、薄紫で淡い星のような光が鏤《ちりば》められた丸い包みや、藍色《あいいろ》と紅の濃淡をなす三角の包みなど色味は妖艶《ようえん》だが形が可愛《かわい》らしい。

丸くねじられた包みの両端を引っ張って開けると、中に紫の宝石を思わせる球体があった。

アレスが不思議そうに見つめた。

「それは？」

「ラヴェンデルさんがくれたんです」

これをもらったときのことを思い出し、まりあは小さく噴き出した。

『もう疲れただと!?　なんと貧弱な！　しっかりしろ、集中しなおせ‼　怠惰は愚弟だけで十分だ‼　――ええい、これでも食らえ‼』

疲労と眠気で限界を迎えつつあったまりあを見て、ラヴェンデルは怒りながらレースの袖を振った。するとその広い袖の中から宝石のような菓子が降り注いだのだった。

――いったいどこにこんな大量の菓子を隠し持っていたのかという驚きと、厳しい言葉とは真逆の、菓子を与えるという行動の可愛らしさで、疲れは一時吹き飛んだ。

それに、ラヴェンデルは意外にも途中で投げ出したりしなかった。怒ってはいても、むしろ魔法に対してまったくの素人《しろうと》である自分相手に、よく根気強く接してくれていると思う。

「アレスさんも、お一つどうですか」

「……私は結構です」

アレスは穏やかに言った。

まりあはうなずいて、窓辺に座った。足元がふわふわして、アレスと顔を合わせるのが少し恥ずかしかった。

薄紫の飴《あめ》を一つ口に入れる。品の良い甘さと心地良い冷たさが舌に広がる。

それが疲れを癒やし、頭も解《ほぐ》してくれるようだった。

(……アウグストとの休戦の約束、いつまで有効なんだろ)

ぼんやりとそんな考えが浮かんだ。とにかくあの場を切り抜けるのに必死で、具体的にいつまで、ということまで確認していなかった。

ゲームに出てきた本来の《光滴の杯》イベントを思い返してみても、期限に関することは出てこなかった。――だが、永久なんてものではなかったのは確かだった。

(いきなり休戦終わり、なんてことになったらすごく困る)

一番まずいのは、そのときに自分が何の対策も持っていないということだ。最低でも、《闇の眷《けん》属《ぞく》》たちを説得するなどして先走らないようにしておく必要がある。

この《永夜界》、そして《闇の眷属》たちの王はレヴィアタンだ。《闇の眷属》たちを抑えるにはたぶんレヴィアタンを説得するのが一番いい。

だがそうわかっていても、まりあは王の間を再訪できずにいた。

レヴィアタンは一見すると思ったより話し合いができそうな相手だった。だが声を荒らげずとも、力を振るわずとも、あの色の違う目や低い声で叱咤《しった》されるとすくんでしまう。

暴力を振るわぬ分、余計に手強《てごわ》い相手だった。

（……ゲームの世界なら、もうちょっと優しくてもいいのにな〜……）

大人げなくそんなふうにぐずついていた。――とはいえ、アレスだけは間違いなく自分によくしてくれるので、希望がないわけではない。

溜息《ためいき》をついて窓の外をぼんやりと眺める。《永夜界》はその名が示すとおり、一日のすべてが夜だ。時間の経過によって明暗の変化こそあるものの、夜が明けるということはない。

《陽光の聖女》たちがいる《天上界》が一日中明るさに満たされているのとはちょうど真逆だ。

いま、まりあが眺めている空もやはり夜だった。だが記憶の中にある《永夜界》の空より明るく、夜空が透き通るような青さを帯びていたから、昼に相当する時間のように思った。

その明るい夜の中を、ふいに暗黒の流星が過《よ》ぎっていった。

（何……？）

まりあは目をこすって、黒い流星を凝視した。青い夜空の向こう側へ、その暗黒の弧は瞬く間に遠ざかってゆく。

この『太陽と月の乙女』の世界において、どんな色の彗星《すいせい》があろうと別に不思議なことではない。ここはまったくの異世界であり、魔法も異形も存在するのだ。

再び夜空の中で動くものがあった。

今度は夜の遥《はる》か高いところから、星の欠片《かけら》が降るかのように小さな白い点が落下してくる。その先は、黒い彗星の進む先と重なる――。

とたん、まりあは胸騒ぎを覚えた。

あの小さな白光は、アウグストたちが降りてきたときの光に似ているのではないか。

(そんなはずは……!)

——アウグストが休戦の約束を破るなどとは思えない。あの光は彼ではない。だが聖王たるアウグストの命に違反して侵入してきた誰か、という可能性はないか。

そしてそれを、《夜魔王》たるレヴィアタンは察知しているのか。

「《闇月の乙女》——?」

アレスの怪訝《けげん》そうな声に答えず、まりあは部屋《へや》を飛び出す。

レヴィアタンがいるはずの王の間を目指した。道順をうろ覚えなせいで少し迷いながら、重厚な両開きの扉にたどりつく。

扉を思い切り両手で押す。だが開かない。まりあは拳《こぶし》で扉をたたき、声を張りあげた。

「レヴィアタンさん! そこにいますか!? 話があります!!」

いつの間にかついてきたアレスが、開かぬ扉に顔をしかめる。

まりあが再び声をかけようとすると、冷たく分厚い石の扉はゆっくりと内側に向かって開いていった。その中に飛び込む。

玉座には人がいた。

「レヴィア——」

反射的にまりあはそう呼びかけた。だが玉座にいたのは長身に異色の双眼を持つ王ではなく、もっと小柄な、紫の双眸に、抜けるような白い肌をした少女だった。

ラヴェンデルは驚くまりあの顔を見、顔をしかめた。

「何をしているのだ、闇月。あやつはもう行ったぞ。さっさと追え」

「行った⁉　どこに⁉　何があったんですか⁉　休戦はまだ解かれてないですよね⁉」

小さな王姉は怪訝《けげん》そうな顔をして答えた。

「何の話をしている？　愚弟が向かったのは西のメテオア遺跡だ。追いかけるなら早くしろ」

とたん、まりあの脳内に火花が散った。やはりあの黒い流星はレヴィアタンだったのだ。

そして先日、玉座の頭上に展開されていた風景——まるで映画のように映し出されていたそれ。

青い色調で統一されたかのような、山を背にした青の湖、荒涼とした紫色の砂漠、朽ちた列柱が並び、かつて城が存在したことを思わせる廃墟《はいきょ》、背の高い草が生い茂る向こうに岩山と洞穴が……。

レヴィアタンたちが見ていたその風景の意味を、突然理解した。

（——魔公爵たちの封じられた場所‼）

まりあがかつて《陽光の聖女《プレイヤー》》として、《夜魔王》の重臣であり強大な力を持つ魔公爵たちを封じた場所だった。

まりあが解放した《夜魔王》と彼の側近は、魔公爵たちの封印地点の風景を見ていたのだ。

そして《陽光の聖女》側と思われる光と、レヴィアタンたちは同じ場所に集まろうとしている。

まりあは青ざめた。

「——っ追いかけます！　馬を貸してください‼」

ラヴェンデルの答えを待たずに玉座の間を飛び出し、走る。

激しい動悸《どうき》がして、耳の奥で脈動の音がうるさく鳴っていた。

（バカ！　バカ‼　なんでもっと早くに気づかなかったの……っ‼）

まりあは自分の鈍さを呪い、何も教えなかった《夜魔王》に怒った。

休戦――その間、レヴィアタンたちが何もしないなどと思い込んでいた。

『お前は俺たちの月。お前が俺を目覚めさせたのは反撃のため、今度こそ完全なる勝利をおさめるためだ。それがたとえお前の意図とは違っても、もはやそうする以外に道はない』

冷厳な声が脳裏に蘇《よみがえ》り、まりあは奥歯を噛《か》んだ。屋上へと駆けのぼる。

屋上には既に一頭の黒馬が待機していた。美々しい鞍《くら》も装着し、主を待って手綱《たづな》が垂れている。

ほとんど足音をたてずについてきていたアレスが、ふいに姿を消した。

顔を向ける間もなく、腕に、足に、胴に、胸に、夜のような艶を放つ鎧《よろい》が現れてまりあを包んだ。

まりあは馬の背に飛び乗った。とたん、空駆ける黒馬は一度上体を振り上げ、天を駆け上っていく。手綱を握って振り落とされぬようにしながら、まりあは空を見渡した。

(西の、メテオア遺跡……‼)

その思考を察してか、黒馬は迷うこともなく西へ走り出した。

まりあは手綱を握る手に力をこめ、前を睨《にら》んだ。

馬は風のように走る。だがそれでも遅く感じ、早く、早くと焦りに苛《さいな》まれた。

眼下で流れてゆく風景を見る間もなく、やがて大きな爆発音が空気を震わせた。覆うもののないまりあの頬や首にかすかな振動を伝える。

次の瞬間、前方に光の柱が噴出する。しかしそれを紫の稲妻と黒い柱が塗り潰した。

黒い柱はずっと巨大で、光のすべてを飲み込む。

まりあはぎゅっと胃が引き絞られるような感覚に襲われた。

黒馬は轟音《ごうおん》の源へ向かい、黒い柱の根元へ降下していく。

地上の光景が、まりあの目に飛び込んだ。

それは青い平原の中にある、朽ちた神殿跡のように見えた。列柱は半ばから折れ、互いに寄りかかり合い、屋根は既になく、床も崩れて草に覆われている。

その廃墟を背にして白く輝く騎士たちが剣を構えていた。

先頭の青年に見覚えがあった。

（ヴァレンティア……‼）

輝く剣を構え、鉄の鎧に身を包み、大きく三つ編みにされた金色の髪が背に流れている。

繊細さを感じさせる美貌《びぼう》は険しく歪《ゆが》み、エメラルドの双眼は周囲の光のせいか色濃く沈んでいた。

ヴァレンティアの背後には負傷したらしい騎士たちが控え、互いを庇《かば》い合っている。ヴァレンティアもまた、鎧にはいくつもの傷とひびがあり、腕や足にも傷を負っていた。

翡翠《ひすい》の双眸《そうぼう》が睨む先に、黒の集団がいた。半身は獣、もう半身は人間といったような姿の他に二足歩行する大型の獣といった異形もいた。

その先頭に、夜の衣をまとったかのような長身の男の姿があった。背後の異形に比べるとただの人間にすぎず、だが背に率いる異形の何よりも大きく見えた。

――否。男は徒人《ただびと》ではなくなっていた。頭部に、それまでなかったはずの一対の角が生えている。

雄々しく精悍《せいかん》で、象牙《ぞうげ》のような滑らかな色に、優雅な湾曲と威圧的で鋭い先端――。

まりあは内臓が強ばるような緊張に襲われた。

レヴィアタンが《夜魔王》の象徴たる角を取り戻している――それは力を取り戻していることを意味していた。螺旋牢《らせんろう》に封印するときには消えていたものだった。

どちらが優勢かは火を見るより明らかだった。まりあの目に映る光景は、まるで物語の中の魔王と勇者そのものだった。

「――行け！　私が殿《しんがり》を務める……‼」

ヴァレンティアが背の仲間に叫ぶ。《夜魔王》を睨んだまま一歩も引かず、剣を構えた手に力をこめる。

《夜魔王》レヴィアタンは無傷だった。その右手を無造作に持ち上げる。掌から、妖艶な紫の光が弾ける。

まりあはひゅっと息を詰まらせ、だが同時に手綱を放していた。

右手に、冷たく硬質な感触を感じていた。

レヴィアタンの手から黒と紫の雷が放たれる。

浮遊感、落ちる空、まりあの視界は急速に迫る土と草に埋め尽くされる――。

轟音と衝撃。

束《つか》の間《ま》、まりあの視界は完全な闇に閉ざされた。

目をこじ開けると舞い上がった土と草が降り、夜の世界が見えた。

左手には大地の感触。左膝《ひだりひざ》を土について右足を立てている。

右手には漆黒の剣を持ち、地に突き立てている。

その剣に裂かれて、《夜魔王》の力の名残《なごり》である黒の霧と雷の残光がまりあの横を流れていった。

ヴァレンティアが息を呑《の》む音が聞こえる。

（間に、合った……）

崩れ落ちてしまいそうなほどの安堵《あんど》が全身を巡った。

「――何の真似《まね》だ」

地の底から響いたかのような声に、まりあは肩を揺らした。安堵は瞬時に消える。

顔を上げると、見惚《みと》れるほど精悍な角を取り戻した《夜魔王》の目がまりあを射た。

その青はより深く冷たく、紫はより赤みを増し憤りの色に輝いている。

まりあは黒の剣を握る手に力をこめ、支えにして立ち上がった。大地から剣を引き抜く。

「休戦と、言ったはずです‼」

「これは戦ではない。《永夜界》を治める王が、己の領土で臣下を解放しているだけだ。休戦を破ったというなら俺の領土に侵入してきた賊どものほうだ。お前の背中にいるような者どものことだ」

まりあは言葉に詰まった。レヴィアタンの言葉は一理あった——確かに、アウグストたちのところへ攻め入ってはいない。

まりあの背からヴァレンティアが叫んだ。

「休戦を持ちかけておきながら、封印した魔性どもを解放してまわる——明らかな戦の準備、こちらに対する挑発ではないか！　我々は封印を護ろうとしただけだ！」

はっとしてまりあは振り向く。碧《みどり》の目の騎士は、両眼を青い炎のように光らせてまりあとレヴィアタンを睨んでいた。

「挑発？　笑わせるな。王が臣下を助ける行為を曲解し、我が領土に侵入する蛮族どもを迎撃して何が悪い。王の領土に侵入する賊を排除する行為を、お前たちの言葉では挑発というのか？」

低くよく響く声で、蒼と紫の瞳《ひとみ》を持つ王は反駁《はんばく》する。

相反する二者の狭間《はざま》で、まりあはうめいた。どちらの言葉も理解できてしまう。

まりあはヴァレンティアに叫んだ。

「とりあえずこの場は退《ひ》いて！　ちょっと行き違いがあっただけだから……‼」

そして、《夜魔王》に向き直る。

「私に黙ってこんなことしないで……‼」

「なぜお前に言う必要がある？」

レヴィアタンの声が大気を震わせ、まりあを打った。

その手が再び持ち上げられ、蒼と紫の間で揺らめく雷が、黒の風が掌《てのひら》に収束していく。

「――王に剣を向けることの意味をわかっているのか」

猛《たけ》る雷と風の合間に、レヴィアタンの声が響く。

まりあはぎゅっと唇を噛んだ。剣を握る力を砕かれそうになる。

「向けたくて、剣を向けているわけじゃない！　とにかくヴァレンティアさんも、レヴィアタンさんも止《や》めてください！　退いて！」

まりあは声を荒らげる。

《夜魔王》はわずかに目を見開いた。だが次にまりあを見た目は、刃のように冷たかった。

「己の定めを自覚しないだけならまだしも……王《おれ》の妨害をすることは許さん」

ぞっとまりあの肌は粟立《あわだ》った。空気中にレヴィアタンの言葉と気配が満ちて、皮膚を刺す凍気に変わる。剣を握る手が震える。

ふいに、レヴィアタンの背に、黒い陽炎《かげろう》のようなものが揺らめく。

――《夜魔王》の影が突然肥大化し、立ちのぼるかのように。

（な、に……あれ――）

影のようでありながら、まったく違う。

黒い煙で描かれた影絵は、四肢を持つ巨大な獣の姿をしていた。

その背に一対の巨大な翼が開いている。蝙蝠《こうもり》のそれに似た形。

首から尾にかけては長い稜線《りようせん》を描き、長い首の先に獣の強靭《きようじん》な顎《あご》があり、頭部には《夜魔王》と同じ形の角がある。

すべてが遥《はる》かに巨大だった。

まりあはいくつもの神話の中で語られる最強の幻獣を連想した。世界中の英雄譚《たん》に現れ、最強の敵として描かれ、その討伐は最高の武勲としてあげられる、最も旧《ふる》く強い獣――。

巨大な獣の影の中で、蒼と紫の目が光っている。

怖い。

ただただ、まりあは子供のように怯《おび》えた。本能が悲鳴をあげる。彼の背にいるいかなるおそろしい異形も比べものにならない。

「二度は言わん――退《ど》け」

最後の警告は幾重にも谺《こだま》し、地鳴りのような響きを帯びる。

その背に揺らめく巨大な何かが声を重ねている。

まりあの体は震えた。いますぐ逃げたい、レヴィアタンの視界から逃れたいと思った。

「退け！　私の邪魔をするな……‼」

背で、ヴァレンティアが声をあげた。

一瞬、まりあの足は逃げ出そうとかすかに動いた。何もかも投げ出してしまおうと思った。

どちらも自分の気持ちなどわかってくれない。もう知ったことか、勝手にやっていればいい――。

だが体はそれ以上動かなかった。

《夜魔王》レヴィアタンの強さを知っていた。

アウグストをもってようやく相討ちになり、それ以外には螺旋牢に封じるのが精一杯だった。ヴァレンティアは、近衛《このえ》隊長エルネストに劣らぬ素質の持ち主だった。だがそれでもなおレヴィアタンには遠く及ばない——それを知ってしまっている。

まりあはぎゅっと唇を引き結び、黒剣を握る手に力をこめた。蒼と紫の《夜魔王》を睨む。

レヴィアタンは真正面からその眼差しを受け止めた。

そして眉《まゆ》一つ動かすことなく、掌に収束させていたものを放った。

紫と蒼に輝く雷と黒い竜巻状のものが絡み合いながら迫り、まりあの足を竦《すく》ませた。

「——っ‼」

衝撃がまりあの全身を突き抜けていった。落雷のような轟音が全身を殴打する。強い耳鳴りのあと、聴覚が数秒の間麻痺《まひ》する。

剣を握る両手は一時感覚を失い、取り落とさないでいられるのが不思議なほどだった。

視界の端で、紫と黒の風雷が二つに裂けて左右を通り過ぎていくのを捉《とら》える。

火に焼けたときに似た、しゅうしゅうという音が響く。

まりあはヴァレンティアに叫んだ。

「は、やく……逃げ、て‼」

声はかすれ、黒いドレスの下で足はいまにも崩れ落ちそうだった。

だが《光滴の杯》で受けた痛みに比べれば、かすり傷ほどにも感じない。側にはアレスもいる。

背で、うめきに似たかすかな息が聞こえた。背中越しに光を感じた。

まりあは振り向かない。

怒りと困惑のまじった表情でヴァレンティアが見つめているのも、仲間に続いて天馬で空を駆け

上っていく姿も見なかった。

やがて頭上でくぐもったような爆発音と共に一瞬の閃光《せんこう》があった。

境界を越えて、ヴァレンティアたちが帰って行ったことを示す残光だった。

そして夜空に静寂が戻っても、なおまりあは剣を構えていた。——動けずにいた。

だが限界がきて、膝《ひざ》から崩れた。黒剣を地面に突き立て、縋《すが》る。

突然、その剣が溶けた。

籠手《こて》、足甲、鎧が溶けて剣と融合し、長身の青年となって目の前に立つ。

まりあは顔を上げてアレスを見た。

紅の瞳は焔《ほのお》のように輝いている。まりあを見つめてひどく痛ましげな顔をした後、ゆっくりと《夜魔王》に向き直った。

「私の月に……手を出したな」

アレスは凍てつく声を響かせ、その右腕は何かを呼び寄せるかのように軽く持ち上がる。一切の光を通さぬ闇が集い、アレスの手の中で形を変え、長大な剣になった。

《夜魔王》は微苦笑とも冷笑ともわからぬ、読めない表情を浮かべている。

そうして悠然と、まりあに向かって歩を進めた。

——攻撃されたと遅れて実感がきて、まりあは背を震わせた。

自分が間に立っていたのに、レヴィアタンはためらわず撃った。

本当に、この自分ごとヴァレンティアたちを葬り去ろうとしていた——。

アレスが間にいるのが見えていないかのようにレヴィアタンはまりあに手を伸ばす。

だがその瞬間、風を裂く音が響いた。

まりあの目はかろうじて、アレスが振るった剣の残影を捉えた。

巨大な鎌鼬《かまいたち》を思わせる衝撃波が《夜魔王》にことごとく襲いかかる。

レヴィアタンは動じず、舞うように後方へ跳んで躱《かわ》した。

「所有物ごときが王に牙《きば》を剥《む》くか。それとも、お前の意思か、闇月？」

挑発的な、どこか面白がっているような声だった。

しかしそれとは対照的に、控えていた《闇の眷属《けんぞく》》たちがざわついた。アレスとまりあに、刺すような視線とささやきが集中する。

『王に牙を剥いた――』

『《闇月の乙女》は我らの味方ではなかったのか？』

『裏切り者か――』

まりあは息を呑んだ。よろめきながら立ち上がり、レヴィアタンを睨《にら》んだ。

「先に手を出してきたのはそっちじゃないですか！　いまもまた攻撃しようとしてたでしょう⁉」

「いまは違う。第一、俺は警告してやった。それでも立ちふさがったのはお前だ。俺の力を受ける覚悟なく間に入ったわけではないだろう。俺が殺す気であればお前はいまそこに立っていない」

まりあは喉《のど》の奥でうめいた。

「お前は俺の警告を無視してまで光の凶徒どもを庇った。――それは、《闇の眷属《われわれ》》に対する裏切りでしかありえん」

「そ、そんなんじゃ……‼」

「俺の邪魔をしたということは、奴らに封じられた《闇の眷属》たちを捨て置くという意思表示でもある。同胞を護らず、同胞のために戦わず、己の責務を放棄し、逆に凶賊どもを護り逃す――お前の望みは、《闇の眷属》を混乱させることか。それとも、滅亡そのものか？」

レヴィアタンの声が低くなる。その背に再び、あの巨大な黒の影が揺らめいた。

まりあは竦んだ。レヴィアタンから立ちのぼる影のせいだけではなく、整然とした言葉に打ちのめされたからだった。

――《闇の眷属》たちの混乱。滅亡。

それは確かに、《陽光の聖女》《プレイヤー》であったときに何も考えずに行ってきたことだった。

脳裏に、礼拝堂で祈っていたもう一人の自分の姿が蘇《よみがえ》る。もう一人の昏木まりあ。《陽光の聖女》。

いま、本物の――そうであるはずの――昏木まりあである自分の目の前には、黒衣《こくい》の青年の背があった。

そして、異色の双眼の《夜魔王》と、その僕《しもべ》たちが。夜の世界に生きるものたちが。

ハルピュイアの弾劾が耳の奥で反響する。

この世界で自分は何をすればいいのか。どの選択肢を選べばいいのか。どの結末を目指せばいいのか。彼らを滅ぼしたいのか――。

「わ、私はただ……っ、戦いたくないだけです！　《光の眷属》たちも攻撃したくないし、《闇の眷属》たちにも攻撃したくない‼　どっちも滅亡してほしくなんかないです‼」

考えがまとまらぬまま、まりあは体の底から叫んだ。だがそう声を振り絞ったあとで、自分の言葉が一条の光のごとく世界を照らすのを感じた。

どちらも攻撃したくない。戦いたくない。

――これは、選択肢のあるゲーム画面ではない。だから。

「《闇の眷属》を護ります！　でも、それは《光の眷属》と戦って滅ぼすという方法じゃないです‼　別の方法を探します‼」

今度は明確に意思を持って、宣言した。

《夜魔王》がかすかに目を見開く。そしてアレスまでもが振り向いて、紅《あか》い目を大きく見開いた。

沈黙が訪れる。風と草のそよぐかすかな音だけが聞こえる。

やがて――押し殺したような、低い笑い声がまじった。

「愚考も突き抜けるともはや狂気か。いいだろう、お前がそれを望むならやってみるがいい」

予想と異なる反応に、まりあはやや肩透かしを食らった。次に大きな安堵《あんど》を味わう。

「ただし、それはお前一人の話だ。《闇の眷属》がそれに付き合う理由はない」

「！　な……っ‼」

安堵したのも束の間、即座に突き放される。

《夜魔王》の左目が氷海の色に染まっていた。

「お前は《闇月の乙女》の役目を果たしていない。王たる俺は無論、《闇の眷属》すべてが、《闇月の乙女》ではないものに従う道理はない」

ほとんど敵に向けるような声だった。色の違う両眼はまりあを冷たく睥睨《へいげい》する。

まりあはかろうじて口を開いたが、言葉は出てこなかった。

《闇月の乙女》として責務を果たしていない――それは事実だった。《闇月の乙女》でなければ、残るのは昏木まりあというゲームの外の、レヴィアタンたちにとっては無関係の人間でしかない。

まりあは無意識に、アレスに目を向けた。だが常に味方でいてくれる彼さえも、ひどく困惑した顔でまりあを見つめていた。その唇が優しい慰めの言葉を紡いでくれることもなかった。

《夜魔王》が再び右手を持ち上げる。それが自分に向けられているのを見て、まりあは怯《ひる》んだ。

アレスが瞬時に身を反転させ、闇色の剣を構える。

レヴィアタンの手が開く。仄蒼《ほのあお》い光を放ち、魔法陣が展開された。

宙に描かれた魔法陣は無数の光線を発した。それは、一斉にまりあめがけて飛来する。

アレスは大きく剣を振り上げ、向かってくるそれらを斬り捨てようとする。

だが殺到した光線は、寸前ですべてまりあを迂回《うかい》した。

アレスが振り向き、まりあを抱き寄せた。

光線はまりあの後方に直撃し、爆発を起こす。アレスとその外套《がいとう》がまりあを爆風から守る。

青年に抱かれながら、まりあは光線が集中した場所を見た。

爆発の衝撃で靄《もや》が漂っている。しかしその向こうに、黒い煙が立ちのぼるのが見えた。

地下から噴き出した影のようだった。そしてその中に、黄色に光る目が揺らめく。

『同胞よ――我らが、王よ』

「起こすのが遅れて悪かったな、ゼクス」

《夜魔王》が気さくに言うと、黒い煙――ゼクスと呼ばれたものもまた低い笑い声を漏らした。

「これから休む間もなく働かせるから覚悟しておけ」

レヴィアタンは不敵に笑う。ゼクスは感嘆と歓喜の声で答えた。

まりあは呆然《ぼうぜん》とした。封じられていた高位の《闇の眷属》のひとりが解き放たれた――。

（な、んで――）

目の前で起こった事態に頭がついていけなかった。

なぜ、どこで間違えたのか。一瞬自分がすべてに置き去りにされているように感じた。

セーブもロードも選択肢もない不可逆の世界で、《闇月の乙女》という設定に振り回されている。

だがその設定さえ剥《は》ぎ取られたら、昏木まりあには何の特別な力もないと思い知らされる。

（……なんで……）

何のために自分はここにいるのか。本来の《陽光の聖女《プレイヤー》》とは真逆の側に放り込まれ、ただごとごとく周りと衝突して、しかも《陽光の聖女》には自分ではない自分がなりかわっている。

「他の奴らを起こしにいくぞ。まだ寝ぼけている連中も多いからな」

『御意――』

ゼクスと呼ばれた煙が、風に吹き流されるようにレヴィアタンに吸い寄せられていく。

レヴィアタンは身を翻した。

もうまりあを一瞥《いちべつ》すらしない。ただ戦いに向け、自分の目的のために着々と行動している。

（待って……）

まりあはその背に向け、声をかけようとする。だが《闇の眷属》たちに囲まれた《夜魔王》の姿は遠く、威圧感を放ち、半端な力では引き止めることさえできないと伝えてくる。

――足を止めさせたところで、何度同じことを訴えても翻意させることはできそうになかった。

どうしたらいいのか、なぜわかってもらえないのか。もどかしく、いっそすべてを投げ出して、叫びたくなる。

「構うことはありません」

ふいに、アレスが言った。まりあは顔を上げる。

抱きよせられたまま、すぐ側に整った青年の顔があった。その褐色の頬のなめらかさまで鮮やかに見え、狼狽《ろうばい》した。

「《光の眷属》であろうが、《夜魔王》たちであろうが関係ありません。すべて拒んでいいのです。

あなたの意にそぐわぬものなど捨ててしまえばいい。私はずっとあなたの側におります」

まりあは息を呑《の》んだ。そして心を見透かされたような言葉に頬が熱くなる。アレスは胸が苦しくなるほど真摯《しんし》で、決して皮肉や軽蔑《けいべつ》で発した言葉ではないとわかった。

そのあまりのひたむきさに、その瞳《ひとみ》の真っ直ぐさに、まりあは一瞬くらっとした。

「あ、ありがとうございます……」

そう言うのが、精一杯だった。アレスの言葉は胸に甘く温かく響く——だが一方で、頭の芯《しん》をすっと冷たくした。

「私、拒んでるわけじゃ……」

彼には、すべてを拒んでいるように見えるのだろうか。意にそぐわないからと拒絶しているように見えるのだろうか。そんなつもりなどなかったのに、アレスにはそう見えていたのか——。

まりあは自分の行動を振り返った。すべて、ただアウグストたちと戦いたくない、傷つけたくないという一心で、レヴィアタンたちのこともそんなに蔑《ないがし》ろにした覚えはない。

アウグストのためなら《闇の眷属》を傷つけていいなどとは思っていない。

(でも……そっか。私、いやだとしか言ってないんだ)

レヴィアタンを助け出したのもラヴェンデルに強く言われて自分にも必要だったからだし、戦うこと、妃になることに関してはすべて拒否した。到底受け入れられないものだったからだ。

しかしこうした自分の言動を受け入れられないのは、相手にとっても同じことなのだ。

レヴィアタンが言った通りだった。

それに、何もかもいやと反発しては周りとやっていけない——そんなことは、大人になってから十分に理解していたはずなのに。

何かを通したいなら、他の部分で譲歩しなければならない。

（……譲れない、のは）

アウグストたちと戦うことは絶対に回避する。そこは決して譲れない。

なら、それ以外で何かを諦《あきら》めて、受け入れなければならない。《闇の眷属》全体に攻撃を思い留《とど》まらせるため——特に、王たるレヴィアタンを留まらせるために。

まりあは強く唇を引き結び、息を止めて全身から力を奮い起こした。

「……ありがとです、アレスさん」

そっとつぶやき、アレスの体を優しく押し返した。そして、黒馬に跨《また》がった《夜魔王》を睨む。

「待って‼　話があります‼」

レヴィアタンは馬の手綱《たづな》を握ったまま、顔だけをまりあに向けた。長々と話を聞くつもりなどないとそのすべてが示している。

無言で続きを促され、まりあは手を握った。無感動な蒼と紫の双眼を睨んで、息を吸った。


「私——レヴィアタンさんの、妃になります‼」


叩《たた》きつけるように叫んだ。

その直後の《夜魔王》の顔はちょっとした見物だった。完全に不意を衝《つ》かれて無防備に驚いた顔。

まりあは一瞬胸の空《す》く思いがした。

だが後ろから腕をつかまれた。振り向くと、紅い目が大きく揺れていた。

「何を仰《おつしや》るのですか……‼」

まりあは口を開きかけたが、蹄《ひづめ》の音が近づいてきて顔を戻した。

黒馬に騎乗した《夜魔王》がゆっくりと近づく。その面には、好戦的な微笑が浮かんでいた。

「なぜ心変わりをした？」

「――権利のために義務を果たせと言うのはもっともです。でも、できることとできないことがあります。私にできるのは、戦いを避けて《闇の眷属》を護る努力をすることと、あなたの妃になることぐらいです！」

馬上にあることで余計に目線が高い《夜魔王》を見上げ、強く訴える。

「戦って相手を全滅させる方法は絶対にだめです。それ以外の方法でなんとかします。――だから、私の言うこと聞いてください！」

「なるほど。王《おれ》の妃になれば、役目の一つは果たしたことになる。立場としても無視はできんな。自分の寝ぼけた方針のために、その身を贄《にえ》にすると？」

「寝ぼけてないし、贄でもないです‼」

まりあは勢いだけで言い返した。――贄。漠然としていた考えを真正面から指摘されて少し怯む。

だが、もう言葉を引っ込めることはできない。

（それぐらい何だ‼　大したことないじゃん‼）

贄などというが、まさか頭からばりばりと食べられたりするわけではないだろう――。

（……た、食べられたりしないよね？）

いまさら一抹の不安が胸に差した。妃の役目とは何か、具体的に聞いてからのほうがよかったのではないかと、隅に追いやられていた理性がささやく。

「よかろう。いまからお前は俺の妃だ」

《夜魔王》は喉の奥で笑い、至極あっさりと承諾した。

そして馬から少し身を乗り出したかと思うと、右腕でまりあの身をさらった。

「ちょ……っ⁉」

「一度帰るぞ」

まりあを持ち上げて体の前で横抱きにし、馬をそのまま繰る。まりあは落ちそうになって慌ててレヴィアタンの胸元をつかんだ。

「お、下ろしてください‼　自分の馬で帰ります！」

「ではその手を離して自分で飛び降りるがいい」

「――‼」

ぐ、とまりあは黙った。胸をつかんでいた手を離し、本当に飛び降りてやろうとする。

だがレヴィアタンの馬は特に大きく、アレスなしに飛び降りるには地面までが遠すぎる。

それを見透かしたようにレヴィアタンがいっそう抱き寄せてきて、まりあの喉《のど》は奇声を発した。

レヴィアタンが息だけで笑うのが聞こえ、顔を上げて睨《にら》む。

「なんだその顔は。早速俺を誘っているのか？」

「‼」

あらぬ方向から追い討ちを受け、まりあは耳まで赤くなるのを堪《こら》えきれなかった。顔を背ける。

（こ、この男は――‼）

生来の悲しき運動神経と日頃の運動不足で、飛び降りる力も勇気もない自分が悔しかった。

ふいに、手足と胴に軽い衝撃があった。目をやると、夜のように輝く鎧《よろい》が身を包んでいる。

「アレスさん……？」

青年の姿は既にない。だがいままでまったく重さを感じさせなかったアレスの鎧が、いまは少し重たく、きつかった。レヴィアタンに密着する体を隔てている。

「やかましい道具だな」

《夜魔王》はまりあの身を包む鎧を冷めた目で見下ろした。

まりあは目を丸くし、レヴィアタンと自分の鎧とに視線を右往左往させる。

だがレヴィアタンの馬が上体を振り上げたかと思うと一気に空を駆け上りはじめた。

まりあは一瞬慌てたが、鎧のおかげなのかすぐに体勢を立て直し、レヴィアタンにしがみつかずに済んだ。

にもかかわらずレヴィアタンの片腕はなおも体を抱き寄せたままで、しかもいまそれを振り払うことは難しかった。

(う、ううう……‼)

強引な行動とは裏腹に手は慣れていて乱暴さはなく、何か抗《あらが》いがたいものがあった。

抗いがたい――心地良さのようなもの、とは断じて認めたくない感覚だった。

《夜魔王》と新たな妃を乗せて黒馬は夜を疾走する。

その後を、《闇の眷属《けんぞく》》たちが追っていった。

Interlude：聖女と神官

王と聖女、そしてそれに仕える騎士や女官、神官たちが住むのは青い空に浮かぶ天空神殿イグレシアだが、多くの民――いわゆる、平民とされる者たちはイグレシアより高度の低い《下界》と呼ばれる空域にいる。

遠目から見ると、《下界》は空の中で大小様々な礫《つぶて》が集まったような姿に見える。だがその全体規模は、イグレシアをはるかに上回った。

大きな礫同士は橋で結ばれていて、小さな礫へは天馬の引く空船が行き来している。

イグレシアに住む神官ともなれば、《下界》の住民からは文字通り雲の上の存在であるはずだった。

だがヘレミアスは色々な意味で〝型破り〟なせいか、ここでも馴染《なじ》んでしまっていた。

ヘレミアスは神官衣にこそ身を包んでいたが、これまでの神官像からはかけ離れた容姿だった。

本来首まで覆うはずの襟はかなり弛《ゆる》んで鎖骨の間まで露《あら》わになり、特徴的なゆったりとした裾《すそ》や袖《そで》は逆に邪魔とばかりに絞られている。着崩れているはずなのに、それが洒脱《しゃだつ》に見えてしまう。

やや悪戯《いたずら》めいた、それでいて人なつこい笑みを浮かべる唇。真《ま》っ直《す》ぐで高い鼻。目尻《めじり》はやや垂れ気味で、左目尻のほうに小さなほくろがあるせいか、艶《つや》っぽい顔立ちだった。

その頭を覆う金髪は少しくすんだ灰色がかった金で、肩より少し長かった。きつく縛られることもなく無造作に耳にかかっている。それが不思議と自然で洗練された髪型のように見えた。

甘い端整な顔、アウグストや近衛《このえ》隊長エルネストより細い長身とあいまって、貴族の放蕩《ほうとう》息子、上品な遊び人といったほうが納得できた。自分を厳しく律し、日々祈りと奉仕で過ごし、癒やしの術を行使する神官にはとても見えない。

そんな型破りの神官は行く先々で声をかけられ、露店で売られているものを値引き交渉の末に買ったり、あるいは貰《もら》い受《う》けたりしていた。

「わあ……！　あっ、ごめんなさい！」

彼のあとについて行きながら周りのすべてに目を奪われていた聖女は、人にぶつかって慌てて謝った。前をゆくヘレミアスが振り向く。

「ああもう、ほんとにほっとけないなあんたは。ほら、しっかりつかまっててくれ」

ヘレミアスが手を差し伸べる。聖女は目を丸くした。

「ん？　どうした、ほら」

「え、ええ……」

聖女はためらいながらも手を伸ばした。すぐに、温かく思った以上に大きな手に包まれた。

人混みを裂いてゆくヘレミアスの長身は聖女の目に大きな盾のように映り、頼もしかった。

賑《にぎ》やかな市場を抜けて広場に出ると、大きな噴水が目についた。陽光が、水しぶきを七色にきらめかせている。

するとヘレミアスは小さな瓶を差し出した。噴水の台にヘレミアスが腰掛け、聖女も隣に座った。

「あんたに。こういうの好きだろ？」

瓶の中には大小様々な、淡く色づいた砂糖菓子が入っていた。

「まあ！　ありがとう！」

聖女は大喜びでそれを受け取った。ヘレミアスの言う通り、甘い物が好きなのだった。

小瓶を開け、ヘレミアスにも分けようとした。だが、ヘレミアスは笑って、甘い物は苦手だからと辞退した。

見るからに甘い砂糖菓子たちは、一つ二つと聖女の口に消えてゆく。

「どうだ？　《下界》もイグレシアとは違う良さがあるだろ」

聖女は大きくうなずいた。ふと空を見上げると、太陽はずいぶんと遠く、イグレシアに降り注ぐ光より少し柔らかく見える。その中にたった一つの小さな点があった。

——ここからは、イグレシアはあんな風に見えるのだ。遥《はる》か遠くの小さな点として。

どこからともなく小鳥のさえずりが聞こえた。明るい体毛の小さな鳥たちが、砂糖菓子に誘われて集まってくる。

聖女は立ち上がり、砂糖菓子を差し出すように両手を伸べる。

さえずりと軽やかな羽音に囲まれ、聖女は笑い声をあげた。

ヘレミアスは目を細めてそれを見つめ、つぶやいた。

「——ああ。あんたはどこにいても、本当に輝いてるんだな」

小鳥と戯《たわむ》れる聖女の体は薄い光に包まれていた。《光精》が溢《あふ》れ出している。

小鳥たちが空に帰っていったあと、聖女は噴水の台座に座り直して、はたと気づいた。

「あの、ヘレミアス？　魔法の極意を教えてくれるのよね？」

そもそも魔法の極意を教えてくれと言ったら、息抜きにとなぜかここへ連れて来られたのだった。

ヘレミアスは笑った。

「そうだったか？　……すねるなよ、わかってるって。そうだな。極意というかあんたにはそもそも俺の比じゃないくらい素質がある。あんたは女神の化身だからな。……ってほら、その顔」

唐突に、聖女はふにっと頬をつままれて目を丸くした。

「思い詰めた顔すんな。真面目《まじめ》すぎるんだよ。そんなに焦らなくていい」

でも、と聖女は反論しようとする。するともう片方の頬をつままれ、強制的に反論を封じられた。

「にゃ、にゃにふ……」

「いいか、聖女だからって何もかも完璧《かんぺき》にこなす必要はない。誰だって思い悩んで、試行錯誤して、時間をかけてことを成し遂げていくんだ。あんたは女神の化身だが、なにも女神そのものみたいに完璧になる必要はないんだ」

親身で温かな、兄のような声だった。他の神官の礼儀正しく美しい言葉とは違う。

なのに、ヘレミアスの言葉は聖女の胸にひどく染みた。

――ずば抜けた癒やしの技を持つヘレミアスを間近に見て、憧《あこが》れのみならず焦りをも覚えたのを見透かされている。

『いかがですか、聖女様。あの者は言動はともかくとして力は確かです。聖女様のお役にたてるとよいのですが――』

『あの者は参考になっていますか？　何かわからないことがありましたら遠慮なく……』

神官たちはまったくの善意から、聖女に期待した。癒やしの力について学ぶためにヘレミアスについて回る聖女に、彼の技を素早く吸収することを望んだ。

女神の唯一の化身、その力の継承者、王と並んでみなを導く者――それが《陽光の聖女》だった。

だから、はやくヘレミアスのようにうまく癒やしの力を扱えるようにならなければならない。周りの期待に応えなければならない。やがてはヘレミアスも助けられるように。

だがどうしたらヘレミアスのようになれるのかわからなかった。ただただ目の前に現れる奇跡に呆然《ぼうぜん》とし、無垢《むく》な期待の言葉をかけられるたびに、体にのしかかる重石《おもし》が増えていくようだった。

——そんな気持ちは自分一人の胸にしまってあったのに、ヘレミアスは察してしまったらしい。

「どうして……ヘレミアスは、そんなに相手の気持ちがわかるの？」

ヘレミアスは笑って、

「それは、俺も同じ《光の眷属》だからだ」

まるで家族に向けるような温かな、そして空のように明るく澄んだ声で言った。

それ以来、聖女はますますヘレミアスを慕うようになった。魔法の才に優れているというだけでなく、型破りなようでいて誰よりも慈悲深く神官らしい男に親愛と尊敬を抱いた。

常に同行して熱心に彼の技や姿勢を学んだ。他人にどう見られているかなど気にもしなかった。

そんなある日、ヘレミアスはからかいまじりに言った。

「あんたと俺、噂《うわさ》になってるみたいだぜ」

聖女はきょとんとした。

「どんな噂？」

ヘレミアスは、にやっと不敵に笑った。

そしてふいに聖女は壁際に追い詰められた。ヘレミアスの腕が壁について、閉じ込められている。

見上げると、神官とは思えぬ甘い顔が間近にあった。垂れ気味の、どこか誘うような目。目元のほくろが白い肌の中で控えめな装飾となって、色香を漂わせている。

「こういう感じのだ。周りの期待に応えてもいいか？」

声まで甘い、戯れのささやき。

ヘレミアスはいつだってからかうように、なんてことはないようにあらゆることをこなす。

——どこまでが本気で、どこまでが戯れなのかわからないほどに。

ヘレミアスの、遊び慣れた貴公子のような顔が近づいてきて聖女は固まった。

「……！」

息を止め——耳まで、赤くなった。

その反応を見たヘレミアスが目を見開いて一瞬顔を強《こわ》ばらせる。

だがすぐにいつもの気さくな笑いに覆われ、噴き出す声に消えた。

「あんたほんっとにからかい甲斐《がい》があるなあ！」

ヘレミアスは身を離し、腹を抱えて笑い転げた。

聖女はしばらく固まっていたが、やがて頬を膨らませた。

「も、もう‼」

そう抗議しながら、聖女の鼓動は速くなり、足元は浮つくような感覚に包まれた。

地表間際で埋もれていた芽がふいに顔を出すように、聖女の中でこのときからその感情がはっきりと形をとりはじめた。

——そしてこれ以後、ヘレミアスに巧妙に避けられるようになった。

……《光の眷属》と《闇の眷属》の戦いは続き、激化した。傷つく者は増え、聖女はより激しい戦場へも同行するようになった。護衛は常につけられた。

しかしその最中、ほんのわずかな油断、あるいは隙を突《つ》くように一本の流れ矢が飛んだ。

無造作な矢は、兵の治療にあたっていた聖女の胸に吸い込まれた。

「聖女……っ‼」

ヘレミアスの、聞いたことのない叫び声が耳を打つ。

聖女は自分に何が起こったのかわからぬまま倒れた。やがて、自分の中から何かが抜け出ていくのを感じた。衣が瞬く間に赤く濡《ぬ》れていく。

「あ、れ……」

体に刺さる異物に、赤子がするように手を伸ばして触れる。

歪《いびつ》な矢の、硬く冷たい感触。自分の体とは決して相容《あいい》れない殺意の感触。

「ああ、しっかりしろ……！」

天を仰ぐ視界に、見たこともないほど動揺したヘレミアスの顔が映った。

優しげな目は苦しげに歪《ゆが》められ、その下に色濃い隈《くま》ができて、顔は青ざめている。

彼もまたひどく消耗しているのだと、聖女はこのときようやく知った。

聖女は奇妙にも冷静だった。

自分が倒れたということの現実を受け入れられなかったからか、あるいは戦場に出るということの意味を真には理解していなかったからかもしれなかった。ただ、何度も聞いた音――負傷した者たちのうめきと歯を食いしばる声だけがいまだ耳に聞こえていた。

だから、言った。

「わたしの代わりに……彼らを助けて」

――自分が癒やせなかった者たちを、代わりに癒やしてほしい。

「ヘレミアスの力……わたしには、使わなくていいわ」

自分やヘレミアスがここに来たのは、傷ついた騎士たちを癒やすためだった。聖女はその使命を、愚直なまでに遂行しようとした。だから、自分には力を使ってくれなくていい――。

「――っそんなこと言ってる場合か……‼」

端整な顔がひどく歪《ゆが》み、いまにも泣き出してしまいそうに見えた。手がかざされる。魔法が行使されることを示す光がこぼれる。

聖女の意識はどこかへと急速に引きずられていく。ヘレミアスの姿がかすんでいく。

「だめだ、俺を見ろ……聖女――‼」

渾然《こんぜん》とした長い眠りのあと、聖女はふっと目を覚ました。

そこは戦場ではなく、大いなる女神《リデル》の膝元《ひざもと》でもなく、柔らかな寝台の上だった。

侍女が聖女の目覚めに気づくと騒ぎになり、誰よりも最初に駆けつけたのはヘレミアスだった。

「もう起き上がれるのか⁉　いい、安静にしてろ……‼　どこか痛むところは⁉」

寝台から立ち上がろうとする聖女を押しとどめ、ヘレミアスは焦燥しきった顔で聖女の様子を確かめた。その後、沈むような長い溜息をついて手で目元を覆った。

それからしばらくは無言だった。

聖女がおそるおそる声をかけると、彼は更に深く息を吐いた後、疲労の色濃い顔で口を開いた。

「あんたはもう、戦場に出るな。今回は女神の加護があったが……。あんたに万一のことがあったら、兵たちの士気に関わる」

疲労も露わな顔とは別に、その声は決然としていた。

それまでヘレミアスが見せたことのない険しい声と表情だった。

「いや！　今度は、こんな油断はしないわ……っ！」

「だめだ。あんたは戦士じゃない。前線へ行くな。安全なところにいろ」

ヘレミアスは頑として譲らなかった。だが聖女も同じだけ言い返す。

「それなら、これから先の戦いで何もせずに後ろで見ていろと言うの⁉　《聖王》陛下やエルネスト隊長だって、他の騎士も……ヴァレンティアだって助けるなと言うの⁉」

――ヘレミアスが養子に迎え、大切にしてきたヴァレンティアを。

異端の神官は一瞬沈黙した後で、口を開いた。

「あんたがいなくても、俺や他の神官がなんとかする。あんた一人が後ろに下がったところで、騎士たちすべてを見捨てることにはならない。あんた一人が後方支援を担っていると思うな」

静かな、だが怒りを感じる声だった。聖女ははっと口をつぐみ、うなだれた。

自惚《うぬぼ》れるな――そう叱責された気がした。いつの間にか自分一人で重責を担っているつもりになっていた。

ヘレミアスが、小さく悪態をつくのが聞こえた。

「ああもう……、頼むよ。みんな、あんたが大切なんだ」

なだめるような響きを感じて、聖女は複雑な気持ちになった。子供をあやすような態度に、悲しみと悔しさがわいた。同時に、まさに子供じみた反発心を抱いた。

ヘレミアスを睨《にら》んで、反論する。

「みんな？　ヘレミアスも？　わたしが《陽光の聖女》だから、そうなの？」

神官は目を見開いた。一瞬言葉に詰まった顔をして、それから口を開いた。

「……そうだ。俺も、あんたが大切だと思ってる」

叱責でも説教でもない、低い声だった。聖女はうつむいた。

ヘレミアスの口から大切だと聞いて鼓動が乱れた。《陽光の聖女》だから当たり前のことなのに。何も特別なことではないのに――。

「本当に……、頼むよ。これ以上俺を参らせないでくれ」

かすれた声に聖女ははっとして顔を上げた。ヘレミアスと目が合う。そこには明るく気さくな神官ではなく、激務で疲労に染まる顔でもなく、切迫した一人の男の顔があった。

「……これ以上とは何？」

聖女は聞いた。胸の内で忙《せわ》しない鼓動の音が響く。

「だから……、」

ヘレミアスはそう言ったきり言葉に詰まり、目を逸《そ》らした。

今度はヘレミアスのほうがうなだれ、首の後ろに手で触れた。深々とした溜息《ためいき》。そして。

「――あんたに悪ふざけをしたとき、まずいな、と思った」

ぽつりとこぼされた言葉に、聖女は虚を衝《つ》かれた。

「本当にあんたは素直で……、わかりやすい。あんたの顔だ。そんなつもりはなかっただろうが、神官と聖女、教え役と見習いの範疇《はんちゅう》を超えようとしてる、と思った」

聖女は少し遅れてその意味を悟った。顔が赤くなった。――噂について言われたときのことだ。あのときから、自分の中でヘレミアスに対する思いが変わった。

「いや、俺のせいだ。あんたは悪くない。純粋で、無垢で……俺が線引きをしなければならなかった。なのにそれを見誤った」

その口調に後悔が滲《にじ》む。聖女はそれに息が詰まった。ヘレミアスは、後悔している――。

「あれから……距離を置かれているように感じたの。そのせい、だったの？」

ヘレミアスは力なく笑って、否定しなかった。

「遅かったんだな。俺のほうが、先に超えちまってたらしい」

聖女は目を見開く。鼓動がひときわ跳ね上がった。息苦しさが消える。

そして無垢と言われた唇で、震える声をこぼした。

何を、超えたのか――。

ヘレミアスは静かに笑った。その後で、それ以上に強く真摯《しんし》な目で聖女を見つめた。

「――俺は実際に剣を持って戦ったことはない。仲間が傷つけられて怒りは覚えるが、《闇の眷属《けんぞく》》に憎悪まで覚えたことはなかった」

抑えられた声の、強い自制の奥に激しい感情が滲《にじ》んだ。

「だがあんたを傷つけられて……、あんたが命を落とすかもしれない状況になって、変わった。俺は《闇の眷属》が憎い。いまは、ヴァレンの顔さえまともに見られそうにない」

聖女ははっとした。ヘレミアスの口から憎いという言葉が出たことに愕然《がくぜん》とし、おそろしくなった。自分が、彼とヴァレンティアの関係を歪めてしまおうとしていることに戦《おのの》いた。

声を失う聖女の姿を見つめ、ヘレミアスは唇に自嘲《じちょう》を浮かべる。

「――神官と聖女のあるべき姿を超えちまった。俺にとって、あんたはもうただの聖女じゃない」

聖女の目とヘレミアスの目が合った。

異端の神官と聖女は言葉もなく、どこか息の詰まるような無言の間、ただ視線を絡めていた。

これまでとは明確に異なる沈黙だった。

その沈黙は聖女に決定的な理解をもたらした。ヘレミアスと自分の気持ちが同じであることに、目眩《めまい》のするような喜びが体中を駆け巡った。

やがてヘレミアスが力なく微笑した。

「こういう言い方は卑怯《ひきよう》だよな。でも、頼む。みんなを安心させるためにも、安全なところにいてくれ。あんたは支えなんだ。みんなを……、俺を、安心させてくれ」

聖女は今度は反論できなかった。ヘレミアスの気持ちを知り、そして自分の気持ちを知ったいま、彼を傷つけるようなことはできなかった。

「……わかったわ」

聖女は静かに答えた。やがて、大きな手がどこかためらいがちに伸びて、聖女の手に触れた。

――いつか触れたときと同じ、大きな手。だがあのときよりずっと熱い。

神官と聖女の手は重なりあい、互いを求めるように強く絡み合った。


聖女は、前線へ行く仲間とヘレミアスの帰りを待ち続けた。身を焼かれるような時間だった。長い長い時間のあと、永遠にも思える月日の末に、戦いの幕は下りた。

《聖王》アウグストは《夜魔王》レヴィアタンに挑み、討ち取った。

聖王は二度と戻ってこなかった。だがこれによって趨勢《すうせい》は決した。

残された《光の眷属》たちは、総力をあげて《闇の眷属》を滅ぼす。

悪と穢《けが》れは一掃され、世界に光と平和が満ちる。

ヘレミアスと聖女たちは平和な世界を生きてゆく。

――《王の庭》の木は、半身の後を追うように密《ひそ》かに枯れていった。

Chapter 5：非戦交渉——世界の狭間《はざま》

世界を覆う薄闇が、一枚ずつ衣を重ねるように色濃くなってゆく。

まりあは体に触れるレヴィアタンから意識を逸らすために視点を前に固定し続け、ようやくパラディスの輪郭を視界に捉《とら》えた。

夜の城は純粋な闇の象徴のように黒く浮かび上がっている。

王の馬は滑らかに空を降りていった。その蹄《ひづめ》が優雅に屋上を踏む。

追随していた《夜の眷属》も次々と降り立った。

レヴィアタンは手綱《たづな》を放し、馬の首を軽くたたいて労《ねぎら》った。

まりあは即座に降りようとした。が、レヴィアタンが放さず、荷物でも下ろすようにまりあの体を抱えて下りた。

「ちょ、ちょっと……っ‼　放してくださいってば‼」

「また心変わりされてはかなわん。先に済ます」

予想もしなかった言葉に、まりあは目を剥《む》いた。忙《せわ》しなく瞬く。そして頬《ほお》が熱くなった。

（す、済ます⁉　何を⁉）

いきなり極めてやましい、かつ危機的状況を連想した。異性と付き合ったことがないとはいえ、昏木《くらき》まりあは紛《まが》う事なき二十代半ばの成人女性である。

王の妃《きさき》になると宣言したあとからこの流れでは、いやでも最悪の想像をしてしまう。

（いいいい、いやいやいやいや‼　そんなばかな‼　どっかの少女漫画じゃあるまいし‼）

――と必死に自分に言い聞かせて、気づいた。


そもそも『太陽と月の乙女』は正真正銘のジャンル＝乙女ゲームである。


まりあは精神に大打撃を受けた。

「待って、待って‼　何を済ますんですか⁉」

レヴィアタンに横抱きにされたまま運ばれ、じたばたともがく。

すると蒼《あお》と紫の瞳《ひとみ》に見下ろされ、思わずびくりと肩を揺らした。

不敵で引力を帯びた唇がかすかに微笑し、紫の目が艶《なま》めかしく輝く。

「何を？　何だと思う」

「‼　は、はぐらかさないでくださいってば‼」

《夜魔王》はあり余るほどの余裕を見せ、完全に面白がっていた。

（あ、アレスさん――‼）

まりあは内心で叫んだ。いまこそ、あの強大な剣の力が必要だと思った。

だが体に重みを感じ、はっとする。アレスはいまだ鎧《よろい》となって体を包んでくれていた。

そのひんやりとした感触と堅牢《けんろう》な重さに少し安心する。いっそこの鎧がもっと重くなってくれたら、レヴィアタンもこんなふうに軽々と自分を持ち運べないのではないかと思う。

しかしまりあの羞恥《しゅうち》と祈りとは裏腹に、精悍《せいかん》な《夜魔王》は軽々と運んでいった。

「戻ったか。……何をしているのだ」

王の間に戻ったとたん、留守を預かっていたラヴェンデルは弟とその腕の中のものを見て訝《いぶか》った。

まりあはかっと頬が熱くなってじたばたともがいたが、レヴィアタンはびくともしない。

「刻印を行いますので、姉上に立ち会い願います」

抵抗をものともせず、レヴィアタンは淡々と言った。

(え……刻印？)

まりあはぴたっと動きを止めた。とりあえず、おそれていた展開にはならない――ようだ。

ラヴェンデルは何か物言いたげな視線をまりあに投げたあと、うなずいた。

「よかろう。さっさと済ましてしまえ」

そう言って、玉座から跳ねるようにして立ち上がる。まりあはそこでまた、はっとした。

(レヴィアタンさんの妃になるってことは、ラヴェンデルさんは……ぎ、義姉になるってこと⁉)

当のラヴェンデルはそのことに気づいているのかいないのか、あるいは反応するまでもないということなのか。

抵抗を一時停止していると、それを諦《あきら》めととったのか、レヴィアタンはまりあを降ろした。

まりあはすぐに後ずさりして男から距離をとった。警戒して睨むと、《夜魔王》は軽く笑った。

「すねるな仔猫《こねこ》。後で構ってやる」

「こっ……⁉　すねてないし構ってほしいとか思ってないです‼」

あまりの言いように、噛《か》みつく。だが顔が赤くなるのはどうしようもなかった。

「惚気《のろけ》は他でやれ」

「⁉　ち、違います‼」

ラヴェンデルにまでうんざりした調子で言われ、まりあは慌てて振り向く。

「……っていうかですね、いいんですかお姉さん‼ 妃ってことはつまりその、弟さんの妻のような何かになるわけですが‼ こんなどこの馬の骨ともわからん人間を……⁉」

「妻のような何かもなにも、それ以外の意味があるか。《闇月の乙女《あんげつ》》は王の伴侶《はんりょ》。何を寝ぼけたことを言っている」

どう見ても年の離れた妹にしか見えない王姉は、逆にまりあを叱咤《しった》した。

まりあはうめき、撃沈した。ラヴェンデルが猛反対してくれるのをわずかに期待したが、それもかなわないらしい。

「脱げ」

突然、横からそんな声が聞こえた。弾《はじ》かれたようにレヴィアタンに振り向く。

《夜魔王》はどこか冷ややかな目でまりあを――その体を眺めている。

（……は？ ぬ……？）

たった二つの音の塊が何を意味するのかを理解するまで、たっぷり数秒かかった。

（脱げ⁉ 脱げと言ったのかこの男⁉）

想像を絶する言葉に後じさりする。

「いい加減にその無様な鎧を脱げ。いまさら何の抵抗をする」

「‼ い、いや、その、はい……すいません」

まりあは顔から火を噴きそうになり、慌ててうつむいた。

（よ、鎧を脱げってことね！ そりゃそうか……ここはお城の中だし……）

とんでもない勘違いをした自分に、さすがに落ち込んだ。

《夜魔王》とその姉の視線から逃げつつ、自分の体に目をやる。光を吸い込むような漆黒、それでいて艶《つや》やかで玲瓏《れいろう》な鎧が体を覆っている。

（ええと……）

どうやって脱ぐのだろう、と継ぎ目などを探す。しかし鎧は傷一つなくぴったりと体に沿っていて、解くことも腕や足を引き抜くということもできそうになかった。

「あの、アレスさん……？　離れて、もらえますか？」

左の籠手《こて》にそっと触れながらつぶやいてみる。すると籠手の表面に紅《あか》い光が走り、ふいに鎧がぎゅっと体を締めつけた。

「……っ」

まりあの喉《のど》から小さく声が漏れた。

だが締め付けは徐々に緩み、同時に籠手や鎧が黒い液体状に溶けた。まりあの体を滑るように流れ、目の前で凝集し、長身の青年となる。

滑らかな褐色の肌に、剣のきらめきを思わせる長い黒髪。紅い目がまりあを見つめた。

彫像のように整った顔には、憂いの表情が浮かんでいる。

「アレスさん……？」

青年の眼差《まなざ》しに、まりあは言いがたい不安をかきたてられた。

「たかが道具の分際で、王の妃にずいぶん馴《な》れ馴れしく触るものだな」

レヴィアタンが冷ややかに言った。

とたんアレスの顔に険しさが現れ、《夜魔王》に向く。その横顔は背も凍るような激しい怒りと憎悪に染まり、まりあは息を呑《の》んだ。

レヴィアタンは露ほども動じなかった。何の痛痒《つうよう》も覚えていない様子で、まりあに目を向ける。

「お前もその態度を改めろ。多少の戯《たわむ》れは構わんが、これはお前の道具だ。躾《しつけ》のなっていない道具は後で面倒なことになるぞ」

明らかに咎《とが》め、アレスを見下すような口調で言われ、まりあはかちんときた。

「そ、そういう言い方はないでしょう！　アレスさんはずっと優しいし助けてくれてます！」

「お前の道具としてつくられたものだ。臣下とは違う、混同するな」

まりあは眉《まゆ》を険しくして、レヴィアタンを睨《にら》んだ。

「あなたに言われる筋合いないです！　そもそも螺旋牢《らせんろう》からあなたを助け出せたのもアレスさんの協力あってのことだし、あなたに攻撃されたときもアレスさんが護《まも》ってくれたんです！」

力一杯反論すると、蒼と紫の双眼が軽く見開かれた。まりあはその両眼を睨み続ける。

（アレスさんは最初からずっと協力してくれてたんだから！）

少なくとも、まりあごと敵を攻撃しようとしたレヴィアタンとはまったく違う。同じ人の姿をとり、何の問題もなく意思の疎通もでき、誰よりも親切だ。道具などではない。

沸々と怒りをたぎらせるまりあの傍らで、当のアレスもまた紅い目を見開いて主《あるじ》を見つめていた。

やがてレヴィアタンは唇だけで薄く笑った。

「お前は寝言だけでなく、妙な感傷に浸るのも好きと見える」

「か、感傷って……！」

「いまは捨て置いてやる。刻印だ。来い」

《夜魔王》は一方的に話を打ち切り、身を翻した。玉座の間から出て行こうとする。

ラヴェンデルがその後を追う。

（なっ……なんなのこの性悪男‼）

まりあは憤慨した。全力の助走をつけて、あの腹の立つほど大きな背中にパンチを食らわせたい。仮にも自分に攻撃を向けた後で、まったく悪びれもせず当然のごとく己のもののように扱うとはどういう神経をしているのか。

触れもしないうちから両開きの扉がゆっくりと開く。レヴィアタンはその前でいったん立ち止まり、まりあに振り向いた。

「何をしている。早く来い」

「～～っ‼　いま行き――」

自棄《やけ》気味に言い返して踏み出したとき、後ろから腕をつかまれた。まりあは驚いて振り向く。紅の目と合った。

その眼差しに、表情に、まりあははっと息を呑んだ。燃える夕陽《ゆうひ》のように光り、切迫した目。

「――本当に、いいのですか」

低く、感情を押し殺そうとしている声だった。

本当に、レヴィアタンの妃になっていいのか――アレスは本気でそう案じてくれているのだろう。

まりあは重くうなずく。

「こうするしかありません。それに、その……本当の妻になるつもりは、ないですし」

アレスの目元が引きつる。

「あんな男の力など借りなくても――」

まりあは頭を振った。

「戦わないためです。これが一番簡単だし……アレスさんにばかり頼るのもよくないというか

「……」

そう答えると、腕に触れる手がかすかに痙攣《けいれん》した。

「戦わない……ため？　剣《わたし》を、使いたくないと仰《おっしゃ》るのですか……？」

「え、そ、その……アレスさんに戦ってほしくないんです！　怪我《けが》とかしてほしくないんです。戦わずに済むのが一番ですし、私も戦いたくないので……！」

まりあは慌てて言い募る。

（まずい言い方しちゃったかな……アレスさんがどうこうっていう問題じゃないんだけど‼）

自分を庇《かば》って全身に亀裂が入った剣《アレス》──あんな姿は二度と見たくない。

だがまりあが弁明すればするほど、黒剣である青年は呆然《ぼうぜん》としたような表情になり、黙り込んでしまった。

「あの、アレスさん……」

まりあは言葉を探して口ごもりながら、なんとか自分の意図を伝えようとする。こんな反応をされたときどうしたらいいかわからない。

「おい、無駄話は後にしろ」

レヴィアタンと同じ口調でラヴェンデルが言う。

アレスも沈黙したままで、まりあは困惑した。その末に、歯切れ悪く言った。

「……続きは後で話しませんか」

しかし、アレスはそれにも答えなかった。まりあは振り向きつつも、ラヴェンデルとレヴィアタンのほうへ向かった。

少し遅れて、アレスもついてきた。

レヴィアタンとラヴェンデルは下の階へ向かった。玉座のある間は最上階にあたる。

まりあは二人の後を追いながら、城の地図を頭に描こうとした。だが、玉座、屋上、景色《けしき》を眺めていた一室ぐらいしかわからず、城は広大で、縦だけみれば少なくとも四階以上はゆうにある。

見知らぬ者がこの城に迷い込めば、広大な闇で永遠に彷徨《さまよ》う錯覚に囚《とら》われるのかもしれない――。

道順を覚えることは放棄して二人のあとをついていくと、ようやく突き当たりに両開きの扉が見えた。玉座の間へ通じる扉と似た、巨大で重厚なつくりだ。黒曜石を思わせる漆黒で、艶を放っている。

表面には銀色の紋様が浮かび上がっていた。角張った形で規則性を感じさせ、いかめしい文字にも見える。

レヴィアタンとラヴェンデルが近づくと、扉は自《おの》ずと開いた。

まりあも二人に続いて扉の向こうへと足を踏み入れ、感嘆の声をあげた。

一瞬、屋外に出たのかと錯覚した。果てのない深い夜を思わせる蒼の空間が広がり、その中で静かに降り積もる雪のように、淡い銀と薄青の光が瞬いている。

だが最奥には、ほの明るく浮かび上がるものがあった。

大きな台座の上で微動だにしない、巨大な女性の姿――。

台座に立つ女性は、黒蝶《こくちょう》に似た優美な袖《そで》から伸びた右手に黒剣を携えていた。

長大な剣を握りながら軽く前に出された手は、ほっそりとしていて雪よりも白い。敵を牽制《けんせい》しているようにも、なにか道標《みちしるべ》をかざしているようにも見える。

剣は、アレスを模したもののようだった。

女性のまとうドレスはまりあの着ているものによく似ていた。違うのはその肌の白さと豊かな起伏、それに反するかのような華奢《きやしや》な体つきだった。

頭部は、貴婦人のまとう喪服のヴェールに似て頭頂部から唇の上までが隠されている。そのヴェールの上には、輝く雨雫《あめしずく》を連ねたような銀の髪飾りが重ねられていた。

(もしかして……女神……ヘルディン？)

まりあは思わず、像の顔に目を凝らす。

だがほとんどはヴェールに隠され、形の良い唇と細い顎《あご》が見えるだけであとは判然としない。

(……私と同じ顔なわけ、ないか)

安堵《あんど》と落胆のまじった気持ちになる。

彫刻は目を奪われるほど存在感があり、繊細なレース模様、いまにも動き出しそうな立体感にも溜息《ためいき》が出るほどだった。

その大きさも美しさも、イグレシア内にあった女神リデルの像と対をなすかのようだ。

創世の双子神――光を司る女神リデル、闇を司る女神ヘルディン。

《夜魔王》レヴィアタンとその姉たるラヴェンデルは、漆黒の女神像の足元で止まった。まりあへ振り向き、無言で促す。

まりあは二人のもとへ進みながら、奇妙な既視感を覚えた。

つくりが違うとはいえ、ここはイグレシア内における礼拝堂と同じだ。精緻《せいち》な女神の偶像に見守られる、特別な場所。

――《陽光の聖女《プレイヤー》》もまた、跪《ひざまず》いて祈りを捧《ささ》げていたような場所。

そして《陽光の聖女》と《聖王》アウグストの特別なイベントが起こったのも、こんな場所だった。

だから——思い出してしまう。

（……しっかり）

まりあは自分を叱咤し、思い出ごと握りしめるように手に力をこめた。

自分の思い出やアウグストたちを護るために、戦いを避けるためにいまこの道を進んでいくのだ。

女神像の足元で、レヴィアタンと向き合う。

ラヴェンデルが数歩後退し、更に数歩離れたところでアレスが佇《たたず》んでいる。

「——これより《月下の儀》を行う」

王姉は厳かな声で告げた。

「慈悲と破壊の主、甘き闇と玲瓏たる月の女神ヘルディンの下に誓え」

その言葉に導かれるように、レヴィアタンはまりあに向かって左手を伸ばす。

「我は《夜魔王》レヴィアタン。月に仕え、之《これ》を守り、第一に加護を受ける者——《闇月の乙女》を我が伴侶とすることを希《こいねが》う」

王の力を持った声が響き、女神像のまわりに反響する。伸ばされた左腕に淡い紫と蒼の揺らめく光が集まる。

まりあはその声に、言葉に、たたずまいすべてに圧倒された。ただ立ち尽くし、魅入られる。

ラヴェンデルが眉をひそめて小声でささやいた。

「……何をしている」

「す、すみません。その……」

どうすればいいのかわからない、と消え入りそうな声で言った。

ラヴェンデルは一瞬目を瞠《みは》り、渋面をつくる。

「手を上げろ」

代わりにレヴィアタンが言った。

まりあはためらいながら、それに従った。レヴィアタンの手に届くように、右手を伸ばす。

すると、指を絡められた。自分の指の間を長い指がすり抜け、手の甲を包み込まれる。

触れる皮膚の温《ぬく》もりと滑らかさに、まりあは肩を揺らした。

「復唱しろ。〝我は《闇月の乙女》――〟」

レヴィアタンは淡々とした声でつぶやく。

まりあは慌て、瞬きの間に混乱し、しかし結局レヴィアタンの言葉を追った。

「我は、《闇月の乙女》――」

そうおずおずとつぶやいて、だが発した言葉がとたんに重く胸に沈んだ。自分が《闇月の乙女》だと改めて認めてしまったような重さだった。

《夜魔王》の言葉は続く。それを追う。

「――月を喚《よ》び、夜を照らし、《夜の子》らを守護する者……」

まりあがそう唱えたとたん、体の内側から急に何かが溢《あふ》れた。レヴィアタンと繋《つな》いだ手が、腕が淡く銀色に光り出す。

繋いだ手を伝い、蒼と紫の光と銀光が接触し、互いに混じり合う。

まりあが自分の体を見下ろすと、輪郭が月光の薄衣をまとったように輝いているのが見えた。

真正面に立つレヴィアタンの体もまた、淡い青と紫の光に包まれている。

まじりあった光に導かれるように、まりあの手はいつの間にか指を絡め返していた。

「〝この身を、《夜魔王》レヴィアタンの伴侶《はんりょ》として与える〟」

厳かに告げられた言葉にまりあは息を呑《の》んだ。絡む手に、静かな力がこめられたのを感じる。

復唱をためらう。本当に結婚するわけではない――目的を達成するためのただの手段にすぎない。

なのに、こちらを見つめる蒼と紫の目が、絡み合う指が、あまりにも現実感を持っている。

冷たく力を持った空気そのものが、これは重大な局面だと痛いほど訴えかけてくる。

（……私《ヽ》が、本当に結婚するわけじゃない）

まりあは一度息を吸って止め、腹に力を込めて、答えた。

「――この身を、《夜魔王》レヴィアタンの伴侶として……与える」

そう告げたとたん、体の中に何かが重く沈んだ。

繋いだ手の周りで絡み合っていた光が、腕から体へ駆け上っていく。肩へ、鎖骨を伝って左胸へ。

そうして、心臓を貫いた。

「――っ！」

小さな爆発じみた衝撃。まりあはうめき、レヴィアタンもわずかに顔を歪《ゆが》める。

だがその衝撃はすぐに薄れてゆき、代わりに冷涼な空気を吸い込んだときのような快さが残った。

まりあは自分の左胸を見下ろし、そっと心臓のあたりを押さえた。

（な、何……？）

腕や体の輪郭はもう光っていない。しかし左手の下で淡い光が漏れ、驚いて手を上げた。

左胸に銀色に揺らめく光が躍り、衣の上で緻密《ちみつ》な紋様を描いている。

光の刺繍《ししゅう》は揺らめき、脈動しているのを感じた。

「――これで、お前は俺のものだ」

まりあははっとして顔を上げる。《夜魔王》の自信に満ちた微笑と、その左胸に輝く同じ紋様が目に飛び込んできた。

「こ、刻印って、これのことですか？」

「そうだ。式も盛大にやりたいが、それはもう少し落ち着いてからだな」

「式⁉　い、いやいいですそんな必要ないです‼」

「遠慮するな。同族への鼓舞のためにも派手にやる」

抗議する間にレヴィアタンの胸の光は徐々に薄らいでゆき、見えなくなる。

まりあは自分の胸を見下ろし、同じく消えているのを確かめた。

「済んだならさっさと次へ向かえ。他の魔公たちが解放を待っている」

ラヴェンデルがそう言うと、長身の弟王は軽く肩をすくめる。

「仰せの通りに、姉上」

「ちょ、ちょっと待ってください！」

まりあは慌てて割り込む。《夜魔王》は振り向いた。

「まだ駄々をこねる気か。いくら妃であろうと身勝手な言動は許さんぞ」

「そうじゃなくってですね‼　だから……ええと」

「王《おれ》の助けを待っている奴らを捨て置けなどとは言うなよ。いくらお前が酔狂な《闇月の乙女》であろうと、仲間を見捨てろなどという寝言は聞くに堪えん」

ぐ、とまりあは言葉に詰まった。

そこまで言うつもりはなかったが、魔公爵たちを封印したままにしておいてくれ――などというのは、レヴィアタンにとって仲間を見捨てろと言われるも同然なのだろう。

「じゃあ、その……解放するのは、わかりました。でも仲間を助ける、それだけです。その人たちと一緒にアウ……《天上界》に攻めに行くとか戦いを挑むといった行動は絶対にだめです」

必死に言葉を探し、レヴィアタンの目を見つめて続ける。

「純粋に、仲間を助けるだけなら……私もできる限り協力します」

その言葉を押し出すには勇気が要った。

半分は仲間を助けようとする純粋な思いに共感し、もう半分は打算からだった。仲間を解放するのに協力したほうが、レヴィアタンたちの動向をつかめる。

レヴィアタンは物言いたげに片眉《まゆ》を上げた。蒼《あお》い目には興味の光が、紫の目にはほのかな疑念が浮かんでいるように見える。

「まあ、当面はそれでよかろう。他ならぬ妃の頼みとあれば」

「！　約束ですよ！　絶対に！」

まりあがここぞとばかりに食いつくと、《夜魔王》は笑いをかみ殺しながら、もはやこの話題は終わったとばかりに手を振った。その傍らで、小柄な王姉は不満と疑念の複雑な表情をしていた。

まりあははたと気づき、アレスに顔を向けた。

黒衣《こくい》の青年は、一瞬も動かずただ沈黙してそこに立ち尽くしていた。

端整な顔は凍てつく仮面のようだった。紅《あか》い目はまりあだけを見つめ、一瞬だけ煌《きら》めく。

まりあはわずかに怯《ひる》んだ。——無言で黒衣の青年が佇む様は、どこか美しい死神を思わせる。

「アレスさん……？」

おずおずと声をかけても、返事はなかった。

アレスの姿が突如消えた。一筋の深い闇となって迫る。

まりあが驚くと、アレスの闇は左手に絡みついた。掌《てのひら》を撫《な》でるように広がり、指の間から、黒い指の形が伸びてくる。手が一瞬絡む。

ひんやりと冷たく、肌を思わせる柔らかな感触だった。瞬く間に手を覆い、やがて収束する。

まりあの左薬指に銀色の指輪が現れた。その指輪につられるように夜色の細い鎖が手の甲を覆っている。黒の鎖の手甲は美しく繊細な紋様を広げ、手首まで達していた。

艶《つや》やかな黒はまりあの手を一際白く、透き通るような色に見せた。

まりあは手甲の見事さに目を奪われ、息を忘れた。

「……度し難い恥知らずが。道具の分際で俺を挑発するか」

不快感も露《あら》わなレヴィアタンの声に、まりあは顔を上げた。二色の眼が冷たく光っている。

(ど、どういうこと!?　この形になんか意味あるの!?)

だがまりあはそこでようやく気づいた。

手甲を引っかける指輪。その指輪がはまっているのは、左手の薬指――特別な意味を持つ指だ。

(あぁああ――!?)

とたん、心に激震がはしった。

アレスは知っていてこうしたのか、あるいは無意識のものなのか。――まともに考えたら、おそらく後者だ。

(だ、だってこれゲームの世界だし！　現実とは違うし……っ！)

徹頭徹尾、架空の世界なのだ。現実の世界と違って特別な意味などないのかもしれない。

だが左薬指はおろか指輪すらまともにしたこともないまりあにとって、いきなりこの薬指が埋まってしまうのは予想外の衝撃だった。

「あまりに度が過ぎると壊すぞ、なまくら」

レヴィアタンは目を細め、地を這《は》うような声で言う。その剣呑《けんのん》さにまりあは慌てた。

「や、なんでもないので！　お気になさらず！」

「……お前は意味をわかっているのか」

「なななな何がですか⁉　指輪の一つや二つ、どうってことないですよ！」

勢いだけでまくしたてながら、まりあは引きつった愛想笑いを浮かべた。

いったい何の意味があるのか。そんなもの、一つしか考えられない。

しかしそんなはずはないので、これはたいしたことはない、ただ美しい装飾で、アレスはたまたまこういう形をとったのだ——と思い込むことにする。そうするしかなかった。

レヴィアタンの唇がわずかにつりあがった。それは微笑と呼ぶのも憚《はばか》られる、おそろしく威圧的な表情だった。

「俺は《闇月の乙女》の所有物だからといって手加減はしない。覚えておけよ道具。——来い、闇月」

《夜魔王》はまりあの腕をつかみ、有無を言わさず歩き出す。

まりあはよろめいて慌て、だが強い力に引きずられていった。

＊

不意の襲撃を受けて破壊された《祈りの間》は、イグレシアの総力をもって急ぎ修復された。

備え付けの長椅子や祭壇と天井の一部などが壊されたが、幸いにもすべて修復可能だった。

女神リデルの像はその神聖性を表すかのようにほぼ無傷で、《聖王》を含め多くの騎士や神官、女官たちが、その足元に跪《ひざまず》いて安寧と感謝の祈りを捧げた。

多くの参拝者が過ぎていった後で、長い金髪を三つ編みにした青年騎士もまたリデル像の足元に跪き、祈りの形に手を組んだ。誰にも邪魔されることのないその祈りは長く続いた。

固く組み合わされた両手、微動だにしない自制の強さは生来の真面目《まじめ》さを表すようだった。

その熱心で長い祈りの中へ、かすかな靴音が訪れた。

「――相変わらず長いな、お前の祈りは」

靴音の主が、からかう。

跪いていた青年はようやく目を開ける。暗い金色の睫毛《まつげ》の下から現れたのは、極上の翠玉《すいぎょく》を思わせる目だった。

青年――騎士ヴァレンティアは傍らに置いてあった剣を取り、ゆっくりと立ち上がった。靴音の主に振り向くと、控えめに微笑する。

「ヘレミアス様」

「さっさと俺のとこに報告に来い。祈りはそれからだろう」

「……祈りは何より大事なものです」

ヴァレンティアは慎みをもって、だがしっかりと反論した。

砕けた口調の男――ヘレミアスは、呆《あき》れとも感心ともつかぬ溜息《ためいき》を吐《つ》いた。

ヘレミアスはヴァレンティアとは対照的で、神官特有の服は類を見ないほど着崩され、洒落者《しゃれもの》めいた雰囲気があった。ヴァレンティアより明るい金髪が肩を少し過ぎるほどで雑に切られているのは、短いほうが楽だから――かといってそれ以上整えるのも面倒という理由からだった。後にも先にも、これほど神官らしくない風貌《ふうぼう》の男はいない。

だが怠惰や不潔さはなかった。それはもとからの整った顔立ちや細身の長身のためだけでなく、彼自身の内面から滲《にじ》むもののためだとヴァレンティアは知っている。

「しっかしお前もほんとに無茶をするな。よく死者を出さずに戻ってこれたもんだ」

「……いえ、それでも目的は果たせず、陛下の騎士を傷つけました。私の力不足です」

ヴァレンティアは剣を握りしめて視線を落とした。

――封印された高位の《闇の眷属《けんぞく》》たちが次々と解放されていると知ったのはここ数日間のことだった。これは敵が戦に備えているのだと騒がれたが、《光滴の杯》によって休戦を誓った王は、介入をよしとしなかった。

《聖王》の高潔さを利用し踏みにじるようなやり方に、ヴァレンティアは強い憤りを覚えた。

同じ志の騎士たちと完全に独断で《永夜界》へ侵入し、封印を強化しようと試みた。

だが現れたのは《夜魔王》レヴィアタン本人であり、ヴァレンティアは己の無力さを思い知らされた。

まるで歯が立たなかった。死者が出なかったのは女神の加護であるとしか言いようがなかった。

――否。

『は、やく……逃げ、て!!』

巨大な黒剣を構えた細い背中。禍々《まがまが》しい剣とはあまりに不釣り合いなその背が、目に焼き付いて離れない。

そしてイグレシアではじめて見《まみ》えたときの、驚いたような顔――赤く光る目。

（あれが、《闇月の乙女》……）

汚《けが》れた者たちの守護者にして、その力の源となる月を喚ぶ者。闇と破壊の女神ヘルディンの化身。

だが、その事実からは想像もつかぬ顔だった。

紅く光る目にこそ邪悪を見出《みいだ》せたが、驚く顔は無垢《むく》で、少しあどけなくさえ感じた。

そして、切迫したあの声――。

ヴァレンティアの胸に、疼《うず》きにも似た鈍い痛みが起こった。

(なぜだ……)

強大な敵だった。見た目で侮るなどありえない。なのにあの腕も肩も剣を振るうには華奢《きやしや》すぎる。

「おいヴァレン。大丈夫か？」

騎士ははっと正気に戻った。怪訝《けげん》そうなヘレミアスにかろうじて首肯し、顔を逸《そ》らす。

(……汚らわしい)

己への嫌悪に吐き気がした。おそらく、この体の半分を流れる忌まわしい血のせいだった。

いまだにそんな状態になることに、激しい憎悪と屈辱を覚える。

「ところで、本当なのか。《闇月の乙女》がお前たちを逃がした……というのは？」

脳裏をよぎったものを話に出され、ヴァレンティアの頰は紅潮した。だが、それは己の弱さと邪《よこしま》の現れであると叱咤《しった》し、冷静を取り繕ってヘレミアスを見た。

「……事実です。いかなる策略かわかりませんが、《夜魔王》と私たちの間に介入しました」

「ほお。そこんとこ詳しく聞かせてくれ」

ヘレミアスの興味津々といった顔に向かって、ヴァレンティアは淡々と説明した。

《闇月の乙女》が突然現れてこちらを庇《かば》うような行動を見せ、逃げろと言った――。

「……本当か？」

「はい」

ヴァレンティアの養父でもある神官は驚きを露わにしたあと思案げに顎下《あごした》を撫でる。

「なかなか奇妙な奴《やつ》のようだな。こっちに侵入してきて《夜魔王》奪還なんてことをやらかし、陛下と休戦を約束して、かと思えばお前たちを庇って逃がす、か……」

「相手は最も邪悪な穢《けが》れです。我々を攪乱《かくらん》しようとしているのでしょう」

ヴァレンティアは意識して冷ややかに言った。——相手は《闇月の乙女》。すべての善なるものの体現たる《陽光の聖女》とは対極の存在なのだ。

しかしその思いとは裏腹に、ヘレミアスはやや意地の悪い笑みを浮かべた。

「まあそう言うなって。これはなかなか興味深いことだ。場合によっては、そいつを起点にしてどうにかできるかもしれない」

「戦うということですか？　しかし陛下は休戦を命じておいでですが……」

「そうじゃない。もちろん陛下のご命令は守る」

ヘレミアスは苦笑いして手を振った。そして訝《いぶか》る騎士を見て、にやっと笑った。

「話し合いだよ。その奇抜で変わり者の《闇月の乙女》となら、かつてない非戦の交渉ができるかもしれないぜ」

＊

まりあのためらいや迷いとは裏腹に、レヴィアタンは次々と各地の魔公爵を解放していった。

まりあはずっとレヴィアタンについていって、側《そば》でそれを眺めていた。

止めることもしなかったし、できなかった。

レヴィアタンは確かに約束を守ってくれていた。仲間を解放して回る一方、怒りと復讐《ふくしゅう》心に燃える《闇の眷属》たちをなだめ、あるいは絶対的な威圧を加え、抑え込んでいる。

おそろしくも美しく、時におぞましくすらある異形たちがレヴィアタンの言葉に従う様は、それだけ《夜魔王》たる彼の力を思い知らせてくるようだった。

——そんな中で、まりあはもう一つ、ささやかな衝撃を受けることがあった。

（う、うわああ……）

縁の装飾も豪華な姿見の中、はだけさせた左胸のあたりに、淡く銀色に光る刻印が見える。

《月下の儀》などと呼ばれていた儀式で刻まれた印だった。

痛みはまったく感じなかったが、どうやら肌に直接刻まれたらしい。右手でそっとなぞってみると、凹凸などは感じなかった。

試しに手でこすってみてもまったくかすれず、布で拭《ぬぐ》ってみても同じだった。

同じものが、レヴィアタンの左胸にもあるはずだ。だが何よりも気になるのは——。

（これ、もしかして消せない……？）

いや現実に戻ればそんなことは、と必死に否定するが、不安は振り払えなかった。

「それで？　休戦の後、具体的にどうしたい」

玉座に戻った《夜魔王》は、その周りに山羊《やぎ》頭のグラーフや、王姉ラヴェンデルたちを侍らせながら言った。数歩引いた壇の下に立っていたまりあは口ごもる。

「魔公爵を解放した後、お前はひとまず戦うなと言った。俺はそれを聞いてやった。だがその後はどうする。向こうが攻めてくる可能性については考えているか？」

「！　向こうから攻めてくるなんてことは……！」

「もう忘れたか。王《おれ》が臣下を助けようとしただけで、奴らはこの地に侵入し妨害しようとした」

まりあはぐっと言葉に詰まった。確かにヴァレンティアたちの行動は擁護できなかった。

休戦――その言葉の意味に戦う準備をしないということまで含まれるものだと無意識に思い込んでいた。だがレヴィアタンがそうではないように、アウグストたちもまた戦う準備をしていないとは限らないのだ。アウグストは好戦的ではない。しかし理屈としてはありえるのだ。

（なんでそこまで……）

平和な日本で生きてきた昏木まりあには、なぜそうまでして双方が戦おうとするのかわからない。

――ゲームを遊んでいたときには、考えもしなかった。

ただ光と闇があって、善と悪があった。よくある設定。ただの舞台設定に過ぎなかった。

いま、レヴィアタンの、そしてラヴェンデルやグラーフたちの視線を感じた。

つくりものとは違う、自分と同じ生きた存在の目。その彼らが生死を懸けて戦おうとするのはなぜなのか。

「……どうしてですか」

ほとんどひとりごとのように、そうつぶやいていた。

「どうして、戦う必要があるんですか。仲良くしようなんて言いません。でも、互いに干渉しないようにするとか、住み分けすれば……」

――対立するもの同士の和解がいかに難しいかは、まりあにも少しは理解できた。大人になればなるほど大きな喧嘩《けんか》はしないが、一度喧嘩してしまうと修復が困難になる。

子供のときに使えた素直と親密の魔法は、大人になれば失われてしまう。

それが個人同士でなく国単位のものなどになればもっと難しくなるのも理解できる。

レヴィアタンは長く息を吐いた。呆れとも軽蔑《けいべつ》とも、あるいは感心ともつかぬ溜息だった。

「度し難いな、お前は。その頭はよほど寝ぼけているか、中身が詰まっていないのかどちらだ？」

あくまで低く通りのよい声に反して、言葉は辛辣《しんらつ》だった。

まりあは反論しなかった。平和呆《ぼ》けしていると言われればきっとその通りなのだろう。

「見ろ」

レヴィアタンは右手を差し出し、掌《てのひら》を上に向けた。そこに深い蒼の光が集まってゆく。

そして掌大の球体をつくった。球体は手の上で浮かび、下半分が黒から銀へと色を変え、上半分は白から金へと絶え間なく変化している。

「これは模倣図だ。下が俺たちの世界。上が奴ら《ヽヽ》の世界——」

まりあは息を呑《の》んでその球体に見入った。《永夜界》を現すという下半分は確かに夜と月を、上半分は陽光と白昼の空を表しているかのようだった。

「創世のときの姿がこれだとすると、いまの姿はこうなる」

レヴィアタンの手が球体を握り、開く。再び球体が浮かんだが、その模様は一変していた。

上下に等分されていた球体は、《昼》の色が半分を超え、七割ほどになっていた。

《夜》が残る三割に追い詰められている。

「これは……？」

まりあは眼を丸くして眺めたあと、レヴィアタンを見た。

「現状がこれだ。いいか、この世界は常に奪い合い《ヽヽヽヽ》を繰り広げている」

《夜魔王》はわずかに眼を細め、まりあを睥睨《へいげい》して告げた。

「俺たちの生命力である《月精》と、奴らの生命力である《光精》は対極の力だが極めて似た性質を持つ。月精は、その量と力が優《まさ》れば光精を飲み込んで浄化し、増殖する性質を持つ。光精もまた同じ作用を持つ」

レヴィアタンの言葉に応えるかのように、球体がまた模様を変えた。

再び、昼と夜が拮抗《きっこう》──そしてまた崩れ、今度は夜が濃くなる。

「月精は奴らにとって猛毒であり、光精は俺たちにとって猛毒だ。そしていま言った作用から、二つは相容《あいい》れない。共存できない。月精が満ちていなければ俺たちは生きていけず、光精が満ちていなければ奴らは生きていけない。すると、どうなる？」

まりあは言葉を失った。常に不安定に揺らめく球体が、言葉を超えたところで暗示しているかのようだった。

「俺たちは生きていくために月精を必要とし、月精を満たすための土地を必要とする。だがその土地では奴らは生きていけず、奴らは光精を必要とし、そのための土地を必要とする。──戦うのは、俺たちの世界を護るため。俺たちが死なないためだ」

その言葉が、まりあの頭をしたたかに撲《う》った。

死なないため──生きるため。

怨恨《えんこん》とは異なるもっと切実な、あまりに根本的で揺るがぬ理由に息が詰まるようだった。

しかもきっと、アウグストたちも同じ理由なのだ。

世界を模した球体は、レヴィアタンの掌の上で静かに揺らめいている。絶えず《昼》と《夜》の模様が入れ替わり、しかしどんな姿になっても、《昼》と《夜》がまじりあうことはなかった。

太陽と月が並び立つことができないように。

レヴィアタンの言葉が嘘《うそ》や誇張なら、と一瞬考える。

だがその考えは、黒に落ちた一滴の白のごとくかき消えた。

イグレシアに突入したとき、光精の満ちる空気を身をもって感じた。

そして、《光滴の杯》のときにも。

「いまは《闇の眷属》の不利の上に休戦が成り立っている。この状態で休戦を成立させたこと自体はお前の大きな功績と言っていいだろう。だが奴らの侵略で《永夜界》の一部は光精の影響を受けて不毛の土地になっている。境界面もこちら側に押し出されている。このままでは《永夜界》は削られ続け、滅亡を待つだけだ」

整然と続けられる言葉は、冷徹にまりあを追い詰めた。ただがむしゃらに戦うなと唱えていた自分がどれだけ愚かなことを言っていたかを思い知らされるようだった。

重みに耐えかねてまりあの視線は落ち、足元に止まる。

（じゃあ……どうしたら……）

戦うしかないのか。心の片隅で、自棄《やけ》になった声が言う。

（生きるためには月精や光精が必要で、空気みたいなもので、共存はできない……）

レヴィアタンの言葉を反芻《はんすう》しながら、緩慢に目を上げる。玉座で足を組んだレヴィアタンは肘掛《ひじか》けに腕を預け、頬杖《ほおづえ》をついていた。

球体はその眼前でひとりでに浮かんでいる。紺碧《こんぺき》の《夜》と金色の《昼》が絶えず勢力争いをし、互いが互いを喰《く》らい尽くさんとしている――。

不安定に乱れる模様は本能に不快感を与え、まりあはただ無意識にそれを直したいと思った。

球体がはじめに見せた完全な二分割の模様。あれこそが美しく、落ち着いた形――。

突然、まりあの脳内に火花が散った。

レヴィアタンは言った。創世のときの姿と。

「――じゃあ、創世のときは？」

「何？」

物憂げな蒼と紫の両眼に向かい、まりあは世界の模倣図を指さした。

「レヴィアタンさんは、いまの姿はこうだって言いました。でも、創世のときはそうじゃなかったんですよね？」

《夜魔王》の目が、わずかに瞠《みは》られた。グラーフやラヴェンデルたちの反応はもっと大きく、ただ無防備に驚いていた。

レヴィアタンはすぐに冷静さを取り戻して言った。

「そうだ。世界の黎明期《れいめいき》――双子神がいたとき、この世界は均衡状態にあった」

「！　それって……‼」

「月精と光精が完璧《かんぺき》に拮抗し、境界面が完全な中央にあった――両女神が揃《そろ》い立っていたからこそ可能な奇跡だ。創世のとき以外に、そんな状態は一度たりともありえん」

まりあは否応なしに興奮を削《そ》がれ、ぐっと言葉に詰まる。

にわかに沸き立ったまりあに冷水を浴びせるように、レヴィアタンは淀《よど》みなく続けた。

すると、左手に冷たく締めつけられる感覚があった。はっと目をやると、左薬指の指輪――そこから繋《つな》がる黒いレースを思わせる手甲が、妖《あや》しく揺らめいている。

（アレスさん……？）

右手でそっと手甲に触れる。ひんやりとした黒の鎖は答えない。青年の姿になることもない。淡い揺らめきは何か物言いたげにも見える。じっと見つめても、手甲は無言を貫いている。

(気のせい……？)

まりあはやむなく、レヴィアタンの言葉に意識を戻した。

——光と闇の双子神がいなければ成り立たない均衡。

《夜魔王》の目を真正面から捉《とら》えた。

「でも、《闇月の乙女》は闇の女神ヘルディンの化身、なんですよね」

無意識に右手で自分の胸に触れていた。掌に、鼓動の音を確かに感じた。

「そして、《陽光の聖女》は光の女神リデルの化身……。これは、どちらの女神も存在していると
いう状態に近いんじゃないですか？」

レヴィアタンもラヴェンデルたちもすぐには答えなかった。

蒼と紫の目は探るようにまりあを見つめ、射る。

重い沈黙がまりあにのしかかった。ぐっと息を止めて耐え、そのままレヴィアタンを見つめる。

夜と闇の王は不敵に笑った。

「確かにお前の言う通りだ。理論上は、原始の均衡を再現できる条件が揃っている」

まりあは目を瞠った。レヴィアタンの言葉は、重い雲間から射し込む光のように希望をもたらす。

胸に熱がこみあげ、ぐっと手を握った。深く息を吸う。

「なら、私はそれを目指します。戦わなくて済むように、完璧な均衡までもっていきます」

再び束《つか》の間《ま》の沈黙が降りた。だが今度それを破ったのは《夜魔王》ではなかった。

「どこまで寝ぼけているのだお前は。本当に意味を理解して言っているのか？」

険しく眉《まゆ》をつり上げ、鋭い口調でラヴェンデルが言う。

「均衡とは、完全な対等の上に成り立つものだ。互いの戦力、月精の量、王の力、何より《闇月の乙女》の力が満ちていてこそはじめて成り立つ」

まりあははっと息を呑んだ。

「愚弟の力量が奴らの王に劣っているとは思わん。だがお前はどうなのだ、《闇月の乙女》」

《夜魔王》の右目と同じ、妖《あや》しく高貴な紫の両眼がまりあを射る。

グラーフたちは口を閉ざし、無言で同調するようにまりあに目を向けていた。

「愚弟がお前の力不足を補うにも限度がある。お前が奴らの狂母と同等か上回る力量を持っていなければ、均衡などというものは戯《ざ》れ言に過ぎん」

その指摘は、まりあを強く打ちのめした。

――《陽光の聖女》と同等の力量があるのか。

ある、とは言えなかった。礼拝堂での惨敗。アレスに護られるだけだった。

あの失態をラヴェンデルは間近で見ていたし、最後はラヴェンデルの機転で逃れられたようなものだ。いまはラヴェンデルの教えによって幾分かはましになっていても、それで十分とは言えない。

まりあは自分の両手を見た。

(この《闇月の乙女》って……何レベル……？)

そもそもどんなステータスなのか、どんな力《スキル》があるのかすらわかっていない。

すべての分岐《ルート》を解放した後にはじめて出現した、謎のラスボスだったのだ。

だがそれだけの出現条件と、ヘルディンの化身ということから素質が劣っているとは思えない。

一方、《陽光の聖女》は自分のプレイデータ――その能力はレベル99で、装備も道具もスキルもすべて充実していることは他ならぬ自分が知っている。高い防御力、豊富な補助魔法に加え、瀕死《ひんし》から全回復させる回復魔法まであって、決して負けない。

それと同等になるということは、向こうの防御と回復を上回る攻撃力が必要になる――。

そこまで考えて、まりあは息を止めた。頭を振る。

（違う……、戦うわけじゃない！）

目的を違えるなと強く自分に言い聞かせ、ラヴェンデルを見た。

「……《陽光の聖女》側は基本的に決定打に欠きます。持久戦に向いていますが、もともと向こうは防衛のほうが得意なんです」

ラヴェンデルは白い眉間《みけん》に皺《しわ》を作った。だが紫の唇から辛辣な反論が出てこないところを見ると、少し考えこんでいるらしかった。

「そう考えたら、こちらから攻め込むのは不利になるともいえます」

「……それゆえに、現状維持ということか？」

今度はレヴィアタンが言った。まりあが目を向けると、玉座の《夜魔王》はやや前屈《まえかが》みになり、長い指を緩く組んでいた。

「現状維持ということは、我々にとっては緩慢な滅亡を意味する。境界は歪《ゆが》み、流入する光精の作用によって《永夜界》は蝕《むしば》まれていく。それをどうするつもりだ」

レヴィアタンの蒼《あお》いほうの目が冷たくまりあを射る。

まりあは無意識に目線を下げ、唇の下に人差し指を当てて考え込んだ。

二つの世界を隔てる境界がこちら側に寄っていて歪《ゆが》んでいる――ということだろう。

顔を上げ、《夜魔王》に目を戻す。

「境界面ってどうやって決まるんですか」

「互いの合意によるか、戦力の勝っているほうが境界を相手側に押し曲げる」

その答えが、まりあの頭に火花となって散った。

「合意……じゃあ、向こうが納得してくれたら、境界を戻すことができるってことですか？」

ラヴェンデルが、グラーフたちが驚愕《きようがく》する。

蒼紫の目の《夜魔王》だけが、色の違う両眼に好奇心をちらつかせてまりあを見ている。

「理論上は、可能だ」

「‼　それって、話し合いで境界を戻してもらうことが可能ってことですよね⁉」

「何度も同じことを言わせるな」

皮肉めいた答えにも、まりあの高揚は削がれなかった。

（それでいいじゃん……‼）

何も思い悩むことはない。だが、レヴィアタンは呆《あき》れまじりの息をついた。

「お前は底抜けの愚か者か、よほど己に自信があるのかどちらだ。有利な状況にあって自分たちの領域を広げている奴らが、なぜその領域をわざわざ狭める。それも敵のために」

「や、やってみなければわからないと思います‼」

まりあは必死に食い下がった。

（アウグストたちは悪い人じゃないし、むしろいい人たちばっかりだったし‼）

話し合いの余地はまだある。少なくともまりあにとっては、いま目の前にいるレヴィアタンたちよりもよほど馴染《なじ》みのある人物たちだった。平和のための話し合いなら、きっと応じてくれる——。

ラヴェンデルは苦り切った顔をした。

「愚弟。仮にもお前の妃がこんな寝言をほざいていてなぜ戒めない」

「いいではないですか。度を超した楽観は狂気と同じです。失敗してこいつが絶望や慟哭《どうこく》に染まれば、俺にとっては甘美さが増すというものでしょう」

「⁉　ちょ、ちょっと……っ‼」

聞き捨てならない反応をされ、まりあは思わず割り込んだ。

レヴィアタンは泰然とし、まりあが失敗することを疑わず、あたかも寛容に許してやろうとでもいうような態度だった。

その腹立たしいほど端整で涼やかな顔に向かって、まりあは闘志を燃やした。

（絶対に！　話し合いでどうにかしてやる‼）

決意して睨《にら》むも、レヴィアタンは涼しい顔を崩さない。

「それはいいとして、話し合いとやらをどこで行うつもりだ？　そんなことが実現すればの話だが」

「えっ……それは、普通に……」

「《永夜界《ここ》》でやるなどとは言うなよ。ただでさえ殺気立った奴らに無理を言って大人しくさせている。今度敵がこの地に足を踏み入れたら王《おれ》も抑えるつもりはない」

まりあは唖然《あぜん》とした。とっさに言い返そうとすると、遮られた。

「お前は俺たちを虚仮にしているのか？　奴らにどれだけ苦汁を舐《な》めさせられたと思っている」

レヴィアタンは無感動な目でまりあを見た。その表情はまりあの軽率な発言を責めていた。

「――かといって向こう側にも行かせない。わざわざ殺されに行くようなものだからな」

「な……っ、じゃあ、どっちも駄目ってことですか⁉　どうしろっていうんですか‼」

「それを含めて考えるべきだろうが。もともと馬鹿げたことをやろうとしてるのはお前だ。万一に備え、形勢の有利不利が生じにくい地で行うのが妥当だ。そんな場所があればの話だがな」

冷ややかに突きつけられ、まりあはレヴィアタンを睨んだ。

（この……！　ただ嫌がらせしてるだけか⁉）

《天上界》も《永夜界》も駄目となれば実質不可能も同然だ。更に腹立たしいのは、レヴィアタンの理屈に少し納得してしまうことだった。

自棄になりそうなところを寸前で堪《こら》え、まりあは口元に手をやって考えこんだ。

（《天上界》でもなく《永夜界》でもないところ……？）

そんなところあるわけがない、と怒りに集中を乱される。

自分が主人公《プレイヤー》として何度も周回した世界《ゲーム》を思い出す。ほとんどが《天上界》だったが、終盤では《永夜界》も登場した。

この世界は、創世の双子神が表しているように、光を象徴する《天上界》と闇を象徴する《永夜界》に二極化されている。対極な両者が争うように創られているのだ。

（……あれ？）

何かが引っかかった。慌てて考えをたどり直す。二極化した世界——光と闇——争い——戦闘。

ハルピュイアたちの姿がよぎり、まりあの脳裏に天啓が閃《ひらめ》いた。

「——っ戦闘空間《エンカウントゾーン》‼」

突然の大声にグラーフやラヴェンデルが驚く。

まりあはレヴィアタンを見てまくしたてた。

「ここでも向こうでもない狭間の空間があるはず‼　そこでいいんじゃないですか⁉」

そこは皮肉にも無数の戦闘をこなしてきた空間だった。《天上界》でも《永夜界》でもない、いわゆる経験値稼ぎのためにもうけられた場所だ。

主人公のいる《天上界》は女神リデルと《聖王》に守護され、平穏と安寧に満ちた世界だった。経験値を稼げるような戦闘——手ごろな敵との戦闘——がそこで何度も行われるというのは世界観に反するということだったのだろう。作中では《世界の狭間》と呼ばれる空間がもうけられ、戦闘によるレベル上げはそこで行うことができた。

《世界の狭間》はゲームを一定段階まで進行していくと、メニュー画面から飛ぶことができる。

ゲーム内ではこんな説明をされていた——。

「……《天上界》と《永夜界》の狭間にあって、どちらからも迷い人が後を絶たない……」

「迷い込んだら最後。そこでは《光の眷属《けんぞく》》も《闇の眷属》も等しく加護を受けられず、ただ己の力のみが頼りとなる」

まりあの言葉を、レヴィアタンが引き取った。

「なるほど。光精も月精も等しく弱い狭間の場所なら有利不利もない……」

まりあは何度もうなずく。これなら、と弾んだ気持ちになった。

蒼と紫の目の王は喉《のど》の奥で笑った。

「お前、自分が何を言っているかわかっているか？　《狭間》は確かに平等だが、どちらにとっても不利な場所という意味での平等だ」

ラヴェンデルが後を引きとる。

「《世界の狭間》は月精がない。戦闘になれば回復の術《すべ》がない我々のほうがより危険を負う。そんなところに、話し合いとやらのために行くだと？　お前は自殺願望でもあるのか？」

「い、いやそんなんじゃなくて、ですね……‼」

自分にとっては単に経験値稼ぎの場所でしかなかったが、ゲーム内の人物《キャラクター》たちには、そんなおそろしい場所として捉えられていたらしい。

「この世界の生い立ちや赤子でも知っているような道理を知らぬかと思えば、《世界の狭間》のことは知っている、か――」

レヴィアタンが言った。夜の蒼と妖花を思わせる紫がまりあを捉える。

「お前は何者だ？」

突然だった。その言葉は、ふいに体の中心を叩《たた》くような衝撃をまりあに与えた。

《闇月の乙女》という設定を突き抜け、その奥――昏木まりあを視《み》られたような錯覚。

《夜魔王》の目が見ている。

まりあはかっと頬を赤くし、とっさに顔を隠そうと手で庇《かば》った。取り繕えなかった。現実《ほんもの》の自分を視られてしまう。

だが、うんざりしたようなラヴェンデルの声に救われた。

「戯《たわむ》れている場合か！　もっと真剣に――」

「まあ一概に戯れ言とも言えませんよ、姉上。刻印がありますから、《世界の狭間》に行っても呼び戻せます。逆に敵にはありませんから、その点では優位に立っています」

「それだけでは不確かだし、危険性のわりに見返りが少ないではないか……‼」

姉弟の会話が交わされる間に、まりあは少し落ち着きを取り戻す。手の下ではまだ頬が熱かった。

沈黙を守っていた山羊《やぎ》頭の《闇の眷属》が、おずおずと口を開いた。

「王よ、口を挟むことをお許しください。仮にいまのお話通りにことを運ぶことになったとして、敵は乗ってくるでしょうか？　まして《世界の狭間》を舞台に選ぶとなると……」

「普通なら歯牙《しが》にもかけんだろうな。しかしその闇月はそれでもと言っているようだ」

レヴィアタンが皮肉るような一瞥《いちべつ》を投げてきて、まりあはむっとした。

（ことをややこしくしてるのはあんたでしょうがー‼）

心の中で怒りの叫びをあげたとき、突然、レヴィアタンが鋭い眼光を帯びた。

まりあはぎくりとする。一瞬遅れてラヴェンデルもまた顔を険しくし、何かを警戒しているようだった。

唐突な反応にまりあが戸惑うと、レヴィアタンは頭上に目を向け、何かを払うように右手を軽く振った。頭上に半透明の映像が現れる。

まりあははっとした。――《魔公爵》たちの封じられていた場所を次々と映したときと同じく、どこかが映し出されている。

その風景は、上下に大きく揺れていた。動いている。それから大きな布を打ち鳴らすような音――羽ばたきの音が聞こえた。空を飛んでいる何かの視界のようだった。

「また奴らか？」

頭上の光景を睨みながら、ラヴェンデルが言う。

「そうでもない――」

レヴィアタンは短く答え、何かの視界を眺めた。

（え、《天上界》からまた誰か来たってこと⁉）

まりあだけが、レヴィアタンたちと頭上の風景とを忙《せわ》しなく見比べる。

左手に仄《ほの》かな重みを感じて、目を落とす。黒の手甲が妖《あや》しい赤の光を放っていた。――自分を使え、と訴えかけてくるようだった。

まりあはなだめるように右手で覆いながら、顔を上げる。

映し出される風景の中に、やがて答えが現れた。

深い蒼の夜に、星よりもまばゆい、白い炎を思わせる輝きが現れる。

近づくにつれ、その輪郭が露わになった。

（鳥……⁉）

夜の世界に不釣り合いな強い光は、翼を広げた鳥の形をしていた。

見える限りでは、他に仲間はいないようだった。その背に誰かを乗せている様子でもない。

風景が激しく振動した。甲高い獣の声が響く。視点の主が威嚇しているらしかった。

「良い、通せ」

レヴィアタンが短く命じると、離れたところにいるはずの獣はぴたりと沈黙した。

激しい揺れはおさまり、ただ白い鳥を映している。近づいて併走しているのか、映像はより大きくはっきりと見えた。

輝く鳥の向かう先には、漆黒の巨城があった。


まりあはレヴィアタンたちと共に屋上へ向かった。

《天上界》からやってきたらしい白の鳥が、肉眼でも見えるほどに迫っていた。

その傍らを、黒い鳥が飛んでいる。鳥というよりは蝙蝠《こうもり》に近かった。薄く滑らかな翼膜に骨張った輪郭、翼の大きさに反して体は小さく、尾は長い。

白い鳥はパラディスの真上まで到達すると、大きな円を描くようにその場で旋回した。

だがふいに止まった。とたん、白い鳥の姿は爆《は》ぜて無数の火花となり、小さな流星を降らせる。

まりあが思わず声をあげると、小さな流星群は一つ一つが意思を持つように何かを描きはじめる。

流麗で整然とした形――。

それが文字だと気づいたとき、声が降った。

〝親愛なる、悪と穢《けが》れの根源、破壊を司りし月と夜の女主人と闇の王へ――〟

大仰で物騒な口上に反して、人なつこい声だった。

まりあの心臓ははねた。聞き覚えがあった。誰に対しても気さくなその声――。

〝よう、《夜魔王》。それと《闇月の乙女》。元気か？　いや元気にされてても半分困るんだが〟

口調ががらっと変わり、まりあは思わずむせた。

「ふざけた真似《まね》を……」

グラーフがうなるように言って、まりあは慌てた。違うのだ、ととっさに庇おうとする。

〝俺はヘレミアスという。神官だ。堅苦しいのは苦手だからこの口調で勘弁してくれ。別にあんたらを煽《あお》ろうとしてるわけじゃなくて、もとからこれなんだ〟

明るい声が語るにつれ、夜空に文字が増えてゆく。優美な曲線と美しい蔦《つた》が絡むような形の神聖文字は、友人に語りかけるようなヘレミアスの声とはあまりにもかけ離れていた。

（ヘレミアスぶれないなあ）

まりあは微笑《ほほえ》ましく思った。《陽光の聖女》の周り――つまり攻略キャラクター――には真面目《まじめ》で品行方正なキャラクターが多かった。が、中でも神官という最も品行方正さを求められそうな立場にありながら、最もそれとかけ離れた性格をしているのがヘレミアスだった。

なにせ、聖女と初対面のときに放った台詞《せりふ》が、

『よう、聖女殿。評判以上のみずみずしさだな。フロルの蕾《つぼみ》みたいだ。もしかして庭園から抜け出してきたのか？』

――だった。それが軽快でいやみのない明るさになるのはヘレミアスの才能の一つだ。

礼拝堂で祈る時間よりも、そこら中にいる友人と肩を組んで酒杯を飲み交わしたり盤上遊戯に耽《ふけ》ったり、イグレシアを抜け出して散歩に行ったりということのほうが多かった。

それでいて、神官の得意とする治癒魔法には天賦の才を持っていた。

『まあなんとかなるだろ。女神リデルは俺のようなできのわるい息子もつくりたもうた話のわかる母上だから』

ヘレミアスはそう言って、悩み迷える人の話をなんとなく聞き、気さくに肩や背を叩《たた》き、至極適当な励まし方をする。なのにそうされたほうは妙に肩の力が抜けて、確かにまあ、なんとかなるかもしれないな――と思ってしまう。

そしてヘレミアスは他人を決して拒まない。

――頼れる兄貴分。一生ものの友達。男女の別なく親しまれ、底抜けに情け深い男。

まりあにとってヘレミアスはそんな印象の好男子だった。

心細い旅先で思いがけず友人に会ったような気持ちで、まりあは空中の文字を見つめた。

〝どうやら、《闇月の乙女》は話のできる相手らしい。俺は話し相手がほしかったところでな。どうだ、平和的にちょっと話してみないか。いい加減、武器を突きつけ合うのにも疲れた頃だろ？〟

まりあは目を瞠《みは》った。ヘレミアスの言葉で、突然視界が大きく開けたように感じられた。

左手を覆う手甲が冷たく重みを増すのを感じたが、すぐに右手で押さえ込む。

〝俺は武器を持たないし、最低限の付き人しか連れて行かない。俺は戦士じゃないからな。だまし討ちはなしだ。ま、難しいこと考えず、ちょっとでも興味を持ったら乗ってくれ。退屈はさせないし、危険な目にもあわせないと約束する〟

引き込まれるような軽快な口調は、まりあにはまさしく天の声として聞こえた。

全身が喜びで打ち震えた。このタイミングでの、このヘレミアスの言葉――。

（き、きた――‼）

〝無茶言ってるのはわかってる。俺が冗談で言ってるんじゃないってことの証《あかし》に、場所はそっちが決めてくれてかまわない。露骨な死地でもない限り、行くぜ。じゃ、いい返事を待ってる〟

その声と同時に空に焼き付く文字も止まり、しばらく痕《あと》を残し、消えていった。

ヘレミアスの言葉はそれがすべてであるらしかった。

まりあは人なつこい声の余韻を何度も噛《か》みしめ、両手を握りしめた。

（ヘレミアス、ナイス！　ナイス超ナイス‼）

あらん限りの賞賛を送り、ぴょんぴょん飛び跳ねる。興奮のあまりしばらくそうしていたが、ラヴェンデルとレヴィアタンの視線を感じて、ぴたっと動きを止めた。

露骨な奇異の視線。一気に顔が熱くなり、ごまかすように咳払《せきばら》いをした。

そして顔を熱くしたまま言った。

「これは好機です。話を受けない理由はないでしょう」

「……出来すぎな気もするがな。よもや向こうと通じているなどということはあるまいな？」

レヴィアタンが片眉《まゆ》を上げて戯れとも不審ともつかぬ声で言う。

まりあはそれを跳ね返すように鼻を鳴らし、腰に両手を当てて胸を張った。

レヴィアタンの使い魔だという黒の鳥は、まりあの返事を携えて《天上界》へ向かった。

すると再び白い鳥が返事を携えて帰ってきた。

まりあ以外の予想に反して、ヘレミアスは《世界の狭間》での会合を受ける、と返事をした。

ラヴェンデルでさえ驚き、何か裏があるのではと疑った。

まりあは自分がこの時に一番、『どうだ！』と勝ち誇った顔をしていたに違いないと思った。

レヴィアタンは冷めた顔で釘《くぎ》を刺した。

「俺とお前は刻印で繋《つな》がっている。万一の際には俺が呼び戻すが、厄介なことになる前に戻れ」

「……大丈夫です！　それより勝手に引き戻すようなことはしないでください」

「お前だけでなく護衛についた者の身を考えろ。身勝手な判断で先走るな」

腹立たしいほどの正論に、まりあはむっとした。それぐらいはわかっている、と反発がわく。そもそも護衛など要らないと主張したのに聞き入れられなかった。

《夜魔王》は侮蔑《ぶべつ》的な目をまりあの左手に向ける。

「護衛が要らぬというなら、その聞き分けのない道具を置いていったらどうだ」

まりあは思わず手甲を右手で覆った。言われるまでもなく、考えたことだった。

（……アレスさん、離れてくれないし）

いくらアレスが優しい青年であっても、その秘めたる能力を考えると、交渉の場に同行させるのは少々不安だった。相手に不信感を与えかねない。

かといってここのところアレスはずっと手甲の姿をとり、無言で、人の姿には戻ってくれない。

待っていてほしいと頼んでも、答えは沈黙だった。ただの手甲ですとでも言わんばかりに無反応で左手に密着され、脱ごうとしても脱げなかった。

それどころか脱ごうとすると、より肌に密着してきた。

聞き分けのない子供を相手にしているようで、まりあは根負けしてしまったのだった。

（まあ、こうやって手にくっついているだけなら問題ないし……）

そう思うことにして、そのまま《世界の狭間》へ向かうことになった。


《世界の狭間》とは不安定な場所に生じる特異点のようなもの――とゲーム内の説明文にあった。現実でいえばブラックホールなどといったものに近いのだろうかと思ったのをまりあはおぼろげに覚えている。あの安寧と光に満ちた《天上界》にすら特異点があるのだ。

それなら、この深い夜に満ちた《永夜界》にもそれがあってもあまり驚くことではない。

まりあは黒馬に乗ってレヴィアタンたちとともにパラディスを発《た》ち、《世界の狭間》への出入り口が生じるという地へ向かった。黒馬はかなりの速さで空を駆けた。

《世界の狭間》に通ずるという地は、不毛を通り越してある種の虚無的な美しさがある砂漠だった。

一切の生物の面影がなく、厳格なまでに茫漠《ぼうばく》とした砂の大地が青い夜の下に広がっている。

ただ風ばかりが砂の肌を乱し、気まぐれな傷痕《きずあと》を残してゆく。その風の音は時折悲鳴や雄叫《おたけ》びのように聞こえ、まりあを身震いさせた。

「――あれだ」

先頭のレヴィアタンが、馬に乗ったまま夜空を示した。

まりあがつられてその先を見ると、唐突に、夜空が歪んだ。一点で渦を巻き、元に戻る。

だが戻ったときには、そこに穴が空いていた。

その向こうから、昼の世界とも異なる仄白い光が覗《のぞ》いている。

ゲーム内で幾度となく見た、《戦闘空間》の背景に似た光──。

「じゃあ、行ってきま──」

まりあはすぐに馬を向かわせようとしたが、レヴィアタンが振り向いた。

「いいか、決して油断するな。俺の力が届かん以上、撤退の判断は早めに下せ」

「……わ、わかってます！　護衛の人たちを預かった以上は慎重な行動を心がけますから！」

責任の意味ぐらいわかっている、とまりあは強くうなずいた。別に自分を心配してくれているわけではなく、護衛についてくれた《闇の眷属《けんぞく》》たちを慮《おもんぱか》っての言葉だろう。

《夜魔王》は、涼しげで形の良い唇に微笑を浮かべた。

「お前の身を案じての言葉だが？　忘れるな、我が妃よ。お前の身はもう俺のものだ」

完全な不意打ちだった。まりあは大きく目を瞠った。

（な……っ!!）

数秒遅れてから顔が熱くなり、あまりのことに言葉が出てこなかった。

レヴィアタンの唇は戯れめいた笑みを浮かべているのに、色の違う目は笑っていない。だから本気なのか冗談なのかわからない。

唇だけで笑いながらまりあの反応を眺め、《夜魔王》はその背後に目を向けた。

「──行け。俺が呼び戻すか、撤退するまで何があろうと妃を護れ。傷一つ負わせるな。だがお前たちはすべて俺のものだ。一人たりとも勝手に損なうことは許さん」

護衛たちが頭を垂れる。すべてを所有することを当然とする、傲慢《ごうまん》と自信に溢《あふ》れた王の言葉だった。まりあは不覚にもどぎまぎした。

──こういうレヴィアタンは、正直魅力的だと思ってしまう。言い方は違っても、臣下に対する思いがアウグストに少し似ているような気さえしてしまう。

だが妙なことを考えた自分に慌てて頭を振った。そして追い払うように言った。

「――っじゃあ行ってきます‼」

黒馬の手綱《たづな》を握りしめて、振り落とされぬように足に力をこめる。従順で利口な馬はそれだけで察し、上体を軽く振り上げて瞬く間に空へ駆け上がりはじめた。

とたん、左手の手甲が茨《いばら》に似た黒い雷を発した。まりあの左腕を駆け上り、右腕に移り、全身を覆おうとする。

「いいから、アレスさん！　鎧《よろい》は要らない！」

慌てて叫ぶと、黒い茨の侵食が止まった。茨は渋々といったように巻き戻っていく。

不満を表すかのように左腕にしばらく戯《たわむ》れていたが、最後にはまりあの言葉を受け入れて消え、冷たく沈黙する。

（武器も要らないから……、大人しくしてて）

まりあはそんな思いを込め、右手で軽く手甲を撫《な》でた。

黒馬は夜空の裂け目に向かって駆け上がっていく。

振り向くと、追走する護衛の《闇の眷属》たちが見えた。

そしてそのずっと後ろ、地上に、こちらを見上げる《夜魔王》の姿があった。

まりあは馬と共に裂け目に飛び込んだ。護衛がその後に続く。

最後尾が飛び込んだ直後に、裂け目が自ずと閉じた。

馬を下り、周りを見渡す。昼とも夜ともつかぬ曖昧《あいまい》な光だけが揺らめく不可思議な空間だった。

ゲームでは一応《戦闘空間》となっていたが、いまは周りに敵影らしきものは見当たらない。

ヘレミアスの姿を探した。だが遠近感覚が狂いそうなほど何もなく、ただただ奇妙な光が広がっている。

少し待つと目の前が明るくなった。漠然とした空間の一部が、火で焼けるように穴を広げていく。

その向こうから白く輝く馬と人が飛び込んできた。

白馬に乗って先頭に立ったのは、騎士たちとは異なり、鎧も武器も身につけない柔らかな装いの男性だった。肩ほどの金髪に、襟元は絶妙に緩んで気怠《けだる》げに見える。

不思議とだらしなく見えないのは、その衣の下にある体に無駄な肉がなく、鼻筋は真《ま》っ直《す》ぐに通り、垂れ気味の目に甘さと優しさが同居しているからかもしれなかった。特徴的な左目尻《めじり》の黒子《ほくろ》。

神官とは思えぬ容貌《ようぼう》の男は、まりあを認めて笑みを向けた。

「よう、あんたが《闇月の乙女》か。俺がヘレミアスだ。歓迎してくれてるようで嬉《うれ》しいぜ」

邪気なくからかうような口調に、まりあは自然と笑顔になった。

男――ヘレミアスはちょっと目を瞠って、まじまじとまりあを見つめる。

「思ったよりずいぶん可愛《かわい》い笑い方をするな。いい感じだ」

そう言って、軽快に馬を下りる。

今度はまりあが虚を衝《つ》かれた。少し遅れてどぎまぎした。

同時に左の手甲がなぜか強く締め付けてきたので、右手で軽く叩《たた》いてなだめる。

(そ、そうだった。ヘレミアスってこういうことをさらっと言っちゃえる人だった……)

彼は人なつこく、誰にでもすっと距離を詰めてしまう。だが油断すると、時々とんでもない爆弾発言にあって心を乱される、なんてことはヘレミアスの個別ルートで痛感させられたのだ。

気の良い兄貴分というだけではない――人なつこいというのは、慣れているということでもある。

まりあはごまかすように咳払いした。

「……それはどうも。こちらとしては、むやみに敵対するつもりはないってことをわかってもらえたら嬉しいです」

「ほう。本当に変わってるな、あんた。まず、こいつらを助けてくれたことに礼を言わせてくれ」

ヘレミアスが目で示したものを追う。彼の背後に護衛の騎士たちが控えている。

その先頭に立つ青年の、エメラルドの瞳《ひとみ》がまりあを見ていた。

(ヴァレンティア……! 無事でよかった)

まりあは安堵《あんど》する。だが見つめ返す目は冷たかった。――というより、睨《にら》まれていた。

安堵が落胆に変わった。別に感謝してもらいたいとか見返りを求めているわけでもないが、少しは態度を和らげてくれるのではと期待していた。しかしそう都合良くはいかないらしい。

まりあはヴァレンティアから目を逸《そ》らし、ヘレミアスを見た。

「えっと……そちらのお話とは?」

「ああ、まあ正直言うと大したことじゃないんだ。礼を言いたかったってのと、変わり者らしいあんたのことをこの目で見てみたかった。本当に承諾してくれるとは思わなかったよ」

まりあはぱちぱちと瞬きをした。

「逆に、あんたはどうなんだ? 話したいことがあるんだろ?」

「! そ、そうなんですはい……!」

まりあは慌てて姿勢を正した。内容が内容であるだけにどう切り出すべきか少し迷って、だがうまい交渉や駆け引きができるはずもなく、率直に言った。

「あの……、境界を戻してほしいんです」

気さくな神官の目が大きく見開かれた。その目は食い入るようにまりあを見つめる。

「何を言うか……！」

「我々を愚弄《ぐろう》しているのか⁉」

ヘレミアスより先に、彼の護衛から次々に憤慨の声があがる。

左手を包む手甲が重みを増し、まりあの護衛たちも反応して呪いの言葉を吐く。

まりあは急いで言い募った。

「違うんです、これ以上戦わないためにそうしたいんです。境界を戻してほしいっていうのは、元の、二つの世界を等分にするところまで退いてほしいってことなんです。境界が押し出されているから、こちらとしてはそれを戻すために戦わざるをえないというような意見になっています」

騎士たちは更にざわめく。ヘレミアスは軽く手を上げてそれを制した。

考え込むように腕を組み、右手で口元を覆う。目はまりあを鋭く見つめていた。

「……なるほど、そう来るか」

「信じてください、嘘《うそ》でも冗談でもないんです！」

まりあは思わず身を乗り出した。ヘレミアスの手は唇の下に触れた。

「戦いを避けるために境界を戻せと？　でもあんた、《夜魔王》を解放したろ。陛下と休戦を結んで、その間に《夜魔王》は次々と重臣を解放してる。戦争の準備をしてるわけだ」

「！　それは……っ、レヴィアタンさんが……！　その、レヴィアタンさんは仲間を助けて回っているだけで、戦争の準備をしているわけじゃないです！」

「悪いが、それこそ言い訳に聞こえるぜ。俺たちからしたら、《夜魔王》以下すべて敵だからな。《夜魔王》がこちらをどう思ってるかなんて考えるまでもないし、そいつが仲間を解放して回っていると言ったら他に意味なんて考えられない」

まりあは言葉に詰まった。レヴィアタンが勝手に行動しなければこんなことには——と恨んだが、止《や》めた。厄介なことにはなったが、レヴィアタンは王として正しいことをしただけだ。

だから、抑えた声で反論した。

「……それを言ったら、こちらとて同じことです。《夜魔王》側から見れば、あなたたちのほうが敵です。敵に王を奪われ、重臣たちが封じられたとなれば……危機感は覚えるし、焦るでしょう。王や仲間を助けようとするのは、自衛のために当然じゃないですか」

なるべく落ち着いた口調を心がけたのに、思った以上に強い声になる。

ヘレミアスは意表を突《つ》かれたような顔をした。それから一転して明るい声をあげた。

「あっはっは、確かに！」

皮肉でも嘲笑《ちょうしょう》でもない、素直に相手を認める笑いだった。その笑いのまま、ヘレミアスは続けた。

「……つまり、あんたらは必ずしも団結してるわけじゃないってことか。少なくとも《闇月の乙女》と《夜魔王》の間で齟齬《そご》が生じている」

まりあは答えなかった。ヘレミアスの意図が読めず、だが無意識に身構える。

「まあ、こちらとしては悪くはないな。話のできる相手がいるのは僥倖《ぎょうこう》だ」

その言葉には、まりあは少し気を緩めた。

「で、だ。境界を戻せば戦わないってのは《夜魔王》の意思でもあるのか？」

「……少し違いますが、それに関しては私に任せてもらっています」

まりあは慎重に答えた。任せる——というより、やれるものならやってみろとせせら笑われただけだが、全力で拒まれたわけではない。

「ふむ……どうにも、あんたらにしちゃ温厚すぎるというか信じがたいんだが」

「嘘じゃないです!! 最終的に、自分たちの身の安全が最優先ということには変わりないはずです! お互い、戦わずにすめば負傷者も出ないでしょう⁉」

まりあは勢い込んで主張する。ヘレミアスにならきっと話が通じる――。

型破りの神官は思案げに顎《あご》を撫でた。

「俺個人としちゃ、あんたの考えにはわりと賛成だ。命の犠牲なく戦を避けられるならそうしたい。が、たとえあんたが類を見ない温厚な奴《やつ》でも、その方針は《夜魔王》と一致してるわけじゃないんだろ」

まりあは息を呑《の》んだ。――齟齬。

前のめりになった体を突然刺されたようだった。

嘘でも一致しているとは言えなかった。ヘレミアス相手にその嘘は致命的だと本能で察した。

「悪く思わないでくれ。あんたの申し出はそれだけ異例ってことだ。こともことだし、こっちとしては軽率に行動するわけにはいかない。確証がなければ動けない」

「……ええ」

まりあは目を伏せた。

ヘレミアスはただ気さくなだけの人物ではないとわかっていたはずなのに、違う立場から対峙《たいじ》するとこんなにも手強《てごわ》い。だが彼を責めることはできない。

――むしろ、ひどく現実的だった。

護るべき人、住むべき世界に責任を持つ者の言葉だった。自分とは、違う側の。

「……とはいえ、あんたの一連の行動は、あんたの言葉を裏付けてる。こいつが助けられたのも事実だしな」

ヘレミアスはどこか慰めるように言って、ヴァレンティアを目で示した。

当のヴァレンティアはかすかに眉間《みけん》に皺《しわ》を寄せて不快げな顔をする。

沈む気持ちの中、まりあはなんとか顔を上げた。

すべてが予想通りにうまくいくとは思っていなかった。苦さを噛《か》みしめる。

「……私は積極的に戦うつもりはありません。いまはそれを理解してもらえれば、いいです。そちらから戦いを仕掛けてくるというようなことがない限り、《夜魔王》も少しは私の話を聞いてくれます。戦いを思い止《とど》まってもらえるよう説得できます。だから早まらないでほしいと、アウグスト……《聖王》や他のみんなに、伝えてくれませんか」

ヘレミアスはまりあを見つめて優しげに瞬いたあと、ふっと口元を綻《ほころ》ばせた。

「わかった。確かに伝えるぜ。あんたはなかなか正直者らしいな」

まりあはなんとか淡い笑みをつくった。

「まあ、そもそも俺はいち神官にすぎないからな。境界どうこうっていうのは俺の身には余る話だ。話す相手を間違ってるよ」

ヘレミアスにしては少し歯切れ悪く、ばつの悪そうな顔をしていた。

まりあは数度瞬き、ああ優しい彼らしいな、と微笑《ほほえ》んだ。

「でも、ヘレミアスさんなら話を聞いてくれると思ったから。事実、聞いてくれたでしょう？」

ヘレミアスは目を瞠《みは》った。数度瞬いたあと、快活な笑い声をあげる。

「これは参った。ずいぶん可愛いことを言うな。もしかして俺はいま誘惑されているのか？」

まりあは面食らった。

「え、ええ⁉」

「はは。まあ、あんたの変わった性格と一緒に、あんたの考えは陛下に報告するよ。それだけは約束する」

「‼　あ、ありがとうございます……‼　よろしくお願いします‼」

まりあは力をこめて言った。視界が少しだけ明るくなったように感じられた。

ヘレミアスはどこか面白がるようにまりあの反応を見ていたが、ふいに顔を上げた。

「ああ、そろそろ時間だ。名残惜しいが……」

まりあははっとする。――これ以上、《世界の狭間《はざま》》にはいられないということだろう。

もともとここは不安定な場所、本来は戦闘が行われる場所なのだ。

まりあもまた本心から未練を感じた。まだヘレミアスと一緒にいたかった。

「あんたはそっち側にしとくには惜しいな。どうだ、こっちに来ないか？」

ごく自然に、気軽な誘いのようにヘレミアスは言った。

「え……っ⁉」

――こっち。ヘレミアス側。アウグストの陣営。

まりあはうろたえ、鼓動が乱れた。

微笑はあってもヘレミアスの眼差しは真摯《しんし》で、まりあの反応を待っている。

（アウグスト……）

ひどい別れ方をした彼の姿が浮かんだ。敵を見る目。厳しい声。突き放し拒む姿。

彼やヘレミアスたちの大事にする《陽光の聖女》は、本来なら自分だった。

もし、いまからでも彼らの側に行けるなら――取り戻せるなら。

だが、左手を凍てつく冷たさが刺し、思考を中断させられた。まりあは顔を歪《ゆが》め、手甲を見た。息を呑む。手甲は背筋が寒くなるような禍々《まがまが》しい紅の光に輝いていた。

その冷たさと紅が、まりあの中の熱を奪っていった。名状しがたい罪悪感を覚え、目を伏せる。

彼やレヴィアタンたちを置き去りにすることを一瞬でも考えてしまった——裏切りに心が揺れてしまったことを、見透かされたのかもしれない。

（……いまここで私が投げ出したら、レヴィアタンさんたちはどうなる）

ラヴェンデルは言うまでもなく激怒するだろう。レヴィアタンはきっと自分を軽蔑《けいべつ》する。

アレスも、きっと怒る——悲しむ。

自分がいなくなったら戦いを止めるものがいなくなる。

とたんにまりあの全身はすくみ、見えない鎖に縛られる。

自分の行動を周囲がどう捉《とら》えるか。自分の行動が何をもたらすか。

『太陽と月の乙女』という別世界《ゲーム》はそのしがらみを忘れさせてくれたのに、その世界の中では結局同じものに縛られている。直面する現実からは逃れられない。

まりあはヘレミアスに目を戻した。そして精一杯の感謝を表して笑った。

「そうできたらよかったんですけど、いまはもう無理です」

「そうか？　何事も遅いってことはないと思うぜ」

善意か策略か、ヘレミアスは更に心を揺さぶろうとしてくる。

まりあはただ笑って、それ以上答えなかった。それで、もう決めたのだということを示した。

「わかった。引き際の悪い男は嫌われちまうからな。でも改心に遅すぎるってことはないんだ。それだけは覚えておいてくれ。俺は、悔い改める者を見捨てたりしないからな」

気さくな神官はおどけたように片目を瞑《つぶ》ってみせた。

まりあは目を丸くし、それから噴き出してしまった。いかにもヘレミアスらしい冗談だった。

「さて、今回はここでお別れだ。また会えるよう女神に祈っておくぜ」

そう言って一歩前へ出て、大きな手を差し出す。

まりあも一歩出て、手を差し伸べた。

「いつか……」

ヘレミアスを見つめながら、まりあは小さくつぶやいていた。

いつかまた会えるように。いつか、そちら側に行けるように――。

そんな思いをこめて、差し出された手を握ろうとする。

突然、ヘレミアスが目を見開いた。その目はまりあの手を見ていた。

まりあは自分の右手を見下ろす。握手のために差し出した手。

「――え？」

だが、その手が黒く覆われている。冷たく、重い。

爪も肌も一切が黒く染まってしまったかのように、闇色の籠手《こて》が指先から肘《ひじ》までを覆っている。

「あ――」

とっさに左手を見る。そこも既に黒い籠手に覆われている。

細い鎖の手甲はもはや原形を留《とど》めていない。

意思を置き去りにして、黒く鎧《よろ》われたまりあの両手は何かを握った。

その手の中に、昏《くら》く輝く長大な剣が現れる。夜の深奥のような色の刃が妖《あや》しく輝く。

そしてまりあの両手は、黒剣を握って躊躇なく横薙ぎにした。

柔らかなものを捉えた感触。

——斜めに大きく切り裂かれた胸。

まりあの顔を、真紅の飛沫《しぶき》が濡《ぬ》らした。ヘレミアスの見開かれた目。

鮮やかな紅の飛沫《ひまつ》が舞い、ヴァレンティアの絶叫が響く。

「——ヘレミアス様!!」

瞬く間に黒い鎧が体を侵食する。膝《ひざ》から爪先を覆い、足を奪う。

喉《のど》から悲鳴が迸《ほとばし》った。胸が、胴が冷たくなった。

「い、やぁあっ!!」

「ち、ちが……っなんで!!」

手は平然と黒剣を握りしめ、足は冷徹に地を踏んでいる。

突然、まりあの視界は暗くなった。冷たい手で目隠しをされたように視界が夜の靄《もや》に染まる。

頭にまで覆われる感触があった。拒絶的で硬質な重みのあるもの——兜《かぶと》。

兜の滴形の飾りが、鈴のような音をたてた。

暗くなった視界に、胸を押さえたヘレミアスがよろめくのが見える。ヴァレンティアに支えられる。押さえた手が瞬く間に赤く濡《ぬ》れていく。

ヘレミアス自身が、信じられないという顔をしていた。

ヴァレンティアは他の護衛にヘレミアスを預け、庇《かば》うようにまりあの前に立ちふさがった。

「卑怯《ひきょう》な……っ!!　薄汚い穢《けが》れの女が!!」

憤怒と憎悪に満ちた声がまりあの胸を穿《うが》つ。敵意に燃えるエメラルドの瞳《ひとみ》は、薄闇の覆いを通してもなお鮮烈だった。

次の瞬間、背中で異形の咆吼《ほうこう》があがってまりあを震わせた。

控えていた《闇の眷属《けんぞく》》たちが飛び出し、ヴァレンティアたちに襲いかかる。

「――っだめ‼　止まって‼」

声を振り絞る。しかし咆吼にかき消された。ヘレミアスの護衛たちが応戦する。

瞬く間に乱戦になった。

制止の悲鳴をあげながら、兜と鎧に覆われた《闇月の乙女》の体は流れるように再び剣を構える。

「いや……やだ、やだ違う！　やだ‼」

まりあはがむしゃらに叫んだ。手に力をこめて剣を下げようとする。だが思い通りに動かない。

持ち上げさせられる。退《ひ》こうとした足を開かされる。

胸を、腰を奪われる。剣を振るうために動く。

「や、いや――‼」

まりあの腕は、再び黒剣を振るった。

長大な刃は風を伴って先頭のヴァレンティアに襲いかかる。

爆《は》ぜる衝突音と金属音の合唱が轟《とどろ》き、ヴァレンティアの剣と噛み合った。

薄暗い視界の中、ヴァレンティアが両手で剣の柄《つか》を握り、顔を歪めながら黒剣を受け止めている。

翡翠《ひすい》の目の騎士は即座に弾き、まりあに向かって踏み込む。

冷たい足甲に覆われた足は主の意思に反して素早く背後へ跳躍する。

即座に下から切り上げてくる騎士の剣を、黒剣が受け止める。

兜の飾りが、耳元で場違いなほど涼やかな音をたてた。

まりあの腕は剣を握ったまま、ヴァレンティアと鍔迫《つばぜ》り合《あ》いをする。

「なんで、なんで……やだ！　やめてアレス‼」

見えているのに、声が出るのに、体が動かない。――動かされる。

黒い腕は剣に力をこめ、ヴァレンティアを弾く。足が透かさず踏み込み、腕を振り抜く。

翡翠の目の騎士は即座に反応する。

だが漆黒の刃は紅の稲妻をまとい、衝突と同時に雷鳴を発した。

爆発の蒸気が一瞬何もかもを包む。

まりあの手に衝撃があった。――ヴァレンティアを捉えたという、おぞましい手応えだけが。

蒸気が薄れてゆく。ヴァレンティアの姿が見える。そこに立っている。

しかしその体は満身創痍《まんしんそうい》だった。金色の髪は黒いまだらの汚れに乱され、額や頬や顎《あご》に数多《あまた》の切り傷が生じ、腕や肩は衣が裂けて傷口が赤く毛羽立っている。

かろうじて刃を受け止めた剣は刀身に無数の亀裂が入っていた。

次の瞬間、騎士の剣は脆《もろ》いガラスのように砕けていった。

燃えるような緑の目だけが戦意を失わず、砕けた剣を捨ててまりあの手首をつかんだ。

まりあの足が、動いた。

引きつった声が喉からあがる。手首をつかまれたまま、目の前の騎士を切り払おうとする。

「いや‼　やだ‼　アレス……っやだ‼」

腕に力をこめ、全体重を踵《かかと》にかけて退こうとする。

なのに腕は縛り付けられたように動かず、足は強い力に支えられて倒れることを許さない。

「逃げてヴァレンティア！　逃げ——‼」

絶叫しながら、まりあの腕は剣を振り抜いた。かすかに鈍い衝撃——手応え。

真紅が弾けた。翡翠の騎士がよろめき、片膝《かたひざ》をつく。腹を押さえる手が瞬く間に赤く濡れた。

その体に腹部の左側から右肩にかけて大きな裂傷があった。

まりあの視界が揺れた。鎧の下で体が冷たくなる。それでも足は冷然と地を踏みしめている。

かすかな鈴のような音にまじり、かちかちと耳障りな音がした。

自分の歯の鳴る音だった。

血塗《ちまみ》れの騎士と神官の向こうに、大きな光が弾けた。

色が不定形に揺らめく空間に、白い大穴が空く。

《闇の眷属》たちがわずかに怯《ひる》む。

「ヴァレン、もういい退け……っ！」

体を支えられ、騎士とともに大穴に吸い寄せられながらヘレミアスが叫んだ。

曇り、歪《ゆが》んだ視界でまりあはヘレミアスを見る。

蒼白《そうはく》な顔の神官もまた、見つめ返す。

だがまりあはヘレミアスの表情をまともに認識できなかった。

やがてヘレミアスの姿が消え、騎士たちもほとんどが穴の向こうに姿を消した。

ヴァレンティアはわずかによろめきながら立ち上がる。数歩後退する。

まりあの腕は再び剣を持ち上げ、構える。——ヴァレンティアに追撃しようとする。

「い、や……」

兜に覆われた頭を振る。無力な子供のようにただただひきつれた声を絞り出す。

憤りに燃える目が、まりあを射た。

「――卑怯者め」


凍えるような低い声が、まりあの内臓を痙攣《けいれん》させた。

ヴァレンティアは後退し、光の向こうへ吸い込まれていった。

そうして最後の一人が消えた直後、穴は閉じる。

もはや《光の眷属》は一人も残っていない。

相手を失い、剣を構えていた腕はゆっくりと下りる。

『戻れ』

まりあの内側にレヴィアタンの声が響いた。次の瞬間、鋭い風が背後に起こる。

曖昧《あいまい》な光の空間に、今度は闇が口を開く。

まりあはそれに吸いよせられ、飲み込まれた。《闇の眷属》たちが続く。

《世界の狭間《はざま》》から落ちて、遠のいてゆく――。

引きずられる感覚が突如として止《や》むと、まりあの足は再び地を踏んだ。

視界に映るのは蒼《あお》い闇だった。薄幕をかけられたような視界で、いっそう沈んで見える。

パラディスの屋上――目の前に、長身の《夜魔王》の姿があった。

蒼と紫の目はまりあを数秒凝視したあと、ふいに蕩《とろ》けるような優しい微笑を浮かべた。

「どうした。ひどくそそる顔をしているが」

まりあは大きく肩を揺らした。手が、足が、体がとたんに震え出す。――体の自由が戻っている。

「──っ‼」

悲鳴まじりの息を喉に詰まらせ、手に持たされていた剣を投げ捨てた。兜をむしりとり、うち捨て籠手を剥《は》がそうとする。

体に張り付く鎧のすべてが忌々しく、おぞましかった。

締め付けるほどにまとわりついていたそれらが、突然黒い液体状に溶けた。

胴や足を覆っていた鎧も、投げ捨てた兜や剣も、すべて液体となって一つに溶け合う。

闇色の液体は長身の青年の姿をとった。そして、赤い目がまりあを見つめた。

その顔を見たとたん、まりあの全身の血が沸騰した。

「なんで‼　どうして‼」

信じがたい裏切りと激しい怒りで視界が揺れる。

ヘレミアスの無防備に驚いた顔とヴァレンティアの憎悪の目──瞼《まぶた》の裏で明滅するそれに息ができなくなる。

「どうしてあんな……っ」

叩《たた》きつけるように叫んで、脆くねじれる。目に映るアレスの像が滲《にじ》む。

歯を食いしばって堪《こら》えても、目も鼻も喉も焼かれているように痛かった。

「──あれらは、あなたを奪おうとした」

凍えた無感動な声が言う。まりあは滲《にじ》む目を見開いた。

アレスの目は、夕から夜へと変わりゆくときの、燃えるような陽《ひ》の色をしていた。

だがその色に反して両の瞳には一切の躊躇《ちゅうちょ》なく、悔恨もなく、恐れさえもなかった。

「あなたに、剣を捨てさせようとした」

純粋ささえ感じる凝った怒り——憎悪の声。

まりあの中で、ざあっと引いていくものがあった。体が冷たくなり、足がふらつく。

——そんなことで。

違う、と思った。アレスを捨てようとしたわけではない。そんなつもりはなかった。

だから、ヘレミアスの提案さえ断った。——裏切れないと、思ったから。

なのに、なぜ。

すべてがまりあから遠のいていった。アレスを理解できない。理解したいとも思わない。

青年の姿をした剣はまりあの身の自由を奪い、武器はおろか身を守る防具ひとつなかったヘレミアスをいきなり斬りつけた。

ヘレミアスを、ヴァレンティアを、他ならぬこの体を使って傷つけさせた。

「——っ最低‼」

アレスを睨《にら》み、まりあは全身で叫んだ。この男を、自分の体を使ってあんなことをした男を打ちのめしてやりたかった。

「アレスなんか要らない‼」

身を焼く激情を吐き捨て、走った。パラディスの中へ逃げ込む。だが再び左手に冷たさを感じた。

淡い紅の闇がまとわりつこうとしている。この期に及んでなお自分につきまとおうとしている——。

「触らないで‼　ついてこないで‼」

そう叫び、右手で強く振り払う。紅《あか》い闇は解《ほど》けて空中に消えた。

こみあげてくるものを噛み殺して、まりあはただ走った。自室に飛び込み、音をたてて扉を閉める。だが視界に光るものがあってびくっと顔を向けた。

鏡台だった。暗い鏡の中に、怯《おび》えた自分の顔が映っている。

仄青《ほのあお》い顔の中、赤い点が散っていた。奇妙なほど鮮やかな赤だった。

手を持ち上げ、指で触れる。ぬるりとした感触。

やがて、それが降りかかったときの生温かい感触を思い出した。

――ヘレミアスの血。

「……‼」

雷に打たれたようにまりあの身は痙攣し、足は戦《おのの》いて後退し、もつれて崩れ落ちる。

座り込んだまま、手で頬をこすった。手も頬も赤くかすれて広がる。

まりあの喉は引きつった。やがて腹の底からこみあげたもので、嗚咽《おえつ》が漏れた。

目の奥が焼けつくように痛み、熱をもったものが目の縁から溢《あふ》れ出す。

(どうしよう……どうしようどうしよう……‼)

蒼白になったヘレミアスの顔。騎士に支えられていた体。胸に負った傷は大きく、悪夢のように血が噴き出していた。

体の震えが止まらなかった。

もし――もし、あの後ヘレミアスが死んでしまったら。

まりあは悲鳴ともうめきともつかぬくぐもった声を漏らした。自分を抱きしめるようにしたまま、床に何度も額をぶつけた。血と涙が頬を濡《ぬ》らす。

(死なないで、ヘレミアス……！)

女神リデルでも《陽光の聖女》でもいい、ヘレミアスを、ヴァレンティアを魔法で救ってほしかった。

自分が《陽光の聖女》なら助けられたのに、自分ならこんなことはしなかったのに――。

後悔と苦痛で胸をかきむしりたくなる。

最後にこちらを見たとき、ヘレミアスはどんな顔をしていたのか。何を思っていたのか。ただあの驚愕《きょうがく》の顔だけが――。

そしてヴァレンティアの、憤怒と蔑《さげす》みに満ちた目。

まりあは喉《のど》を引きつらせた。

思考は混乱し悲鳴をあげ、堰《せき》を切った涙が床に点々と染みを落としていく。

やがて部屋《へや》の扉が開かれて男が入ってくる。

男は、まりあの目の前に来て片膝を折った。

「――《闇月の乙女》ともあろうものが、なんという態《ざま》だ」

否応《いやおう》なしに意識を引く声だった。まりあは濡《ぬ》れた顔を鈍く持ち上げた。

一対の雄々しい角に二色の双眼を持つ男が見つめていた。そして唇に薄い微笑を引いた。

その手はためらいなくまりあの顎《あご》に触れる。

「無様な。――だが、いい顔をする」

嘲笑《ちょうしょう》とも皮肉とも異なる、引力を持った声が耳朶《じだ》を打つ。

まりあは顔を歪《ゆが》め、レヴィアタンの手を振り払った。乱暴に目元を拭《ぬぐ》う。言葉が出てこなかった。

「妃を一人で泣かせたとあっては俺の矜持《きょうじ》に関わる」

傲岸《ごうがん》な男は白々しく答える。

ただ一人にしてくれないことに苛立《いらだ》ち、まりあは男を睨みつけた。

だが《夜魔王》は微笑を深め、紫の瞳《ひとみ》は妖《あや》しく揺らめき、蒼の瞳は深みを増した。

「その顔、俺を煽《あお》っているようにしか見えんぞ」

「――っ知らない‼」

そんな稚拙な反論しかできず、まりあは一層嗚咽した。堪えようとするのに涙が止まらない。

レヴィアタンから離れようと思うのに立ち上がる力もない。

ヘレミアスとヴァレンティアへの思いでぐちゃぐちゃになった。押《お》し潰《つぶ》されそうだった。

拭うつもりが、いつの間にか目を隠すように泣いていた。どうしよう、とその言葉だけが頭を回る。時間を巻き戻したかった。電源を落として、なかったことにしてしまいたかった。

夢なら早く覚めてほしかった。

男の、かすかな吐息が聞こえた。

「言ったはずだぞ。躾けておかなければ面倒なことになると」

まりあは肩を揺らした。怯えるように顔を上げる。《夜魔王》はかすかに労《いたわ》りを滲ませていた。

「だって……でも――」

「あれは面倒な道具だ。隷属させておかねばならない。お前の態度があれを増長させた」

反射的に言い訳を口にしかけたまりあを、諭すような声が遮る。

まりあは愕然《がくぜん》とした。頬をはたかれたようだった。

レヴィアタンの言葉が正しいことを、胸の痛みが証明していた。

――自分が、間違っていた。

その過ちの代償はあまりに重かった。

嗚咽がまた喉をついた。震える口に手の甲を押し当て、強く押し殺す。押さえこまれた嗚咽が暴れるように肩が揺れた。

再び、浅い吐息が聞こえた。呆《あき》れと哀れみの混じったような息だった。

突然まりあの体は傾《かし》いだ。喉が引きつって息が止まり、濡れた目を見開く。

広い胸に頭がもたれている。包むように、大きな手が髪に触れていた。

ほの甘くも鋭く、酔いを誘う芳香が鼻腔《びこう》をくすぐり、一瞬目眩《めまい》がした。

抵抗できなかった。妖《あや》しい魔法にでもかけられたかのように、触れる手は心地《ここち》良く、その胸の中で苦痛が麻痺《まひ》してゆくのを感じた。

「泣くのは閨《ねや》の際だけにしろ」

低いささやきが耳朶に触れる。だがまりあの混乱しきった頭はその意味を捉《とら》えきれなかった。

《夜魔王》の腕は優しく、引き寄せる力は強かった。嗚咽に崩れてゆく。

レヴィアタンの声とその確かな体だけが、嵐のような苦痛を和らげるものだった。

＊

腕の中で嗚咽する女は、ようやく満ちはじめた若い《月》を思わせた。

肩を震わせ、顔をうつむけて子供のように嗚咽している。

その姿は、比類なく孤高にして美しい月の主人――その唯一の化身としてはあまりに脆《もろ》く、幼い。

にもかかわらず、女は強い引力でレヴィアタンの目を惹《ひ》きつけた。

――頬に散った血の紅は、青ざめた肌によく映えていた。どんな化粧よりも、この素朴な女を艶《なま》めかしく見せる。

彼の指は震える月の、緩く波打つ黒髪に潜った。

（……愚かな）

声なき声でつぶやきながら、彼の唇は微笑を象《かたど》った。

話し合いなどという前代未聞の手段を選び、頑《かたく》なにそれを貫いた未熟な月。こんな結果になることを本当に想像していなかったのだろうか。

彼にとってはそのことこそ滑稽《こっけい》で驚くべきことだった。

しかしそれゆえに腕の中の月は、絶望と悲嘆の、目眩《めまい》のするような芳香を漂わせ、彼を強く誘惑していた。

突如として眼前に現れた甘い果実は、手を伸ばして少し力を入れるだけで、たやすくもぎとれるように思われた。

彼はそれに唇をつけ、軽く歯を立て、舌で味わいたい衝動に駆られた。

差し出すようにうなだれる黒髪に唇を寄せる。そこで息を吸うと、かすかに甘く冷たい芳香にまじって濃厚な悲嘆を感じた。

彼は目を閉じ、深くそれを味わった。

《夜魔王》の背を冷たい愉悦が這《は》い上がった。肋骨《ろっこつ》の内側に、こそばゆく脆い快さが反響する。

髪に潜らせていた指を下げ、細いうなじに触れた。そこは滑らかで淡い湿り気を帯び、無防備だった。彼のために触れられることを待っているかのようだった。

固い蕾《つぼみ》のように閉じた体を開く様を夢想する。気の済むまで蹂躙《じゅうりん》し味わえばどれほど――。

（……まだだ）

彼は蒼と紫の目を薄く開いた。体を内から食い尽くそうとする衝動を、意思で凍らせて止める。

この月は、彼のために熟れたものではなかった。状況が偶然そうさせたにすぎない。

それがどれほど魅惑的なものであろうとも、与えられた餌は《夜魔王》レヴィアタンの供物ではない。安易に飛びつき、目の前のものを貪《むさぼ》るなどという真似《まね》は矜持が許さなかった。

彼の静かな葛藤《かっとう》も知らず、現れたばかりの《闇月の乙女》は腕の中で尽きることなく嗚咽を漏らしていた。だが顔を上げることも抱き返してくることもない。

脆く嗚咽する姿は女神の化身とは思えない――しかし奇妙にも、開花の前に首を落とされた蕾に似た頑なさがあった。

あるいはその頑なさは、誰の手にもおさまらぬ天の月を思わせもする。

(これも悪くない――)

彼は熾火《おきび》のようにくすぶる衝動を感じながら、《闇月の乙女》が泣き疲れて眠りに落ちるまで腕の中に抱き続けた。

Chapter 6：闇の女神と昏木《くらき》まりあ

——夢を見ていた。

正確にはそれは夢ではなかった。『太陽と月の乙女』で実際にあった出来事《イベント》——。

『ん？　まあ、そうだ。あいつは純血の《光の眷属《けんぞく》》ってわけじゃない』

ヴァレンティアの出自を問うた聖女に、ヘレミアスは至極あっさりと答えた。

『でもそんなの関係ないよな。生まれは本人じゃどうにもできないし、生まれがそいつのすべてを決めるわけでもないだろ。いちいち気にしたって何もいいことはないぜ』

聖女は目を丸くした。神官であれば、《闇の眷属》に関するものは特に《穢《けが》れ》として忌避し、嫌悪感を示しそうなものだ。だがここでもやはりヘレミアスは異端であるらしい。

聖女があまりにも率直に不思議そうな顔をしていたからか、ヘレミアスは笑った。

『聖女殿は本当に素直だな。なんでヴァレンを引き取ったのか不思議で仕方ないって顔をしてる』

ずばり指摘されて、聖女は少し慌てた。しかしヘレミアスは朗らかな声で言った。

『放っておけなかったからだよ。あいつはまだ小さくて孤独だった。ただの子供だ。誰が見捨てておける？』

異端の神官はまったく気負いなく、ただそれが彼にとって当然のことであるかのように言った。

『それに、俺はそこまで《闇の眷属》に思うところはないしな。鈍いせいか、穢れだの悪だのと言われてもいまいち実感できないんだよ』

――優しい人だ、とあのときまりあは思った。慈悲深い神官なのだと。

『……戦ってのは、いただけねえな。大きな戦ってのは本当に……』

負傷した騎士たちの手当てに奔走しながら、ヘレミアスはそうこぼした。他の神官たちとは違い、ヘレミアスの声に《闇の眷属》への怒りや嫌悪は感じられなかった。

『早く収束するといい。もっと被害が出ない方法があればいいんだが……』

――戦の収束を望む声。

まりあはそこに、希望を見出《みいだ》した。きっと話し合えると思っていた――。

（ヘレミアス……!!）

泣き叫びたかった。血を吐くほど謝りたかった。

こんなはずじゃなかった――。


鏡の中に、腫《は》れぼったい瞼《まぶた》にくわえて陰鬱《いんうつ》な顔をした女が映っていた。

力なく波打つ、肩までの黒髪。顔色が悪いせいか黒いドレスのせいなのか、肌が不健康なほど青白く見える。

まりあは鏡から目を逸《そ》らした。

（ヘレミアス……ヴァレンティア……）

泣《な》き腫らしたあとで、不安ばかりが増した。二人はどうなっただろう。

癒やしの力を持つ神官や《陽光の聖女》なら、きっと仲間の傷を治してくれるはずだった。

しかしいまのまりあは主人公《プレイヤー》でもなく《陽光の聖女》でもない。

おそらく向こうは、不信感どころか激しい怒りを覚えている。そう思うとうずくまって動けなくなる。だが、このまま何もわからず過ごしても不安でおかしくなりそうだった。

重い体を引きずるようにして鏡台に背を向ける。

突然、部屋の扉が開け放たれた。

まりあは目を見開く。眉《まゆ》をひそめた紫の瞳の少女が立っていた。

「そろそろいい加減にしろ、《闇月《あんげつ》の乙女》！」

まりあを見るなりラヴェンデルはそう言い放った。だがまりあの顔を見ると目を丸くし、凝視した。それからおもむろに怯《ひる》む様子を見せた。

「な、なんだそのような顔色の悪い……！」

まりあは目を伏せた。いまはラヴェンデルの説教や叱責を聞く余裕はなかった。

「う、うぬ……っ！　ぐ……。ちょっとそこで待っておれ！」

そう言い捨て、ラヴェンデルは姿を消した。

まりあがぼんやりしているうちに、ラヴェンデルは息を切らして戻ってくる。その両手に、巨大な水晶の器が抱えられていた。器には、銀色に光る丸い果実らしきものが山をなしている。

「食え！」

まりあは鈍く目を見開いた。ラヴェンデルはぐいぐいと器ごと押しつけてくる。

「何か気分が落ち込むのも腹が立つのも悲しいのも全部空腹のせいだ‼　《月精》が足りないからだ‼　そうだ‼　《闇月の乙女》ともあろう者がしけた面をするでない‼」

食え食え、とラヴェンデルは器を押しつける。その勢いに押される形でまりあは器を受け取り、果実に視線を落とす。

しかしいまは空腹どころか、何も口にしたくはなかった。言葉の代わりに鈍く頭を振った。

「な、なら何だ……⁉」

ラヴェンデルの怒ったような、狼狽《ろうばい》したような声にまりあは答えなかった。

唐突に、小柄な王姉は背後を振り向いた。

「おいなまくら‼　主《あるじ》を鼓舞しろ‼　なんのためにずっとそこに立っているのだ‼」

まりあは息を呑《の》んだ。顔を上げる。扉の向こう、部屋の外に影となって佇《たたず》む姿があった。

アレスは赤い瞳をまりあに向けていた。

傷一つない褐色の滑らかな肌――いまは腹立たしいほど端整な顔。夜色の艶《つや》やかな髪。

その両眼は餓《う》えたように鋭い光を放ち、まりあを凝視していた。

――ずっとそこにいたのか。

まりあの中でまた怒りと不信が強くなった。

部屋の中に閉じこもっていた間、アレスは扉の向こうにずっといたというのだろうか。

ただ黙って、部屋の中の人間が出てくるのを待っていたのだろうか。

謝罪の言葉一つ伝えようともせずに。

まりあはアレスから目を逸らした。

「……レヴィアタンさんと話します」

ラヴェンデルと共にまりあは玉座の間に向かった。両開きの扉の前でいったん立ち止まり、振り向いた。少し離れたところに、アレスがついてきている。

「――ついてこないで」

低く乾いた声でそれだけを言って、背を向けた。

扉が開かれ、足を踏み入れる。背後で扉が閉まる。

もう一度振り向くと、固く閉ざされた扉に隔てられてアレスの姿は見えなかった。

玉座に向き直る。そこに、長身の主が座っていた。

足を組み、肘掛《ひじか》けに腕をつき、手に顎《あご》をもたれさせている。閉じられた瞼の縁に、黒々と長い睫毛《まつげ》が生えそろっている。

そして、頭部の艶美かつ威厳に満ちた角――。

まりあはしばらく呼吸を忘れた。

まどろむ王の身の周りに、紫と蒼《あお》の光が鬼火のように浮かんで遊ぶ。

妖《あや》しくも儚《はかな》い残光を曳《ひ》き、男を中心とした銀河をなしている。

《夜魔王》レヴィアタンは、緩やかに瞼を持ち上げた。回遊していた光たちがふっと消える。

蒼と紫の双眼がまりあを見た。

「次に泣くときは俺の寝所に来い」

からかうような口調に、まりあは一瞬言葉を失った。わずかに顔に熱がのぼる。

――いまは、レヴィアタンのこの態度が少し、近しく感じた。

「それで、次はどうする」

「……向こうと連絡をとりたいです。ヘレミアスとヴァレンティアの……、安否を、知りたい」

まりあがかすれた声で答えると、隣のラヴェンデルが顔を向け、なるほどと声を漏らした。

「正しく息の根を止めたかどうか確かめたいのだな。それはいいが、相手にそれを確認するというのは愚直にすぎ……」

「――っ違います‼　生きていること、怪我《けが》を治してもらっているかどうかを知りたいんです‼」

まりあが声を荒らげて遮ると、少女は紫の瞳《ひとみ》を見開いた。レヴィアタンが片眉を上げた。

「知ってどうする。たとえお前が、ご無事ですかなどと文を送ったところで、ただ挑発していると しか思われんぞ。剣を振るって奴らを斬ったのが誰だか忘れたわけではあるまい」

冷静な言葉が胸を貫き、まりあはぎゅっと喉《のど》を詰まらせた。

目の裏に赤い飛沫《ひまつ》がよぎった。頬にかかった生温かい滴。

「ち、違……あれは……アレスさんが無理矢理……っ」

「相手がそれを信じると思うか？　諦《あきら》めろ。経緯はどうあれ、話し合いとやらは失敗した。向こう はもう乗ってこない」

まりあは愕然《がくぜん》とする。

レヴィアタンの声は落ち着いて諭すような響きさえあった。だがその声に、ひどく撲《う》たれた。

どうしてこんなことを言うのか。

——惨めに泣いたときに胸を貸してくれたのはこの男だったのに。

なのに、裏切られたように感じる一方、その言葉は理解できた。それでも認めたくなくて、泣き 尽くして涸《か》れたはずのものがまた喉にこみあげる。唇を引き結んで耐える。

「だが嘆く必要はない。道具が出過ぎた真似をしたが、お前は《闇月の乙女》として正しいことを した」

《夜魔王》の声は一際優しく、ほのかな賞賛を滲《にじ》ませた。

その声と肯定は、ふいに温かな水となって痛みで痺《しび》れた心を侵食する。——正しいこと。

「抗《あらが》うから小賢《こざか》しい悩みに振り回される。己の宿命を受け入れ、認めろ。《闇月の乙女》は王と共 に《闇の眷属》を守り、先頭に立って光の狂信徒どもを殲滅《せんめつ》する定めだ」

「……ち、がう……っ！」

まりあは反発する。しかしその声はずっと弱く、力を失っていた。

かつてない無力感が心を蝕《むしば》み、脆《もろ》くする。レヴィアタンの言うように、諦《あきら》めて《闇月の乙女》の設定《さだめ》を受け入れてしまったほうが楽なのではないか。そのほうが正しいのではないか。

（でも……、でも、アウグストたちを傷つけるのはいやだ……！）

その一念だけが最後の砦《とりで》となってまりあを堰止《せきと》めた。何度も呼吸し、歯を食いしばる。

「――今回は……アレス、さんが暴走したのが原因です。もちろん、それを抑えられなかった私にも責任があります」

手を握る。声に出すと、心が寸前で踏み止《とど》まる。

ヘレミアスやヴァレンティアをあんなふうに傷つけたくなどなかった。二度とあんなことをしたくない。

「レヴィアタンさんの言う通り……私の、アレスさんへの態度が間違っていたのだと思います」

《夜魔王》は瞬く。だが少女の高い声が割って入った。

「あのなまくらは我が強すぎるが、敵を斬ったのなら結果として正しいことだろう。そんなことよりも――」

「まあ、姉上。そうやってあの道具を放っておくと増長するだけですよ。己の分際を弁《わきま》えない愚か者には躾《しつけ》が必要です」

《夜魔王》が鷹揚《おうよう》に答えると、王の姉はむうっと不満げに唇を閉ざした。

そのやりとりを聞きながら、まりあの思考は不安定に揺らいだ。

（道具……躾……）

そんな言葉は違和感と躊躇《ちゅうちょ》しか生まなかった。

アレスは剣であっても、まりあにとって一人の人間、一人の青年だった。頼りに思ったことはあっても、道具として見たことはない。――だが、そんな接し方自体が間違いだというなら。

（……じゃあ、どうするの？）

この怒りに任せたまま、アレスの存在などなかったかのように振る舞うのだろうか。

アレスは何の悔いも謝罪も見せない。だから怒りもおさまらない。

しかし――それでは何の解決にもならない。

「……私の意思を無視して私の体を動かすなんてことが、できないようにする方法はないですか」

まりあがそうこぼすと、先に声をあげたのはラヴェンデルのほうだった。

「何を弱気な！　あのなまくらが暴走したというのもお前が不甲斐《ふがい》ないからだ！　お前の力に不安や不満があるから自分で動いたのだ！　剣ごときに認められぬでどうする‼　力で従えろ‼」

その叱責は、唐突にまりあの横面をはたいた。かっと頬に熱がのぼる。

――認められていない。

そんなことを、考えもしなかった。

レヴィアタンが再び姉を制止し、まりあに答えた。

「方法はある。あれを完全に道具としてしまえばよい」

「それは……、どういう意味ですか」

玉座の《夜魔王》は微笑して告げた。

「あれの意思を消してしまえばよい。ただの剣、ただの武具とすれば全《すべ》て解決するだろう」

まりあは目を見開いた。一瞬胸を刺されたような冷たさがあった。

「そんなことが……でき、るんですか」

「できる。女神の化身であるお前のほうが理解しているはずだが？」

まりあは頭を振った。意思を消す、という言葉が脳に反響する。

赤い目――長い、黒の睫毛。浅黒い色の肌。燃えるような双眸《そうぼう》で一心に見つめてくる青年。

「……どうやって……」

「あれがつくられた《始原の地》へ行き、剣を打ち直す。ヘルディンがあれを生み出したときのように行い、余分なものを消して純粋な剣として生まれ変わらせる」

何も特別なことではないというような口調でレヴィアタンは言う。まりあは呆然《ぼうぜん》とした。

（アレスさんの人格を、消すってこと……？）

そう理解したとたん、全身から血の気がひいた。

それは、アレスという青年を消す――殺す、ということに等しいのではないか。

ラヴェンデルが思案げに言った。

「ふむ。そのほうがいいかもしれんな。未熟な《闇月の乙女》に、自我の強すぎる剣とあっては面倒な組み合わせだ」

「ま、待ってください！　でもそれじゃアレスさんの意思は……アレスさんは生きているのに――」

まりあはとっさにそう反論していた。だがそれを聞いて、ラヴェンデルが眉をひそめた。

「何を言っているのだ。そんな生ぬるいことを言っているから、道具の暴走を許したのだろう」

まりあは言葉に詰まった。無意識に視線が落ちた。

「あれは人の姿を模すが、あくまで道具だ。お前の武具に過ぎず、我々と同じ存在ではない。そしてお前はあの道具に自らの力を示せなかった。認められず、従えることができなかった」

当然の帰結、純然たる事実として《夜魔王》は言う。

力を示せなかった——認められなかった。その言葉がまりあを打ちのめした。

「そ、んなの……っ！」

誰も何も、教えてくれなかった。アレスに力を示せだなんて、何の説明《チュートリアル》もなかった。

——その一方で頭のどこかが理解した。おかしいと思ったのではないか。

ただ《闇月の乙女》というだけで初対面のときから自分に優しく、常に付き従い、力となって護《まも》ろうとしてくれたアレス。

とても強大な力を持つ黒剣《アレス》。

その彼に、なぜ《闇月の乙女》という設定だけで受け入れてもらえると思ったのか。

「従えられないのなら、面倒な人格ごと消したほうがましだ。お前が、二度と体の自由を奪われたくないのならな」

諭すでもなく、ただ淡々と《夜魔王》は教える。

取り返しのつかぬ後悔の分だけ、まりあは揺らいだ。二人の指摘は的を射ているように思えた。

——アレスが人の姿をしているから。優しかったから。だから、同じ人間として接した。

昏木《くらき》まりあという現代人からすれば、同じ人間の姿をしているものを道具として見なすことなどできなかった。

だが、その態度こそが誤りで、ひいてはヘレミアスたちに危害を加える原因となったなら——。

（……アレスさんが、ただの剣になってくれたほうが……いいの？）

その考えを、正面から見据える。人格を消し、ただの剣にする。利用する。

それでもおそろしさが先立った。ためらいばかりで想像もできない。

「他に……方法は？」

「現状のままあれを完璧《かんぺき》に従える方法か？　無い。いい加減考えを改めたらどうだ」

玉座の《夜魔王》は開いた足に肘を乗せ、軽く指を組んで前に乗り出すような姿勢になった。

異なる二つの色の瞳は、冷徹にまりあを睥睨《へいげい》する。

「あれもいやだこれもいやだと、散々抗ってどうなった？　話し合いとやらにしてもお前が言い出したことだ。その結果、どうなった？」

まりあはびくりと肩を強《こわ》ばらせた。内臓が引きつるような恐怖を思い出す。

「過ちから学べ。繰り返すな。無意味に抗って無謀に走れば、最も下策な方法より更に悪い結果が待つ。とるべき方法の中から最善を選べ」

夜と闇を統べる王は、力を持った啓示のごとく告げた。

その言葉は重く、まりあの迷いと弱さを頭から打ち砕き、決断を促す。

（とるべき方法の、中から……）

その言葉は生々しく、息苦しいほど胸に迫った。

――定められた選択肢。世界《ゲーム》の中ではそこにある選択肢がすべてで、そこから選ばなければ先へ進めない。

現実の世界であっても、選んでそこに止まるか前へ進むかでしかない。

決めなければならないと頭ではわかっていた。それでも心はまだ躊躇している。

（女神《ヘルディン》は……なんで、剣《アレス》に意思なんて持たせたの……？）

再生の女神リデルと対をなす、破壊の女神ヘルディン。

最初から剣に意思などなかったらこんなことにはならなかったはずだ。

あるいは、アレスがつくられた場所に行けば、少しは何かわかるだろうか——。

まりあは鈍く顔を上げた。

「……その、《始原の地》に、行ってみたいです。決めるのは、それからにしたい……」

「行くのなら決めてしまえばよかろうに」

ラヴェンデルが不機嫌な顔で言ったが、《夜魔王》はあっさりと答えた。

「いいだろう。《始原の地》の近くまでは同行してやるが、中にはお前とあの道具しか入れない。中に入るにはあの道具が必要で、先へ行けるのはお前だけだ。いいな？」

まりあは半ば無意識にうなずいた。

頭の中で、消す／消さないという二つの選択肢が谺《こだま》していた。


まりあは一人、玉座の間を後にする。すぐにアレスの姿を見つけた。

紅《あか》い目もまたすぐにまりあを見つけ、唇が物言いたげに開き、閉ざされた。

まりあは目を背けた。

（——ずっとそこにいたの？）

部屋《へや》の外で待っていたときのように、怒鳴られても振り払われても、彼はこうして自分を追うのだろうか。初めて会ったときから変わらぬ態度で——。

両扉の向こうで交わしたやりとりと怒りのせいでアレスをまともに見ることができない。

実際に姿を見たら、なおさら心が揺らぐ。

「……どうして、何も言わないの」

つぶやいて、のろのろと顔を上げた。アレスがかすかに目を瞠《みは》っている。繊細で微妙な反応――それは、どうあっても同じ人間のものだった。

アレスの目はまりあの他には何も映さない。端整な顔に、かすかな困惑が浮かぶ。

まりあの言葉の意味がわからないというような表情だった。

その反応はまりあを苛立《いらだ》たせ、もどかしくさせた。

「ねえ、私怒ってるよ。ものすごく怒ってる。アレスが私の体を使って、ヘレミアスたちを傷つけたから。どれだけ酷《ひど》いことしたかわかってるの？」

意図した以上に、声に棘《とげ》が滲《にじ》んだ。

アレスは黙っている。気まずさや罪悪感を覚えている様子はない。

まりあを見つめたまま少し考えているような顔をした。瞬きもせず、その唇が開いた。

「ヘレミアス……あなたは、あれらのことを知っていたのですか？」

静かにうかがうような、抑えた声だった。まりあは強く青年を睨《にら》んだ。

「聞いたことに答えて！　ごまかさないで！」

怒りで語気が荒くなる。

それでもなおアレスは整った顔を崩さなかった。ふいに、その紅い瞳が冷たく光った。

「――どれだけ酷いことか？　私にはわかりません。光の凶徒どもは例外なく一切が殲滅対象です」

まりあは言葉を失った。頭の芯《しん》から急に熱が引いてゆく。そして既視感。

「あなたの命を待たずに動き、あなたに不快感を与えてしまったことは謝罪します。如何様《いかよう》にも罰を受けます」

その言葉に嘘《うそ》や保身の響きはなかった。ある種の真摯《しんし》ささえあった。

まりあは立ち尽くした。そうではない――不快感を覚えたなどという問題ではない。

だがアレスは以前の会話でも、同じ答えを返していた。

《光の眷属《けんぞく》》たちに対するまったくの拒絶。変わらない。それを、自分は聞いていた。

「ちが……‼」

喉《のど》に塊が詰まったようになり、そう短く叫んで途切れた。奥歯を噛《か》みしめ、アレスを睨む。

「またあんなことをするようなら……」

――また繰り返すなら、人格を消す。

怒りのあまりそう叫びそうになった。

しかしそれは言うことを聞かなければお前を殺すという意味でしかなかった。

まりあは奥歯を噛む。そんなことを言いたいのではない。なら、どうやったら伝わるのか。

「――っもういい‼」

断ち切るように言い捨て、まりあは走った。アレスから逃げた。

(やっぱり、だめなの……⁉)

アレスにはまったく伝わっていない。あの凍てつく目、拒絶には付け入る隙がない。

――また、同じ過ちを繰り返すかもしれない。

そのおそれと不安が、巨大な影となって降りかかってくる。

またヘレミアスやヴァレンティアを傷つけるようなことがあったら。

そして、アウグストを傷つけるようなことがあったら――。

『従えられないのなら、面倒な人格ごと消したほうがましだ。お前が、二度と体の自由を奪われたくないのならな』

《夜魔王》の言葉が耳の奥で反響していた。

まりあはレヴィアタンと共にパラディスを発《た》った。

《始原の地》へは《闇月の乙女》と《夜魔王》しか行けず、その中心へは女神ヘルディンの化身たる《闇月の乙女》とその武具しか到達できない――。

レヴィアタンの馬に乗り、前に抱えられながら、まりあは左手に目を向けないようにした。

そこにはアレスが姿を変えた黒の手甲がある。ヘレミアスの、ヴァレンティアの傷ついた姿が喚起され、飛び散る鮮血が蘇《よみがえ》って吐き気がした。

かの地へ行くと伝えても、アレスは疑う様子もなかった。ただ少し驚いただけだった。

――アレスの人格を消すかどうかという問題に関わる地へ行くのに、当のアレス本人の力を借りなければならないというのはずいぶん悪趣味に思えた。

ひときわ屈強な王の黒馬は休みなく夜の空を駆け、王とその伴侶《はんりょ》を遠くへ運んだ。

途中、雲のようなものを抜けた。

まりあははっとして意識を周囲の景色《けしき》に戻した。

背の高い山が黒い影のようにそびえ、輪郭はうっすらと青い。

青い光を受けた背の短い草がそよぎ、青い水をたたえた湖が見えた。湖の側《そば》に、黒い瓦礫《がれき》のようなものが積み重なっている。

よく見れば朽ちた柱のようなものがいくつかあった。神殿、あるいは城跡のようだ。

その城跡を囲むように、くすんだ巨大な魔法陣が描かれている。

やがて馬が速度を落としてゆき、レヴィアタンが軽く手綱《たづな》を引いた。

馬は降下してゆき、城跡に降り立った。

レヴィアタンが先に馬から下り、まりあを軽々と抱え下ろす。

「ここから先はあの道具を使え。俺はここで待っていてやる」

「……わかりました」

まりあはうなずき、冷たく感じる左手を持ち上げる。命じるまでもなく手甲が解けた。黒い霧となって青年の姿を象《かたど》る。

死の麗しい擬人化のごとき青年は、血の色にも似た目をまりあに向けた。

――その目はいつもまりあを最初に探し、捉《とら》えようとする。それがまりあを息苦しくさせる。

だが突然、まりあは背後から抱きすくめられた。アレスの顔が豹変《ひょうへん》する。

「っ⁉　何す……」

「その道具に言っておく。俺の妃《きさき》に見せるものを見せた後はすぐに帰せ」

アレスを見て挑発するようにレヴィアタンは言った。

自分よりもずっと大きく逞《たくま》しい体に抱きすくめられ、まりあは動揺した。身をよじって広い胸を両手で押し返そうとしたとたん、耳元でささやかれる。

「躊躇《ためら》うな。迅速に決断し、俺のもとへ戻ってこい」

――決断、という言葉にこめられた意味にまりあはびくりと震えた。

「私の月に、触れるな……っ‼」

アレスの激しい声が、再びまりあの意識を奪う。顔だけで振り向くと、アレスの手に長大な漆黒の剣があった。

まりあはぎくりとした。だが、剣は地面に深く突き刺さる。

とたん、そこから闇が広がった。大地の傷から血が広がるに似て、瞬く間に地面を、風景を、空を侵食してゆく。

体に触れていたものが消え、まりあは振り向く。もはや《夜魔王》の姿はなかった。

顔をアレスに戻すと、景色が一変していた。

城跡らしき痕跡《こんせき》や瓦礫は消失し、足元に生い茂っていた短い草も消えている。青い湖も見えない。大きな黒い山だけは残っている。

遮るものはなく、ただただ、荒涼とした夜の原野が広がっている。

その中でアレスは静かに佇《たたず》んでいた。

ふいに、青年の輪郭が仄白《ほのじろ》く輝いていることに気づいて、まりあは反射的に頭上を見た。

そして感嘆の声をあげた。

――月。

青白く輝く巨大な満月が、暗黒の中に浮かんでいた。静謐《せいひつ》に地のすべてを照らし、静かな威厳を発している。遥《はる》か高みで星々を装飾にし、闇を従える銀色の光――。

まりあは半ば陶然としてそれに見入っていたが、やがて突然気づいた。

いまの《永夜界》に月はない。ゲーム中、このルートで確かに見たのに。

地上に目を戻して見渡す。

(これが《始原の地》？　女神ヘルディンがアレスをつくったところ……？)

この、自分とアレス以外に月しか見守るもののない大地がそうなのだろうか。

空気は澄んで、艶《なま》めかしいほど美しい月はこれ以上なくよく見える。だが生き物の気配はなく、世界のすべてがここで完結してしまっているかのような場所だった。

「覚えておられますか」

冷たく透き通った空気の中に優しい声が響き、まりあは目を向けた。アレスは微笑していた。

「あなたがはじめてこの世界に降り立った場所です。ここであなたは私を作った」

まりあは一瞬混乱した。あまりにも真《ま》っ直《す》ぐに見つめられて呼びかけられたから、自分のことかと勘違いした。だがそうではなく闇の女神ヘルディンが降り立った場所ということだ。

改めて辺りの風景を眺め、まりあは肌に無機質な冷たさを感じた。この荒々しくも静謐で、何もないがゆえに何でも生まれることのできる広大な風景はあまりにも――。

（寂しい……）

女神はここに降り立ち、アレスをつくった。

つまり、ヘルディンはたった一人でここに降り立ったのだ。

それはあまりにも孤独であるように思えた。

ひどく孤独だったから、剣《アレス》をつくり意思を持たせた――そんな考えが頭に浮かび、離れなくなった。

アレスを見る。

黒衣《こくい》の青年はまりあだけを見つめ、どこか嬉《うれ》しそうな表情をしていた。

その顔に浮かぶ淡い笑みが、眼差《まなざ》しがまりあを揺さぶる。

――ここに来たのが何のためなのか、アレスは知らない。

彼の意思を消すか消さないかと迷い、決断するためにここに来たのだとは思いもしないだろう。

まりあはアレスの視線から逃れるように足元に目を落とした。

――アレスは、決して悪人ではない。無差別に誰かを傷つけて喜ぶような性質ではないはずだ。

しかし、まりあの身を操ってヘレミアスたちを傷つけたのは彼だった。

一切の躊躇なく、無抵抗の相手に切りかかった。そして悔いも見せない。

なのに、まりあに対する悪意や敵意からそうしたのではなかった。それが怖かった。

まりあは重い口を開いた。

「……アレスさん。私が嫌だって言ったことは絶対しないって、約束してくれませんか」

黒衣の青年はゆったりと瞬いた。

「無論、あなたの命には従います」

「――それが《光の眷属》たちと戦わないでってことでも?」

まりあは一気に切り出す。

アレスが紅い目を見開く。直後、その両眼がかすかに細まり、眉《まゆ》が険しい形をなした。

怒り――だが引き結ばれた唇には苦痛が滲《にじ》んでいるようだった。

「あなたは……剣《わたし》の存在意義をなくせと仰《おつしや》るのですか？」

うめくように、アレスは言った。

「戦わないということは、私を不要だと……そう仰っているのですか」

その言葉に、まりあは胸を衝《つ》かれた。

頭の隅に火花が散った。――数日前、戦いたくないと言ったときにアレスは呆然《ぼうぜん》としていた。

あのとき、彼はこんなふうに思っていたのだろうか。

「そうじゃないんです。アレスさんは戦わなくてもいいんです。そこにいてくれるだけで……」

「いいえ。私は剣です。戦うために、あなたに勝利をもたらすために作られたのです。私を振るわないというなら、《光の眷属》が襲ってきた際にどうするのですか？　誰があなたを護るのですか？」

アレスの声に頑《かたく》なさが滲《にじ》み、整った顔が強ばったように見えた。

「だから……っ戦わなくてもいいんです‼　向こうが襲ってこないようにするし、万一襲ってきたとしても私の意思を無視するような真似《まね》はしないで‼　あんな形で護ってほしくなんかない！」

もどかしさにまりあは苛立った。一瞬何かをつかみかけたのに、遠ざかる。

アレスは少し目を見開いただけで、不快感や怒りを表すでもなかった。そして、静かに言った。

「ですが、いまのあなたが、私なくして狂信者どもを退けられるとは思えません」

まりあは愕然《がくぜん》とした。いきなり頭から冷水を浴びせかけられたかのようだった。

ラヴェンデルの言葉が蘇る。――剣ごときに認められないで。

紅《あか》い目が、闇の中の炎に似て激しさを増す。

「――私は二度とあなたを失わないと誓ったのです。《光の眷属》を決して許しはしない。そのためなら……」

まりあは弾《はじ》かれたように意識を戻した。

「失わない？　どういうこと？　どうしてそこまで《光の眷属》たちを憎むの？　何が、あったの？」

まりあは踏み込んだ。――かつて同じことを聞いて、避けた話題だった。だがもうためらう必要はない。

涼やかな目元が引きつり、痛みを堪《こら》えるかのように歪《ゆが》んだ。アレスが唇を開く。

「覚えて、おられませんか。あなたが――かつて真の女神《あなた》であったとき……、《光の眷属》どもが、あなたを殺したのです」

抑えられた声は、かすかに震えていた。言葉にすることさえおそれているかのようだった。

まりあは目元を歪める。違和感。アレスはこちらを真っ直ぐに見てあなたと言っている。

なのに、何かが違った。

「長い戦いの末のことでした。蛮族どもは斬っても斬ってもあなたを狙い、群がった……。私はあなたを護りぬくことができませんでした。あのとき、私も共に朽ちるべきでした。ですがかなわなかった。いまなら再びあなたに見《まみ》えるためだったのだとわかります」

赤い目に強い意思が輝く。それはまりあに――まりあ一人だけにひたむきに向けられていた。

「今度こそあなたを護ります。そのためならいかなる手段もとります。もう二度と失わない……傷つけさせない」

激しさの秘められた声が、荒涼たる夜に谺した。

それだけを聞いていれば、まりあはアレスの想《おも》いに陶然として愉悦に浸っていられた。

だが、違った。

アレスの目も声も体もすべてこちらに向けられている。

しかし同時にそれはまりあに向けられたものではなかった。

まりあはひどく混乱した。

――理由なき憎悪ではなく、彼にとってこれは純然たる復讐《ふくしゅう》、報復なのだ。

それは理解できた。それだけは。

まりあは自分を奮い立たせる。理解できたことを足がかりにその先へ踏み込まねばならなかった。

「でも……、アウグストやヘレミアスたちがそうしたわけじゃないでしょう？」

黒の青年が、驚愕《きょうがく》を露《あら》わにした。いま聞いた言葉が信じられないという顔だった。

息苦しい沈黙の後、アレスははじめてまりあに対して声を荒らげた。

「光の凶徒どもが、狂母の悪意があなたを殺したのです‼　奴らはみな同罪だ！　あなたを弑《しい》した罪は変わらない‼」

アレスの両手がふいに伸びて、まりあの頬を包んだ。まりあは肩を揺らす。

――こぼれ落ちるのをおそれているかのような、臆病《おくびょう》でがむしゃらな手だった。

「私は覚えています……。この手の中であなたが冷たくなって混沌《こんとん》に奪われていったときのことを……‼」

うめく声はかすれ、いまもなお生々しい苦痛に苛《さいな》まれているようだった。

――まるで近しい過去を語っているかのように。

「許さない……決して、奴らを一人も許してなるものか……っ‼」

血を吐くように、叫ぶ。

まりあははじめて触れたアレスの激しさに飲まれ、言葉を失った。

どんなに想像しても、まりあにはアレスの痛みはわからない。

とても大切な人を失ったのだろう、と同情するのが精一杯だった。

これは『太陽と月の乙女』の世界《ゲーム》の出来事で、それも神話の時代のことならなおさら身近に感じることは難しかった。

だが、だからといって無関心でいることも、復讐はよくないと耳触りのいい言葉を並べるだけの無邪気さも信念も持ち合わせていなかった。こんな自分では、どんな慰めの言葉も白々しく陳腐だ。

だからただ、事実を言うことしかできなかった。

失うことをおそれ、狂おしく求め、苦しくなるほど一途な紅の瞳を見つめて、言った。

「アレス、私は……女神《ヘルディン》じゃないよ」

紅い両眼が大きく揺れた。食い入るようにまりあを見つめ——ひどく困惑した顔になった。

「何を仰っているのです？」

そう返してきた声はあまりに純粋だった。

否定でも疑いでもなく、本当に理解できていない者の声だった。

まりあは言葉を失った。

——《闇月の乙女》と、闇の女神ヘルディンは違う存在。

生まれ変わり、化身、女神の器などと様々な表現を用いても、結局は別の存在なのだ。

そんなことは、説明しなくても誰もが理解しているはずだった。

「私と、ヘルディンは違う存在でしょ？　私は人間だし、顔も体も声も性格も考え方も——」

「いいえ！　たとえ装いが異なっても、あなたは私の主、私の女神です‼　何も違わない……‼」

アレスは強く否定し、その双眸《そうぼう》を真っ直ぐにまりあに向けた。

「何も……変わりません。あなたはもう一度私の前に現れてくださった……私の女神、私の月——」

声に激しい熱情が溢《あふ》れる。まりあの頬に触れる手は恭しく、寸前で自分を抑制しているようなぎこちなさがあった。

その言葉に、眼差しにまりあは呆然とする。

——こんなにも真っ直ぐにアレスは自分を見つめている。現実から意図的に逃げようとしている者の目ではない。

いない。

なのに、自分が見ているものと、アレスに見えているものは決定的に異なっている。

ただ、見えていないない。《闇月の乙女》とヘルディンとが違う存在であるということを理解できていない。

目の前の、昏木まりあという意識を持った存在を認識していない。

まりあの全身から急激に熱がさめてゆき、ああやっぱり、と声がした。

『あなたは美しい。この世界の何よりも。あなたを一目見た時からその想いは変わりません』

――はじめて会ったときから、アレスはそんな言葉を口にした。一目惚《ひとめぼ》れか、などと浮ついた。

『無事を問うのは私のほうです。私の女神……お体に痛みは？』

そう言って抱きすくめられた。

最初から優しすぎるくらいに優しくて、ずっと側で護ってくれて、心配してくれた。

レヴィアタンやラヴェンデルたちと違って自分を最優先にしてくれた。

なんでこんな自分に、と思った。《闇月の乙女》だからなのかと勝手に納得した。

『剣である私を、あなたは護りたいという。傷つけたくないという……そんなふうに、思ってくださるのですね』

無垢《むく》な、嬉しそうな顔。真っ直ぐにこちらを見る目――昏木まりあを見てくれていると思った目。

『あなただからこそ、私はすべてを捧《ささ》げるのです』

自分に向けられた言葉だと思った。あなたとは、昏木まりあである自分を指すものだと。

だから――信じようと思った。自分を想ってくれる、彼の気持ちを。

だが違った。視界が揺れ、横から殴られたみたいに頬が熱くなる。

彼の目に、昏木まりあなどはじめからいなかったのだ。

彼はずっと言っていたではないか。私の女神と。

（ヘルディンの……）

——女神《ヘルディン》そのものとして見られていただけだったのに。

まりあはアレスの手を振り払った。よろめいて後退し、震える手を握りしめる。

「私は、ヘルディンじゃない！　闇の女神じゃない……‼　《闇月の乙女》なんかでもない‼」

見開かれた紅い目に向かって、叫んだ。

「何を……」

「違う人間なの！　同じじゃない！　ヘルディンはもういないんでしょう⁉」

——ヘルディンは死んだのだ。殺されたのだと、他ならぬアレスがそう言ったのに。

アレスは呆然としていた。途方に暮れる子供のような顔だった。

だが次の瞬間、ひどい苦痛を覚えたかのように歪《ゆが》んだ。

「なぜ……そんなことを、仰るのですか？　あなたを護れなかった私を、罰するおつもりなら……」

低い声でうめく。怒りさえもそこになかった。理解できずに苦しみ、それでも目を逸《そ》らさず、ただ渇望している。

——そしてそのすべては、まりあに向けられたものではなかった。

彼の中で、ヘルディンであるはずのものに向けられた言葉だった。

そこにはまりあも、《闇月の乙女》もいない。

まりあは目の奥に焼けるような痛みを感じた。喉《のど》が詰まる。とっさに息を止め、うつむいた。

(なんでこんな……!)

わけがわからなかった。アレスと過ごした時間すべてを突然ひっくり返されたような気がした。

頭のどこかではおかしいと思っていた。何の理由もなく、こんなに美しく強い青年の主になれるはずがない、ただの設定にすぎない、勘違いしてはいけないと思っていた。

――そう、思っていたはずだったのに。

「私はどうしたらいいですか? どうすれば……あなたに償うことができますか」

アレスが苦しげに言う。そこには偽りもごまかしもない。誠実ですらある。

まりあは答えられなかった。そんなこと知らない――償ってほしいだなどとは思ってもいない。

「あなたの望むままにします。私の女神……」

アレスは真摯《しんし》で、その無垢な一途さのすべてがまりあを傷つけた。

何度も震える息を飲み込み、まりあは唇を引き結んでこみあげてくるものを堪えた。

(馬鹿みたい……)

――何を勘違いしていたのだろう。

自分の愚かさと滑稽《こっけい》さに、消えてしまいたかった。息が引きつり、左胸の奥を強く押されているような痛みを感じた。

だが滲《にじ》んだ視界に、銀色の光が瞬いた。

左奥の、衣の奥からこぼれている。強く押されているように感じる場所。

――刻印が光っている。

まりあは目を瞠《みは》った。呼ばれている。同じ刻印を持つもう一人に。

しかしそれ以上の思考を、背の凍るような獣の叫びにかき消された。

そして、衝撃。

「《闇月の乙女》‼」

＊

巨躯《きょく》を誇る黒馬に背を預け、レヴィアタンは腕を組んで黙考した。

意識はまどろみながらも、半分は周囲を知覚していた。やがて悠然と瞼《まぶた》を持ち上げ、右手を開閉し掌《てのひら》を見つめる。

彼はいまだ、力のすべてを取り戻してはいなかった。

角は戻ったが、忌々しい《螺旋牢《らせんろう》》で仮死状態にまで追いやられた後遺症は軽くなかった。

――この状態で《光の眷属《けんぞく》》の軍勢を相手に勝てるかといえば心許《こころもと》ないところだ。

いま最も力の充実している《聖王》を相手にするとなると尚更《なおさら》困難になる。

《聖王》アウグストの姿を思い浮かべ、《夜魔王》は手を握った。

（……この報いは必ず受けさせる）

彼は静かな怒りを身のうちに燃やした。戦力の回復を急がなければならない。

《闇月の乙女》の成立させた休戦は悪くない時間稼ぎだった。否、望みうる限り最大のものだろう。

だがそれだけでなく、他ならぬ《闇月の乙女》自身にも力を取り戻させることが重要だった。

剣ごときに翻弄《ほんろう》されているのでは話にならない。

レヴィアタンは色の異なる双眸を黒い廃墟《はいきょ》に向けた。

女神の降臨した至尊の地。原初の《永夜界》ではまだ《闇の眷属》がほとんどなく、ヘルディンの周りに侍るものは少なかった。――あの黒剣には、その原初からの記憶が刻まれている。

黒剣の記憶を元に、ヘルディン降臨の地に至れるのは化身たる《闇月の乙女》だけだった。

《夜魔王》であろうとそこに足を踏み入れることは許されない。

深い影を落とす廃墟の向こうに何があるのか――。

レヴィアタンはかすかに眉《まゆ》を寄せた。

遅い。あの小賢しい黒剣と、己のものである《闇月の乙女》を己の手の届かぬところに置くのが気にくわない。

だが突然、彼の体は強ばった。火花を肌に受けたかのような不快感があった。

――気配。《闇の眷属》とは異なる気配だった。《光の眷属》でもない。

素早く辺りを見回す。目を凝らす。

(何……?)

気配は突然現れた。この尊き《始原の地》に安易に近寄るものがいるとは思えない。

レヴィアタンは目線を上げる。

そして、視た。

夜の中に揺らめく、もっと暗い巨大な影――。三つの頭を持つ大蛇、いくつもの巨大な触手をうごめかせる蛸《たこ》のような影が揺らぎ、消える。

(まさか――)

ここではないどこか、どこかに存在し、光に照らされた影のように虚像だけが見えている。

「――戻れ、闇月!!」

レヴィアタンは胸の刻印を叩《たた》いた。

*

遊具から放り出された子供のようにまりあの体は宙を舞った。

次の瞬間地面に叩きつけられ、痛みにうめく。

咳《せ》き込んでからなんとか体を起こし、周囲が暗くなっていることに気づいた。

顔を上げる。そして、見た。

(――え?)

周囲を覆う、それの影。見上げてもなお視界におさまらない――いくつもの触手を持った、大蛸のような怪物。

触手は一つ一つが独立して動き、奇妙な声をあげていた。

一つは燃焼音――触手に燃え盛る炎を宿している。

一つは落雷音――触手に雷をまとわせている。

一つは金属音――触手に槍《やり》や剣、斧《おの》といった無数の武具が刺さっている。

一つは氷を、一つは風の鳴る音を、数多《あまた》の音が不協和音となって耳をつんざく。

小さな城ほどもある異形に、まりあの思考は停止した。

「《闇月の乙女》!!」

アレスの声が響き、左手に冷たさを感じた。次の瞬間、手の甲を黒い鎖が這《は》い上がる。

だが手甲の形をとる黒に、生温かい血の飛沫《ひまつ》の感覚が重なる。吐き気が這い上がった。

「やめて‼」

右手で力任せに振り払う。手甲は砂を散らすように霧散した。

次の瞬間、地が揺れ、轟音《ごうおん》と熱風がまりあを横殴りにした。

体の左側で、炎をまとった触手が地を抉《えぐ》っていた。その火は空気を汚し、夜を焼く。

はっと顔を上げると、今度は氷をまとった触手が頭上高くに振り上げられている。

自分を狙っている。

まりあの足は竦《すく》んだ。こんなものと対峙《たいじ》したことはなかった。

振り下ろされる巨大な氷を見る。この世界のどんなものより悪夢めいた光景――。

突然、まりあの視界を闇色の風がよぎった。

氷の触手は半ばからいきなり消失した。巨大なものが地に落ちる音が響く。

「何をしているのですか！　早く私に身を委ねてください‼」

アレスの緊迫した叫びが耳を穿《うが》つ。

まりあの目の前に、黒い外套《がいとう》が翻った。闇色に輝く長剣を構えた背があった。

その足元に、断たれた触手の半分が転がっている。

異形は触手の一つを両断されても悲鳴すらあげず、他の触手を蠢《うごめ》かせた。

「これは《まつろわぬもの》です！　女神の言葉も聞きません！」

敵を見据えたままアレスが叫ぶ。

まりあは動けず、半ば麻痺《まひ》した頭でそれを見ていた。体が冷たく、意識は現実から離れたところにあった。

こんなのは知らない。こんな化け物は知らない。

鈍くなった頭は何も考えられず、ただ言われた通りにするしかないと思った。アレスの言葉通りに、アレスの力で助けてもらうしか——。

触手を再び斬り払いながらアレスが振り向く。だが紅《あか》い目が大きく見開かれた。

「後ろを‼」

その叫びがまりあを振り向かせた。再び、大きく濃い影が降った。

稲妻のような音が轟《とどろ》き、先端が二つに分かれた血色の舌が伸縮する。

縦に長い亀裂が入った、白い鉱石のような目が六つ——三つの頭を持つ大蛇が首をもたげていた。

そしてその頭がまりあに向かって落ちる。

顔を背けると同時、防衛本能がまりあに手を突き出させていた。ただ、落ちてくるものに反応しただけの無力な動作だった。

頭上を、暴風が通り過ぎた。

痛みも衝撃もなく、まりあは目を開ける。

こちらを飲み込もうとしていた大蛇の頭が二つ消えていた。鋭利な断面から赤い血が噴水のごとく迸《ほとばし》り、大蛇がのたうつ。

まりあはアレスに振り向いた。黒衣《こくい》の青年は両手で剣を持ち、振り下ろした姿勢でいた。

助けてくれた。

——だがそれゆえに、アレスは大蛸に完全に背をさらしていた。

「アレス……っ‼」

巨大な触手は無防備な背に襲いかかり、絡め取る。

アレスの長身が人形のように持ち上げられる。触手はそのまま握り潰《つぶ》そうとする。

整った顔が歪《ゆが》み、だが次の瞬間黒へ溶けた。長大な剣へ変わり、締め付けていた触手を無数の肉片にして脱出する。しかしたちまち別の触手に捕らえられた。

更なる触手が次々と絡みつき、柄《つか》と刃をそれぞれ掴《つか》む。そのまま剣を折ろうとするかのように力をこめた。

黒剣《アレス》の軋《きし》む音が悲鳴のようにまりあの耳に響く。

「やめ――――！」

無力な、かすれた声がこぼれる。

次の瞬間、巨大なものに横殴りにされてまりあの体は木の葉のごとく吹き飛んだ。

体の中で、何かが折れるような鈍い音がした。

浮遊感。世界が反転するような感覚――地に叩きつけられる。衝撃で息が止まる。すぐに痛みがきた。耐えきれぬ痛みに、歪んだ目元から涙が溢れた。

体を起こすこともできず、顔だけを上げる。

滲《にじ》んだ視界に、大蛇が見えた。のたうつ長い尾。あの暴れる尾に巻き込まれたのだと理解する。

体が砕け散らなかったのが不思議なほどだった。

そして大蛇の五つの頭が、無力な獲物を見下ろしていた。

まりあはざあっと血の気が引いていく音を聞いた。

アレスに斬られた頭は、それぞれ二つに増えている。いまや十の目が小さな獲物を睥睨《へいげい》していた。

まりあは立ち上がって逃げようとした。だが胸の下に激痛がはしって力を失う。

嘔吐《えず》き、痛む箇所を庇《かば》うようにしながら、這って後退する。

目が、無意識にアレスを探す。

この恐怖から自分を救ってくれるもの、この恐怖を取り除いてくれるもの――。

だが黒剣《アレス》は大蛸に捕らわれていた。彼を折ろうとする力に抗《あらが》っていた。その輪郭が半ば溶け、人の姿と剣の姿の間で不安定に揺れ動いている。

鋭く耳障りな音が、まりあの意識を引き戻した。

五つの大きく裂けた口――長い牙《きば》と忙《せわ》しなく伸縮する二叉《ふたまた》の舌が視界に映る。

まりあの体は震えた。間近に迫る死が、絶望的な無力感が猛毒となって内臓にまで染みこんでくる。全身から力が奪われてゆく。

意識がふいに遠のく。このまま気を失って、目の前のすべてから逃げてしまいたかった。

『お前が《闇月の乙女》であろうとそうでなかろうと、力がなければ我らはお前を認めない』

『あのなまくらが暴走したというのもお前が不甲斐《ふがい》ないからだ！　お前の力に不安や不満があるから自分で動いたのだ！』

ラヴェンデルの言葉が、朦朧《もうろう》とする意識の中で蘇《よみがえ》る。

『お前はあの道具に自らの力を示せなかった。認められず、従えることができなかった』

《夜魔王》の声。自分の無力さを、こんな形で突きつけられる。

アレスを拒んでおきながらアレスに助けを求めている。彼の危機に、なお彼に助けを求めている。

その事実が、体中の痛みよりもなお重く沈んだ。

（馬鹿、みたい……）

自分は何もできずアレスに助けを求め、なのに言うことを聞いてくれとはなんと滑稽なのだろう。

（力――）

痛みをやりすごそうと息を止め、だが乱れた。汗が、こめかみから顎《あご》へと伝っていく。

腹を手で庇いながら、まりあは体を持ち上げる。鈍い動きで、大きくふらつきながら立ち上がる。

痛みが激しくなって意識が途絶えそうになった。しかし同時にその痛みが、意識を手放すことを許さない。

揺れる視界と緩慢な思考の中、いくつもの声が浮かんでは交錯する。

『いいか、《闇月の乙女》はヘルディンの純なる破壊の力を継承する唯一の器だ』

『その破壊の力をどう引き出すかはお前次第だ。力は既に与えられている。お前はそれを腐らせることなく使わなければならない』

ラヴェンデルの言葉。教え。

まりあの目は大蛇を見上げる。捉《とら》える。

視界を覆う巨大な影。その巨体。理由も言葉もなくただこちらを襲うもの。

恐怖が限界を超え、頭が麻痺してしまったようだった。

何もかもが一瞬遠のき、ふいに体が軽くなった。

――ああ邪魔だな、と思った。

視界が塞《ふさ》がれているせいでアレスが見えない。アレスのところへ行けない。

まりあはゆっくりと左手を突き出した。防衛のための反射ではなく、命乞《いのちご》いでもない。

(《闇月の乙女》に、ヘルディンの力があるっていうのなら……)

それがいま必要だった。《闇月の乙女》などというたいそうな設定にふさわしい力が。

立ちふさがるものを打ち砕き、自分の望むままにできるだけの力が。

この体の無力感への怒り、苛立《いらだ》ちが火のように体を巡った。

突き出した手に自然と力がこもり、大蛇を睨《にら》む目を歪めた。これを取り除きたい。

(私が……《闇月の乙女》だっていうのなら‼)

——その力が、ふさわしい力が欲しい。

突き出した腕に激情が集まってゆく。

そして、うっすらと光りはじめた。

輪郭が銀色に輝いている。《月精》と呼ばれていた淡い光が収束していく。

瞼の裏に、突然蘇るものがあった。巨大で完全な、銀色の満ちた月。

この《始原の地》で見たもので、だがもっと近く、もっとそれを識《し》っているような気がした。

体の内側に、その美しい月の冷たさを、青白く冴《さ》えた光の強さを鮮やかに感じた。

とたん、熱く冷たい、透徹とした何かが体を這い上がる。

その何かがまりあの声帯を震わせた。


「《月よ、応えよ。この手は銀の刃——尽《ことごと》く、刻め》」


次の瞬間、腕にまとわりつく光が強い輝きを帯びた。輝きはたちまち掌《てのひら》で凝縮される。

そして、まりあの掌から銀色の光線が無数に飛び出した。

それは巨大な風を伴い、夜を裂く青白い流星となって縦横無尽に大蛇に襲いかかる。

銀の光刃はたちまち大蛇を切り刻んだ。長大な体は千々に裂け、頭部はかろうじて光刃を避《さ》けた
二つを残して根元から断たれる。

鋭利な銀光は、まりあの奥底で抑圧されていた何かさえ切り刻み、高揚が噴き出す。

だが異形の断たれた頭部の断面が赤く煮立つと、蛇は頭を再生――増殖させようとする。

まりあはわきあがってくるものの命ずるまま、左手に交差させ、右手を突き出した。


「《刻め！》」


その命に応じて右手も月精の輝きを集め、大蛇に再び青白い光の刃を浴びせる。

数多の刃は大蛇の頭部の尽くを切り刻み、その身の上で執拗《しつよう》に乱舞し、吹雪《ふぶき》のように輝く。

青白い光の吹雪の中で血の赤を撒《ま》き散らしながら、大蛇は瞬く間に削れていった。

やがて無数の肉片となって落ちる。

肉片はいまだ生にしがみつこうとするかのように大地の上で痙攣《けいれん》していたが、間もなく沈黙した。

塞《ふさ》ぐものがなくなったまりあの視界に、まばらな触手を振りかざす大蛸《おおだこ》の姿が見えた。アレスにいくつも切り落とされながら、なお残った触手で黒剣に絡みつき、砕こうとしている。

まりあは両手を大蛸に向けた。体も頭もひどく熱くて高揚しているのに、その奥ではかつてないほど澄んだ冷たさを感じていた。

怒りや苛立ち、激しい感情のすべてを方向付ける力がはたらいている。

両手から、再び仄青《ほのあお》い流星の群れが飛び出した。光は無数の牙剥《きばむ》く獣のごとく大蛸の異形に襲いかかる。

雷や炎、武具をまとった歪《いびつ》な触手さえ一瞬で根元から断ち、異様な弾力と柔軟性に守られた胴体に無数の裂傷を負わせる。

ちぎられた触手ごと黒剣が地に落ち、触手を微塵《みじん》にして即座に抜け出すのが見えた。

剣の姿が溶け、青年の姿へ変わる。紅い目がまりあを探し、呼ぶ。

まりあは再び《力》を放った。凍えるほど澄んだ輝きが、満身創痍《まんしんそうい》の異形を冷徹に追撃する。

大蛸は緑の液体を噴き出しながら数多の肉片へと姿を変え、地に撒き散らされた。

まりあは無感動にそれを見つめた。

すべての敵が完全に沈黙したと理解し、ようやく――引いた波が戻ってくるように、急激な疲労と痛みを感じた。堪えきれずに膝《ひざ》を折る。

「我が女神‼」

アレスが即座に駆け寄ってくる。その足音を聞きながら、まりあは顔を上げてアレスを見た。

「……大丈夫、ですか？　怪我《けが》は……」

「それは私の言葉です！　私のことなどどうでもいい、あなたは⁉　無理をされた……！」

アレスはすぐ側で片膝《かたひざ》をつき、両腕を伸ばしてまりあの肩や腕に触れる。

まりあはされるがまま、アレスの体に大きな怪我は見当たらないことを確認した。

だが急にアレスの黒い眉《まゆ》がつり上がり、目が険しくなった。

「なぜ、私に身を委ねてくださらなかったのですか！　早く私を使って応戦していれば、あなたがこんなに傷つくことはなかった！　私が傷つけさせなかった‼」

黒衣の青年は本気で憤っているようだった。――彼がこんなふうに直接怒りをぶつけてくるのははじめてだった。

まりあはすぐには答えなかった。しばらく息を整え、口を開いた。

「……委ねるって、アレスさんが、私の体を使うってことですか」

赤い瞳《ひとみ》がわずかに見開かれた。

「あなたを護るためです！　ご不快に思われるかもしれませんが――」

まりあは頭を振った。言葉を発するたび体が軋み、痛みが生じる。息をしてそれをやりすごす。

いまもアレスの声に言い訳の響きはなかった。――本当に自分のためを思ってくれている。

「たとえいまのは、そうだったとしても……、ヘレミアスのときは、違ったでしょう」

赤い目の青年は息を呑《の》んだ。その顔に一瞬驚きがよぎったあと、すっと冷たくなっていく。

――まただ、とまりあは息苦しさを覚えた。

「光の凶徒どもは敵です。あなたを欺き、あなたを奪おうとする……」

呪うような声が、同じ言葉を繰り返す。

まりあは静かにその言葉を聞き、呼吸した。そしてアレスの目を見た。

「違うよ。それにヘレミアスたちは攻撃なんてしてこなかった。守るためじゃなくて、相手を傷つけようとして……攻撃したんだよ」

ずきりと体の内側が痛んだ。ヘレミアスを捉えた剣の感触が両手に蘇り、震えた。

奥歯を噛《か》む。息を吸って、吐く。そして震えがおさまるのを待った。

(落ち着け。言わなきゃ……)

耐えて、堪えろ。泣き叫んだところで事態はどうにもならない。誰かが助けてくれることはない。

うつむいている間に、まりあは震えを噛み殺《ころ》した。

そして一度ゆっくりと息を吸って、アレスを見た。

「私はヘルディンじゃないよ。力を受け継いでるかもしれないだけの、ちょっとどこかが似ているだけの、紛《まが》い物なの」

精一杯落ち着いた声で繰り返す。

だがアレスはまた、顔を強ばらせた。突然撲たれたかのような顔――傷ついている顔だった。

ヘルディンが死んだということの意味を理解していないのか。あるいは、理解したくないのか。

まりあは何度も息を飲み込み、胸の詰まるような感覚をやり過ごす。必死に冷静さを保った。

「でも、私を代用品にしていいよ。私を護ったり側にいたりすることで、アレスの気持ちがおさまるなら」

そう言葉にしながら、なんとか受け入れようとした。

――ヘルディンの代わりとして見られても構わない。よく考えれば、だからこそアレスは優しく接してくれた。それならそのままの関係でいい。

真実のためにこれを壊したいなどとは思わない。そんな勇気も自信もない。

(大事なことは……、もっと、別のことなんだから)

自分の心に、そう言い聞かせる。

こんなことは大したことではない。自分の目的はもっと別のところにある――。

「けど、私をヘルディンとして見るなら、ヘルディンに従ったように私の言うことを聞いて。絶対に、私の体を勝手に動かすようなことをしないでほしいの」

アレスは答えない。

「私がアレスに償ってほしいことがあるとしたら、ヘレミアスたちを傷つけたことだけ。でも、あれは……もう取り返しがつかないから」

語尾にいくにつれて声が震えそうになり、自分を必死に奮い立たせた。

波のように押し寄せる感情が引いてゆくのを待つ。

暴発しそうな怒りを握って、アレスを直視した。

「今度あんなことをしたら二度と許さない。二度とあんなことをしないと約束して。約束してくれないなら、私、もうアレスと一緒にいられない」

「我が女神、あれは……」

まりあは頭を振って青年の言葉を遮った。そして全身の力を振り絞り、最後の言葉を放った。

「選んで、アレス。二度と私の体を勝手に動かさない――そう約束するか、しないか。約束してくれたら私をヘルディンの代用品にしていいし、これから先も一緒にいる。でも、できないなら離れる」

紅《あか》い瞳が揺れる。その両眼を見つめながらまりあは答えを待った。

――これはほとんど脅迫だとわかっていた。だが他に方法はない。

アレスがうなずいてくれなかったら。約束できないと言ったら、そのときは。

消す／消さないの選択肢が目の前で点滅している。

(……知らないよそんなの‼)

まりあは胸の内で吐き捨てた。たとえうなずいてくれなかったとしても、それでもアレスの人格を消すなどというのは考えられなかった。ただ、もう一緒にはいられない。

アレスは呆然《ぼうぜん》と立ち尽くしていた。突然世界のすべてから見捨てられた者のような顔をしていた。

「なぜ……、なぜ、そんなことを仰《おつしや》るのですか。私は、あなたを護るために――」

懇願するような声に、まりあの心は大きくぐらつく。

本当はこんな態度をとりたくはない。それでもここで折れるわけにはいかなかった。

ヘレミアスやヴァレンティアたちを傷つけたことだけは許せない。二度と繰り返してはならなかった。

アレスはまりあの許しを待ち、だがまりあはそれを与えなかった。

やがて、人並み外れた美貌《びぼう》がいっそう温度を失ってゆき、その紅い瞳から光が失われ、重く沈んでいった。

「あなたは……私の廃棄を、お望みなのですか？」

まりあは目を見開いた。

「ち、違……っ‼」

突然冷たいものに心臓を鷲掴《わしづか》みにされ、とっさに言い返した。

──人格を消すなどと考えていたことを、知られてしまったかのようだった。

顔に耐えがたい熱がのぼる。まりあは一度唇を引き結び、息を止めて押し殺した。

（ただ……体を勝手に動かさないって、約束してほしいだけなのに）

それなのに、どうして廃棄などという言葉を持ち出すのか。

「違うよ……アレスにいなくなってほしいとか、そんなことは思ってない！」

うつむいたまま、言葉を絞り出す。そうして、堪えきれずにつぶやいた。

「……ずるいよ、アレス」

子供が詰《なじ》るような声がこぼれた。

──廃棄などという言葉を持ち出すほど、彼にとって約束できないことなのか。

そんなに──《光の眷属《けんぞく》》たちを、アウグストたちを許せないのか。

まりあはぎゅっと唇を引き結んだ。それから一度大きく息を吸って再び口を開いた。

「……私は《光の眷属》と戦いたくない。こういう考え、ヘルディンらしくないでしょう？　でも私は戦いを避ける道を選ぶし、探す。アレスにとって、厭《いや》なことをたくさんすると思う」

追い詰めるとわかっていて告げる。アレスを傷つけたいわけではない。だが偽るわけにはいかない。

「それでも、私の……ヘルディンの、代用品でしかないものの側にいたいって言ってくれるなら、約束してほしいの」

そう続けて、まりあは口を閉ざす。

――自分は、アレスに離れてほしいのだろうか。

ただ相手に選択を強要しているだけではないのか。自分は選ばず、逃げているだけではないのか。

アレス以上に酷《ひど》いことをしているのかもしれない。

許せないものを前にしても手を出すな、そうでなければ一緒にはいられないと脅し――その一方で、自分はこれからもアレスを苦しませるようなことをすると言っているのだから。

冷たい風が無辺の大地に吹いてゆく。

沈黙の果てに、青年の低くかすれた声がこぼれた。

「あなたの側にいられなければ何の意味もない。あなたに拒まれたら私の存在する意味がない」

まりあは体を強ばらせた。顔を上げられなかった。アレスを見られなかった。

痛みを伴って振り絞られた言葉は、胸の奥深くに飛び込んできて心臓を貫く。

視線を感じた。頭上から降りかかって、息が詰まった。

――アレスの苦悩を痛いほど感じる。そしてそれ以上の渇望と懇願を。

まりあは束《つか》の間《ま》、罪悪感の向こうで仄暗い優越感と足元がふわつく陶酔感に襲われた。

（ち、がう……）

アレスのこの目も声も、すべては女神ヘルディンに向けられたものだ。甘い酔いはすぐに引き、その分だけ痛みとなって胸に刺さる。

ここにいる自分は、ヘルディンに向けられたアレスのすべてを、ただ見聞きしているだけの媒体にすぎない。これは決して、昏木まりあに向けられたものではないのだ。

だから、アレスに答えられない。口を閉ざしたまま、彼の答えを待つしかなかった。

アレスはそれ以上言わなかった。生き物の少ない地に吹く風の音の他には、時折静かな呼吸が聞こえるばかりだった。

まりあの耳に、何度か息を止めて押し殺す音が聞こえる。あるいは何かを言おうとして飲み込む、かすかな吐息。わずかな衣擦《きぬず》れの音。深い苦悩の音だった。

そのままで、ずいぶん長い時間が過ぎたような気がした。

原初の夜と異形の骸《むくろ》に囲まれ、沈黙に取り残される。

戻ることも進むこともできぬまま、そこに留《とど》まっている。

無限のように思えた時間が過ぎて、低く抑えた声が言った。

「わかり、ました。それがあなたの、望みなら」

まりあは弾かれたように顔を上げた。目が合う。

紅蓮《ぐれん》の双眸《そうぼう》に飲まれて、声を失った。

「約束します。たとえいかなる状況であっても……あなたの身を奪って戦闘を行うことはしません」

待ち望んだ答えがもたらされる。なのにまりあはすぐには反応できなかった。

狂おしいまでの餓えと切望で揺らぐ目に、怒りと悲しみを秘めた眉に、限界まで自制をはたらかせる唇に、その姿に、圧倒された。

まりあを見つめたまま、アレスは続けた。

「それで――あなたの側に、いられるのなら」

責めるのでも詰るのでもなく、くぐもる吐息と共に言った。

まりあは目眩《めまい》を感じた。何を犠牲にしても自分の側にいることだけは譲らないアレスの、無垢《むく》な思慕は眩《まぶ》しかった。脳を蕩《とろ》かす毒のようだった。

そしてその分だけ、自分の突きつけたものが彼にどれだけ苦痛を強いたか思い知らされる。

罪悪感が重い衣となって全身にまとわりつく。だが手を握って耐え、深くうなずく。

「うん……わかった」

アレスは決断してくれた。なのに、そんな拙い言葉しか出てこなかった。

「……ありがとう」

心の底からの言葉さえどこか白々しく、苦い響きを持って聞こえた。

精一杯、アレスの目を見た。その表情を、その姿を正面から受け止めようと思った。

だがアレスは口を閉ざして、いかなる非難も怒りも浮かべてはいなかった。ただ時が止まったかのように苦悩を覆い隠して、まりあと向き合っていた。

――自分が突きつけたものが、彼の体を縛り付けてしまったように思えた。

まりあは口を開きかけ、閉ざした。何を言ったところで、すべて薄ら寒く聞こえてしまう。

かつてこんなふうに他人に強く出たことはなかった。

(でも……これでいいんだ)

それは言い訳ではないと思いたかった。アレスに望む唯一のことは、この体を使ってヘレミアスたちを二度と傷つけないことだった。

たとえそれがアレスに苦痛を強いることになっても――苦痛を強いるからこそ。

まりあは呼吸を整え、慎重に口を開いた。

「あのね。代わりに、っていうんじゃないけど……、アレスも嫌なことがあったら、言葉にして教えてほしいの」

青年の、感情の停止したような顔に向け、言葉を選びながら続けた。

「アレスに全部を我慢してほしいわけじゃない。アレスにとって不満なこと、嫌なことがあったら、できるだけ避けるようにする。信じてもらえないかもしれないけど……」

黒衣《こくい》の青年は答えず、ただ瞬きもせずまりあを見つめる。

「私……アレスに話を聞くまで、どうして私にヘレミアスたちを攻撃させたのかわからなかった。アレスに裏切られたみたいに思ってた。でも、あれは……私が、ヘレミアスたちのほうへ行くかもしれないって不安になったからで、何より、アレスにとっては《光の眷属》が憎かったからで、だからああいう行動をとっちゃったんだよね？」

あの時の光景は思い出さないようにしながら、できる限り穏やかな声で問う。

アレスは答えない。否定もしなかった。

ヘレミアスたちへの攻撃は、あまりにも突然のことだった。アレスはこちらを理解せず、まりあはアレスを全く理解できなかった。

――だがそれ以前、戦いたくないと言った時に、アレスは衝撃を受けたような顔や物言いたげな沈黙を見せていた。

まりあはようやく、その反応の意味を理解した。

（私が戦いたくないって言ったことで、剣《アレス》は、自分が要らないって言われたみたいに感じて……）

不安になり、焦りも覚えた。それを募らせたままヘレミアスたちとの接触を迎え、爆発してしまった。

「私は、ヘルディンじゃないから……紛い物だから、アレスの考えていることは言葉にしてくれなきゃわからないよ。それに、私は戦いたくはないけど、アレスが要らないなんて思ってない」

少しでも伝わるように、力をこめて言う。

その言葉がゆっくりと浸透してゆくように、数拍の間があってからアレスは唇を開いた。

「私の望みは、女神《あなた》と共にあり、女神を護ることです。あなたが私を傍らに置いてくださるのなら、他に何も望みません」

どこか頑なな態度に、まりあは拒絶されたように感じた。

それでもアレスの態度は当然だった。いまさら耳触りのいいことを言っても、簡単には信じてもらえないだろう。

だがしばらくして、アレスがぽつりとこぼした。

「ですが……あなたの仰ることに、相違ありません」

少しためらいの滲《にじ》む声に、まりあははっとした。勢いよく顔を上げ、アレスを見る。

紅《くれない》の瞳《ひとみ》に揺らぎが生じ、まりあの言葉を認めていた。

ふいに、アレスは手を持ち上げた。そのまま近づいてきて、まりあの左胸に触れようとする。

まりあはびくっと肩を揺らし、とっさに後退してしまった。

手を宙に浮かせたまま青年は言った。

「――それに、あなたはあの男の伴侶《はんりょ》になってしまわれた」

唐突な言葉。まりあは目を瞠《みは》った。そして無意識に、アレスが触れようとした箇所――《夜魔王》と対の刻印のある場所を手で押さえた。

紅い目はそこを見つめたあと、まりあと目を合わせた。

「あの男に……、あなたを与えるのですか？」

予想もしない言葉にまりあは目を見開いた。返答に窮し、なぜかひどく緊張した。

──冷たく、奇妙な威圧感さえ滲《にじ》ませる声。先ほどまでの苦悩とも違う。

だがこれは、確かに不満の表れだった。

（そ、そうか、アレスはそれも嫌だったんだ……）

頭ではなんとか理解できた。が、《光の眷属》が憎いという理由とは全然違う。

むしろまったく関係がない。

（──って、なんで……⁉）

ますます混乱する。しかしアレスが不平不満を言葉にしてくれたのだから、無視してはならない。

「あ、与えるとかそんなつもりは……！　その、形式だけのものです！　本当の意味で結婚するつもりとかじゃなくて……」

「……刻印は厄介です。あなたの体に、あの男の所有印を刻んでしまったのですから」

アレスの声にははっきりと不快感、怒りが表れる。

（しょ、しょゆう……そんなものじゃないし‼）

変な意味を連想し、慌ててかき消す。

「れ、レヴィアタンさんの所有というよりですね！　むしろ捉《とら》えようによっては、私の所有する証《あかし》が向こうに刻まれているという見方もできるわけでして……」

「私を所有するだけでは足りないと？」

「‼　そ、そういうわけじゃなく……っ‼」

まりあは激しく焦り、舌をもつれさせた。

アレスはからかっているのだろうかと思ったが、暗い炎の色をした瞳は息苦しいほど真摯《しんし》だった。

どうしたらアレスの不満を解消できるのかと戸惑う。

そうしているうちに、左手を優しく取られた。まりあがびくりと震えると、アレスの口元に引き寄せられる。

薄い唇を、左薬指に近づけた。淡く熱を帯びた呼気がまりあの指に触れる。

「私の女神……私の月。あなたが私だけの女神にならないとしても、他の者に独占されることだけは――」

低くささやく声が、吐息が肌に浸透する。

まりあの背は震えた。

アレスの声から感じる強い自制、堪えきれずにこぼれる渇望、熱に浮かされたような切望――そのすべてが自分に向けられていることの、目も眩《くら》むような感覚。

だがその意味を知ると、泣きたくなった。

――すべて、女神ヘルディンに向けられたものだ。

《夜魔王》の伴侶になったことと同じほどに、アレスのこの声も言葉も、自分《まりあ》の現実として受け止めてはならない。自分は、異世界の人間《キャラクター》ですらないのだ。

揺らいだ心を戒めるように、自分を突き放す。

「私、は……」

そう口を開いたとき、突然心臓をたたかれるような衝撃があった。

顔を歪《ゆが》める。手で押さえると、銀色の光が漏れていた。

まりあははっとした。呼ばれている。

顔を上げてアレスを見ると、彼は苦々しげな顔でまりあの刻印を見た。

「忌々しい――」

吐き捨てるような低い声が響く。だがアレスは右手を一瞬開き、また閉じる。その手には黒の長剣が握られていた。

そして長剣を無造作に地に突き刺した。

大地が深い闇に染まっていく。まりあの足元も、この世界が開かれた時と同じ漆黒が染めていった。

世界が一度闇に塗り潰され、反転する。

「――闇月！」

鋭い声が耳を打ち、まりあははっとする。闇は消え、《夜魔王》の姿があった。

まりあは反射的に頭上を見上げた。

だがそこに月はなかった。

目を地上に戻し、周囲を一瞥《いちべつ》する。《まつろわぬもの》と呼ばれていた異形の亡骸《なきがら》もなく、ただ漆黒の闇と、朽ちた城跡があるだけだった。大地には草木の息吹《いぶき》も生物の気配もある。

突然、レヴィアタンの手が首に触れた。

「うひゃあっ！　な、……っ!!」

まりあは思わず声をあげたが、とたんに胸の下に痛みがはしって悲鳴を押し殺した。

蒼と紫の両眼が一瞬見開かれた。次の瞬間、瞳孔《どうこう》が収縮する。

大きな掌《てのひら》が探るようにまりあの胸下に触れた。

「――っ、触らな……」

「怪我《けが》をしたのか」

《夜魔王》の声が低くなる。まりあは大きな手から逃れることのできぬまま、息を乱して言った。

「大、丈夫……」

そう答える間に、レヴィアタンの手から冷たく心地《ここち》良いものが流れ込んだ。入れ替わるように痛みがひいていく。

「戻るまでの一時処置だ。あまり動くな」

「……あ、ありがとう、ございます……」

痛み止めの効果は素直にありがたく、まりあは安堵《あんど》と共に礼を言った。

ことさら不快げな顔をしたアレスが歩み寄ってまりあの左腕を取る。

レヴィアタンは冷ややかにそれを睥睨《へいげい》し、再び何があったかを問うた。

「え、ええっとですね……」

奇妙な板挟みになりつつ、まりあは《まつろわぬもの》の襲撃があったことを簡単に説明した。

レヴィアタンは眉《まゆ》を険しくし、腕を組んだ。

「《まつろわぬもの》は、この世界を徘徊《はいかい》する異分子だ。時間、場所問わずどこへでも現れ、無差別に襲いかかる。大きな怪我なく戻ってこれたのは運が良い」

「……そ、そうなんですか……」

《夜魔王》の口から改めて聞くと、いまさら冷や汗が出るようだった。

だがそこで、レヴィアタンはアレスに底知れぬ冷たい目を向けた。

「何をやっていた、道具。俺の妃を負傷させるとは」

アレスは唇を引き結び、反論しなかった。まりあは慌てた。

「ちょっと、やめてください！　アレスさんのせいじゃない！　これは私の責任です！」

「お前は俺のものだ。お前の身が傷つけば、お前だけの責任では済まない。なんのための武具だ」

強い口調で咎《とが》められ、まりあは一瞬絶句してしまった。レヴィアタンからは確かに怒りを感じた。

だが、これまでの責務に関する叱責とは違うように思える。

（もしかして心配してくれてる……？）

レヴィアタンは物言いたげな視線でまりあを見た。

「それで？　決めたのか」

まりあははっとする。この地に来た目的――アレスの人格をどうするか、彼の扱いをどうするかということについて問われている。

深く、うなずいた。

「アレスさんは二度としないと約束してくれました。だから、これからも一緒に……側にいてもらいます」

そう告げると、レヴィアタンはわずかに目を瞠った。たちまち厳しい表情になる。

「正気か。その道具に命乞《いのちご》いでもされたか？　下手な哀れみで気の迷いでも起こそうなら……」

「大丈夫です、きっと」

まりあは頭を振ってそれ以上の追及を避け、アレスに振り向いた。

奪われまいとするかのように左腕を取ったまま、紅《あか》い目がまりあを見つめている。その双眸《そうぼう》の中に複雑に揺らめく光があった。

――無垢《むく》に女神《ヘルディン》を慕い、誰にも奪われたくないと願う魂。

アレスにとって、女神は主人であり親であり姉であり友人であり、もっと大きなものすべてなのかもしれない。

女神の代用品としてアレスと関わるのなら、また女神の代用品としてアレスに応えなければならない――。

「私は……、その続きは？　何を仰《おっしゃ》ろうとしていたのですか？」

左腕に触れる指先に、わずかに力がこもった。

まりあは一度息を止めた。冷涼な夜の空気を深く吸う。

沈みゆく紅輪の最後の光を思わせる双眸を真っ直ぐに見つめ、伝えた。

「私は、誰のものにもならないよ。本当の意味ではね」

――それは昏木まりあが取るべき、最も正しく分相応な選択肢だった。

この夢はいずれ覚める。たとえ夢でなくとも、自分はいずれこの世界から去るだろう。

漠然とそんな確信があった。二六年生きてきた人間としての理性もそれに賛同していた。

昏木まりあは、『太陽と月の乙女』の住人《キャラクター》ではないのだ。

――だから、胸の奥によぎった蒼穹《そうきゅう》の目をした《聖王》のことも忘れなければいけなかった。

アレスはそれ以上言わなかった。

紅い目に、狂おしい餓えとも喜びとも、あるいはそれ以外の何かともつかぬものがよぎった。

自分に対するものではない。そうわかっているのに、まりあは胸が苦しくなる。心がざわついてしまう。それでも代用品として受け止めなくてはならない――。

ふいに、アレスは一度瞬いた。一転して透き通った双眸に真っ直ぐに見つめられ、まりあは驚く。

「あなたの名前は？」

突然だった。それはまりあの胸を貫き、鼓動を乱した。

一瞬世界が大きく揺れた。

考えるよりも先にまりあは唇を開いた。初めて会う人を前にしたときのように。

「まりあ……昏木、まりあ」

そう答えた声はかすかに震えた。

女神の剣である青年の目に淡く純粋な光が輝く。

「マリア……？」

アレスは、どこかぎこちない発音でそう反復した。

とたん、まりあは衝撃を受けた。

好奇心――アレスはヘルディンではないものの名を問うたのだ。

顔に熱がのぼってくる。胸が詰まって、声が出なくなる。足元に目を落とした。

（私……何を――）

なぜかアレスの顔を見られない。恥ずかしい。

この異世界で、自分の名前はまったく別もののように響いた。目を落とした足元で、夜に染まった地を踏む感触を強く感じた。

「黙って見ていれば……俺という伴侶の前で何やら意味深なことを言う」

「‼」

まりあは飛び上がりそうになり、勢いよく顔を上げた。

《夜魔王》の唇には微笑があった。だが冷たい夜を表す蒼と妖《あや》しい華のある紫の目はまったく笑っていなかった。

頭部に大きな白い角を持つ長身の男が唇だけで笑い、腕を組む様は、まさしく《夜魔王》だった。

まりあは反射的に後ずさりしかけた。

「こ、これはですね、その……」

「どういう意味だ？　誰のものにもならない？　俺を煽《あお》りたいのか？　あえて乗ってやってもいい」

「い、いやいや違います‼　全然そういう意味じゃなくてですね‼」

レヴィアタンは微動だにしないのに強大な威圧感があり、まりあは全力で背を向けたくなった。

だが唐突に、アレスの腕が背後から伸びてきて抱きとめられた。

「あ、アレスさん……っ⁉」

余計に混乱したまりあの前で、《夜魔王》の二色の双眸が細められ、鋭い光を帯びた。不機嫌を全身から発散させ、反撃とばかりにまりあの腰に腕を回す。

アレスの低い声が響く。

「……言葉通りの意味だ。聞こえなかったのか」

「あいにく俺は王で、闇月も俺のものと決まっているものでな。――手を放せ、なまくらが」

「私に命令できるのは我が女神だけだ、よく覚えておけ《夜魔王》」

空気が急に冷え込み、かと思えば二人の間で火花が散るのが見えるようだった。

まりあは否応なしに二人の男に密着させられ、危機に陥った。だらだらと冷や汗をかき、一方で顔と頭が熱く茹《ゆ》だりかけるというかかつてない体験をする。

（なななななんだこれ……！　ううう‼）

頭がうまくはたらかず、内心で奇声ばかりがあがる。

しかし刻一刻と頭が煮崩れそうになり、このままでは緊張と羞恥《しゅうち》で気絶する危機を感じた。

まりあは身をよじり、両手でアレスとレヴィアタンを押し返した。

「と、とにかく‼　用は済んだのでさっさと帰りましょう‼」

「……よかろう。詳細は城に戻ったあとで聞く」

レヴィアタンの異様に穏やかな声に、まりあは喉《のど》の奥で悲鳴をあげた。

（いやいやいやいや、詳細もなにもここで終わりですしこれ以上ないですし‼）

どう切り抜けるかといまから焦っていると、アレスが半歩下がった。

まりあが顔を向けると、黒衣《こくい》の青年は滑らかに片膝《かたひざ》を折る。

そしてまりあの左手を再び取った。恭しく、おごそかな手つきにまりあは息を呑《の》む。

アレスは頭を垂れ、取った手に唇を近づけた。

「――今度こそ、最期を共に」

熱をもったささやき。祈りにも似た声がまりあの手の甲に触れる。

左薬指に柔らかいものが触れたとたん、青年の姿が溶けた。

一瞬淡く紅に艶《つや》めく闇がまりあの左手に絡みつく。闇は蔦《つた》を広げるように鎖を編み上げ、黒の手甲を作り上げた。左の薬指に指輪、そこから繋《つな》がる美しい黒の鎖の編み模様。

まりあはためらいがちに、だが確かめるようにそっと手甲に指を滑らせた。

「やはり壊すべきだな、そのなまくらは」

まりあはびくっと肩を揺らした。顔を向けると、《夜魔王》は既に黒馬に跨《また》がっていた。

冷たい目に、あの唇だけで笑う表情をしながら、まりあに向かって手を伸べている。

「来い。帰るぞ」

短くも抗《あらが》いがたい力を帯びた声。まりあはうなずき、近づいていく。

だが《夜魔王》の手を取る寸前、一度だけ振り向いて天を見上げた。

あんなにも煌々《こうこう》と輝いていた月が、いまはどこにも見当たらない。雲もないというのに。

（月は、どこへ行ったんだろう――）

まりあはなぜか、その思いに囚《とら》われそうになった。しかし頭を振って追いやった。

レヴィアタンの手を取り、来たときと同様に前へ抱えられる。黒馬は夜を駆け上がった。

まりあは眼下に永遠の夜の世界を見ながら、冷涼とした風を頬に快く受けた。

アレスと約束し、一つ問題を取り除いた。だがそれですべてが解決したわけではない。

一時の休戦――そこから先へ進まねばならない。

なぜ『太陽と月の乙女』の世界に入り込んでしまったのか、あるいはこれは夢にすぎないのか。

なぜ自分が《闇月の乙女》になってしまったのか、わからないことは山ほどある。

だが不可逆の時間の中で、アレスやレヴィアタンたちとアウグストたちを戦わせたくない、どちらかが滅ぶようなことがあってはならないということだけはわかっていた。

完全なる均衡。創世の女神たちがいたときにのみありえたという完璧《かんぺき》な二分を目指すのだ。

そのために行動する。やがてこの世界から去るときまで。

（さあ、これからだ――）

まりあの前にはどこまでも夜が広がり、底知れぬ闇が世界を覆っている。

月の消えた夜は見えるもののほうが少ない。

それでも星々の光は変わらずに瞬き、まりあの世界を淡く照らしていた。

Epilogue：《聖王》の悔恨

「――一命は取り留めました。ですがしばらくは安静にする必要があります」

「そうか。大儀だった。下がってよい」

《聖王》アウグストの命に、治療にあたった神官は深く頭を垂れて部屋《へや》を辞していった。

アウグストは寝台に目を戻した。横たわり、安らかな寝息をたてるヘレミアスの姿があった。

――迂闊《うかつ》だった。

若き王は己の判断を悔いた。

《闇月《あんげつ》の乙女》との会合など、許すべきではなかった。いくらヘレミアスが慈悲深く寛容な男であっても、相手はそうではないのだ。

護衛についた騎士ヴァレンティアも負傷し、自身をひどく責めて処罰を望んでいる。だが、危険とわかっていたはずなのに彼らの行動を許可したのは他ならぬ自分だった。

もっと熟考していれば、引き止めておけば――アウグストは後悔せずにはいられなかった。

浅はかだった。油断していたのだ。

この目で見ておきながら、《闇月の乙女》という存在を見誤った。

『……これで、誓約、成立だよね』

潤んだ目と乱れた息の合間からこぼれた、震える声。傷ついた無防備な体。

あの姿に、アウグストは声を失った。

《夜魔王》さえ凌駕《りょうが》する破壊の権化、闇の女神の化身──そのはずなのに、ひどく傷ついた少女のような顔をしていた。

──あれさえも、偽りだったのか。

『──退《ひ》いて。もう、行って……お願い』

深い闇を思わせる目。だがそこに禍々《まがまが》しさや邪悪さは見出《みいだ》せなかった。

こちらに対する攻撃の意思は一切見せなかった。うかがい知れぬ理由で、戦いを厭《いと》っているようにさえ見えた。

しかし杯は相手を邪悪なものとして拒絶し、罰した。それに抗うすべなく傷を負った《闇月の乙女》に哀れみすら感じた。

あのときでさえ、《闇月の乙女》は攻撃の意思を見せなかった。

あるいは──《陽光の聖女》と《闇月の乙女》が同じ造形をしているからこのように混乱するのだろうか。

光の女神リデルと闇の女神ヘルディンは対にして双子の神であるように、《陽光の聖女》と《闇月の乙女》も造形自体は同じだ。

だが存在が対極であるために、似ているなどとは欠片《かけら》も思わない。

それなのに、なぜ。

──なぜ、知っているような気がするのか。

《陽光の聖女》とはただ顔の造形が同じだけの、まったく別の存在であるというのに。

（なぜ、あんな目で私を見た──）

記憶の中の、呆然《ぼうぜん》とこちらを見上げる女に問いかける。

それは《闇月の乙女》であり、最も忌むべき敵、何をもってでも排除せねばならぬ悪だった。

己の油断がヘレミアスたちを傷つけた。二度と繰り返してはならない。王の過ちは、護《まも》るべき同族を危険にさらすことになる——。

なのに、《闇月の乙女》を憎悪する気持ちがわいてこない。

そのことに愕然《がくぜん》とした。ヘレミアスたちを傷つけられたことへの怒りはあった。しかし同時に、それはなぜという困惑を伴った。

ヘレミアスを騙《だま》し深い傷を負わせた女と、記憶の中の女とが結びつかない。

休戦を申し出たほどの者がなぜ突然欺き、殺傷行為に及んだのか。

自分の身を傷つけてまで《光滴の杯》を飲み、武具一つなく一切の戦闘を避けた女が、なぜ——。

『アウグスト！　待って……っ‼』

泣き叫ぶような、あの声が耳から離れない。

あの深い夜のような目が、自分を呼び求める声が。

（お前は、誰だ……？）

あとがき

はじめまして、二度目以降はどうもありがとうございます、永野水貴《ながのみずき》と申します。

お手にとっていただきありがとうございます。あとがきから最初に読む派の方もいらっしゃると思うので、ネタバレなしでたらたら書いていきたいと思います。


いきなり苦労話みたいになってしまって恐縮ですが、このお話が本の形になるまで、かなり紆余《うよ》曲折《きょくせつ》ありました……。

「なんでー⁉」となるようなところから出発し、かなり苦戦して書き、やれやれと思ったらその後も再び「なんでえええ⁉」と叫ぶような起伏に富んだあれやこれやが待っていました。

舞台裏が謎にドラマティックです。本当に、形になるまでが大変なのだと改めて思い知りました……。


ともあれ久々の女性向けファンタジーというのもあって、とても思い入れの強い作品になりました（もちろん老若男女、あらゆる読者様を歓迎しております）。

色々初チャレンジな要素もありつつ、好きなものをいくつも詰め込みました。

鎧《よろい》&ドレス！　ピュアブラック！　お姉さん気質のロリ美少女！　などなど趣味嗜好《しこう》がダダ漏れ状態になっております。あと異形、人外も無論大好きです……。

好きなものだけに、イメージを文章で伝えるのって難しいのだなぁと思うことも多々ありました。精進して参りたいと思います。

……あと、結果としてかなりのボリュームになってしまいました。自分の中の、一冊最長記録ではなかろうかと思います。

しかし立派な成人になっても好きなものはいつまでも好きだし、子供みたいに何かにときめくこともある……今回の主人公もそんな一人です‼

よし、きれいにまとまりました‼（力ずく）

紆余曲折ありつつも最後まで丁寧に面倒を見てくださった担当様には本当に頭が上がりません。ありがとうございました。


うだうだと長くなってしまいましたが、ここまでお読みくださりありがとうございました。

少しでも楽しんでいただけたなら嬉《うれ》しいです。

あとがきから先に読む派の方はどうぞいってらっしゃいませ。


またどこかでお会いできたら（叶《かな》うなら再びこの世界の話で！）嬉しく思います。

二〇一八年五月　永野水貴

カドカワBOOKS

太陽《たいよう》と月《つき》の聖女《せいじょ》
乙女《おとめ》ゲームの真《しん》ラスボスになって全滅《ぜんめつ》の危機《きき》です

2018年８月10日　初版発行

著者／永野水貴《ながのみずき》

発行者／三坂泰二

発行／株式会社KADOKAWA

〒102-8177
東京都千代田区富士見2-13-3
電話／0570-002-301（ナビダイヤル）

編集／カドカワBOOKS編集部

印刷所／旭印刷

製本所／本間製本

ISBN 978-4-04-072885-8 C0093